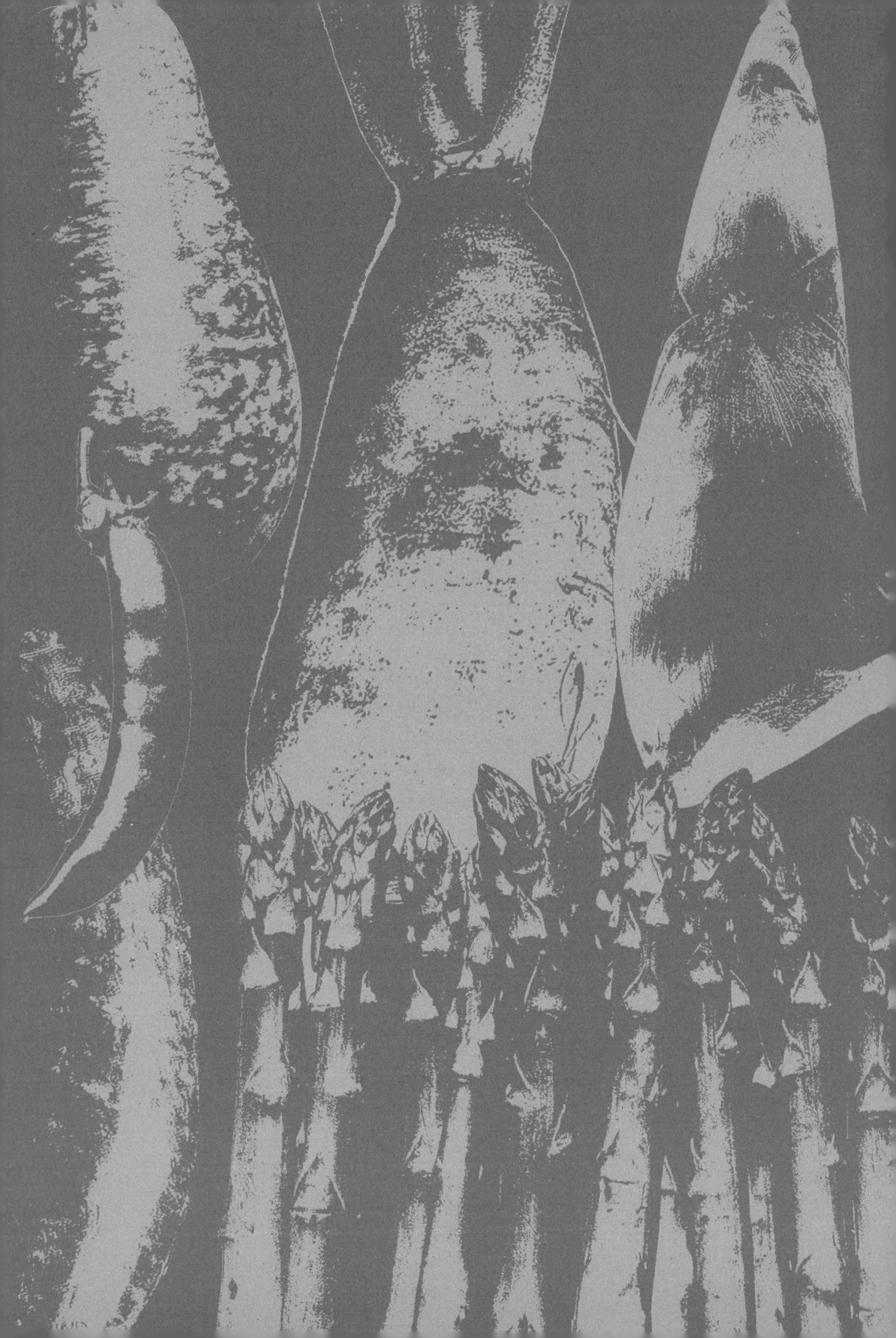

大樹自然生活系列
Bigtree 02

THE WONDERS OF
VEGETABLES IN TAIWAN

台灣好蔬菜

簡錦玲◎著

台灣好蔬菜

THE WONDERS OF VEGETABLES IN TAIWAN

Contents

THE WONDERS OF VEGETABLES IN TAIWAN

根莖菜類 147

TAIWAN

THE WONDERS OF VEGETABLES IN TAIWAN

菇 類 231

TAIWAN

THE WONDERS OF VEGETABLES IN TAIWAN

香辛菜類 239

TAIWAN

出版序

THE WONDERS OF VEGETABLES IN TAIWAN

自然與人文交會的餐桌

俗話說：「民以食為天」，蔬菜一直是我們餐桌上不可或缺的食物之一，但或許就是因為過於熟悉，以致不再用心認識它們，反正不過就是拿來填飽肚皮罷了。其實這是多麼可惜的事，因為許多蔬菜都是歷史悠久的植物，從它們由野生植物演化成今日餐桌上的食物，這樣的過程蘊含了多少文化以及生物學上有趣的轉變。這樣的資料無疑是珍貴無比的，也是我們和先人們的共同記憶之一，透過餐桌一代一代傳承下去，相信閱讀這一本『台灣好蔬菜』，大家應該也會有這一層的體會才是。

正如大樹去年推出的『菜市場魚圖鑑』和『台灣蔬果生活曆』，我們嘗試從生活中的食物來介紹魚類和植物與時令的知識，這種生活化角度果然得到許多讀者熱烈的回應。而『台灣好蔬菜』更進一步提供了豐富的飲食文化層面，從歷史、醫藥應用到植物自然知識等，無一不讓人對這些再熟悉不過的蔬菜嘆為觀止。原來平常生活也蘊藏了多少智慧與文化，每一口蔬菜都有前人的足跡。

『台灣好蔬菜』一書中收錄了60種台灣常見的蔬菜，以其食用部位而劃分成葉菜類、花果菜類、根莖菜類、菇類和香辛菜類等五大部份，每一種蔬菜的資料涵蓋了食療知識、植物特性、健康食譜推薦，以及歷史人文的紀事部份，還有最為生動有趣的「台灣怎麼吃」，許多埋藏在記憶裡的味覺一一重現，原來我們每一個人都有著相同的文化記憶，而食物自然是其中非常重要的角色之一。

作者簡錦玲老師對於食物與人類文化的密切關係，原本就興趣濃厚，加上從小在外婆身邊耳濡目染，因而對於台灣豐富而獨到的飲食文化，有了更加深厚的基礎。透過其優美的文采，我們才有機會從這個截然不同的角度來觀察蔬菜，而這也是「大樹自然生活系列」叢書的獨特出版觀點。

飲食與烹飪文化意涵

飲食文化照映出形形色色的飲食習慣，飲食文化的變遷亦是社會文化的變遷。戰後迄今的飲食習慣有著巨大的轉變，唯一不變的是飲食中濃厚的巫術意識，年輕人信仰速食，是流行的象徵；老人家則視為浪費、不健康。年輕人認為飲食應該隨心所欲，老一輩的人則認為不依時令進食與進補，有違天地運行。

早期的台灣人對於飲食及烹飪蔬菜作物，有一套獨特的儀式，我家亦如是。外婆總是進行著自己獨特的烹飪儀式，例如炒米粉、炒大麵是節慶或宴客時才能上桌的食物。炒米粉一定依序放入肉絲、香菇、青菜，然後放入高湯，最後下米粉，以中火讓米粉充分吸入高湯的鮮美。她堅持米粉不能因為想省事而先汆燙過，配菜不能大鍋炒，必須一道道炒後盛出再加入，因為能吃出炒米粉的鮮美，才是待客的誠意。又例如二九暝（除夕夜）的餐桌，必定放置有炭火的長頸火鍋，象徵興旺，桌下也一定有燃燒著木炭的爐子，這個火爐在吃完團圓飯後還要用來煮桂圓甜湯，做為一年到頭甜蜜如意的祈願。

孩子們跟著長輩進行著這些古老飲食習俗的傳承，於是知道過新年要蒸年糕、菜頭粿、發粿。吃年糕象徵「年年高升」是推行中國話之後的產物，台灣人吃年糕是因為糯米具有黏性，而新年時「財神」必定到來，年糕可以「黏腳蹄」，讓財神留住不走。過年時要吃「長年菜」，確保一年健康平安；上桌的白斬雞必須留著頭、腳，象徵衣食無缺，也有「起家」興旺的意涵；鮮魚也不能翻面食用（避免行車走船發生意外），必須留下頭尾，意味著年年有餘。元宵節要吃以藕粉製成的元宵，以收圓滿的豐兆，還要到菜園採青蔥，綁在孩子的床前，讓他們聰明多智慧；清明節祭祖掃墓時吃青糰（草粿），讓先人知道家中大小生氣蓬勃；端午節吃粽子，並貯存午時水，確保一年不會「頭燒肺熱」；七夕煮油飯祭拜七娘媽，湯圓則要「按捺」一下，貯收織女的淚水，祈求精巧的手藝；中秋節準備清香素果祭拜月娘，遙祝離家在外的親人；冬至吃湯圓，感謝上天保佑一整年平安無恙。

舊時社會裡，大魚大肉是歡樂的表徵，於是喪禮後只招待協助辦事的親友吃鹹粥，以表喪家的哀戚與內斂。在治喪或守孝期間，喪家必須哀潛，不能過節享慶，因此逢年過節必須準備的粽子、年糕等，一概由遠親或摯友備妥送來。

婚慶喜事一定搓湯圓，意味著圓滿豐饒，紅白兩色則象徵生男育女，子孫滿堂是漢人對祖先的義務與承諾。吃完辦桌，主家一定準備塑膠袋等容器給參加的親友，讓大家可以帶回喜宴上的剩餘食物，一方面讓未參加的親友分享，一方面為遠道而來的人著想，讓他們匆忙趕回自家時，若因路途遙遠便可無須再費心張羅就有現成的食物可吃。在這種體貼的心意之下，進行的正是社會文化中分享的儀式。

飲食串聯起人與人之間的互動，烹飪行為則是對共享食物的社交意義賦予深邃的內涵，乃至於食物本身的巫術意涵都呈現在飲食的行為當中。長繫不墜的飲食傳統，表現在對農作物的信仰上，台灣人將各種蔬菜瓜果比擬成各種天地間的祝福，因此吃什麼是上天的賜予，怎麼吃則是文化的思維，這種內化的意識表現在烹調食物上，成為一種虔誠的信仰。

生活在成長快速的社會裡，跟著潮流的腳步前進，因此未曾感覺到古老飲食文化的流失，只覺得舊日飲食的美味不見了，單純的烹調變得異國化；地方菜原是以調味做為定位，卻因全球資訊藉著網路流竄，令遙遠的國度失去神秘性，於是四川館子裡有客家小炒，排骨麵攤有紅油抄手，雲南菜單裡赫然列上麻婆豆腐，海鮮餐廳賣壽司，日本料理店則供應炒絲瓜蛤蠣。食客渾然不知什麼是純粹的地方菜。

以前吃九層塔煎蛋治頭痛，現在鹽酥雞攤子用來做配菜；以前地瓜是窮人的食物，現在台菜餐館炙手可熱的是番薯稀飯，有錢人以吃稀飯來彰顯自己的閒適；萵苣類原是養鵝的飼料，如今成了養生的蔬菜。受到媒體的催眠，於是蔥必「三星」，菱角必「官田」，空心菜必「溫泉」，絲瓜必「澎湖」，洋蔥必「屏東」，人類的味覺被媒體操弄，而不是被撫慰於烹飪者的誠意與愛心，多數的人不再注重味覺帶來的感官享受，而耽於飲食內容做為身分與階級的象徵。

飲食文化的巨變，導致烹調手法及諺語的失傳。當我向年輕的學生提起以前做年糕絞壓粉漿之辛苦時，總有學生向我反映為什麼不到超市買？對他們說起鍋巴的美味時，竟沒有完整又恰如其分的語言解釋台語中的「鍋巴」，更枉論向他們說明什麼是「大灶」，又是如何焐（燜）番薯的。也無法讓他們明白最甜美消暑的清涼飲料是冬瓜茶而不是可樂。當然年輕孩子更不會明白在大水溝裡採空心菜那種單純的幸福！

文化絕非居諸不移，而是隨著時代潮流運行不息，飲食文化亦如是。飲食人類學（飲食民族學）逐漸成為顯學，法國人類學家李維史陀在 1950 年代開始探討食物和飲食行為的社會及文化意涵，我並不想追隨前輩的腳步探討飲食的社會意義與功能性；而只想忠實記錄台灣飲食習慣的轉變，讓自己見證台灣經濟的成長，以及異國文化衝擊後的飲食行為。還有這塊美麗土地的豐厚賜與！

簡錦玲 謹識

台灣蔬菜的飲食文化

台灣人對於大地作物有著深深的信仰，並且體現在飲食當中。人們相信植物深諳生存之道，知道什麼樣的環境最適合自己健康地生長及繁育強壯的下一代；大自然造物依四時節令氣候而創作，讓植物具有因不同環境生長而呈現的各種特性。人類食用這些配合氣候、時令生長的作物，能因此得到上天的祝福與眷顧。為了謹記這些生活智慧，於是有了各種對於飲食的諺語和巫術意涵傳承下來，進而形成對生命的祝福。

上天造物必定相生相剋，在炎熱地區生產的蔬果通常具有消暑、解熱的涼性功能，例如盛夏所產的綠豆、茭白筍、苦瓜、西瓜、椰子等各種蔬菜瓜果。氣候溫寒的地區或天氣轉為涼寒時，上市的蔬果也通常具有能讓身體溫暖、促進血液活絡的功能，例如蔥、薑、韭菜、龍眼、栗子、金桔等。台灣人認為瓜類是涼性的食物；女性為陰，因此多食瓜類容易蒼白虛弱，以致月事不順，而陽剛的男性比較沒有食用的禁忌。不過台灣的夏季暑悶炎熱，令人氣火上升、煩躁不安，此時食用應景上市的瓜類正好除煩解熱，是上天賜予的良食藥方。

台灣俗諺說：「食正蔥配二韭，活到久久久。」意思是吃農曆正月生產的青蔥及二月的韭菜，能令身體健康而長壽。蔬菜、水果依著時令自然成熟，就像人類長大身心成熟時，就可以結婚成家、孕育健康寶寶一樣；人體在適當時機食用這些蔬果，得到的也正是大自然所貢獻的最佳營養來源。

吃對的食物，當然也包括在對的時間進食各類食物，是養生人士重要的課題。蔬菜是大量礦物質的來源，水果的主要功能則是提供人體所需要的各種維生素，植物由大地攝取各種礦物質及微量元素，然後轉為提供人體所必須的營養成分。然而若是時間不對，大地所孕育的蔬果並不能如同其在原來的生長季節一般地充滿各種應有的營養成分；因為不同的緯度、溼度、溫度甚至不同的土壤與季候所種出的蔬果，其營養成分有很大的落差。

前言

THE WONDERS OF VEGETABLES IN TAIWAN

17 世紀時，歐洲的土壤缺乏能夠種植大豆的根瘤菌，因此大豆的試種一直無法成功，而相同的問題在日本則是土壤普遍含鈣量偏低，植物在這些土壤中能夠獲得的鈣質自然比其他地區來得低。科學家證實，相同的品種栽植在差異極大的環境中所得到的是不同的營養分析結果，他們大聲呼籲，不要或減少「越時、越地」飲食。

人類相信人定勝天，於是克服季節的差異栽培作物，並從遙遠的地區運來當地無法培育的時鮮，讓我們一年四季都能享用各種新奇又新鮮的蔬果。然而人們在享受各種口腹之慾時，也可能因身體的需求不同而流失健康。

諸如此類的問題，越來越受到注重健康養生人士的重視；在對的時間吃對的食物固然重要，對日常的蔬果如果能充分地了解其功能，那麼選擇適合自己體質的食物自然也不難，保持健康與快樂地吃想吃的東西，當然是更令人愉悅的事了。

春季吃芽菜類、夏季重水分多的果菜、秋季選食果實類、冬季吃根莖類。春夏陽光充足，生意盎然，因此適宜食用在土地上面生長的食物，秋冬季萬物收藏，適合選擇在土地下生長的食物。認識食物是保持健康的第一課；而蔬菜、水果是每日的飲食重點之一。認識蔬菜、水果的特質，包括其營養成分與對人體的作用，是人們所關心的話題，能讓自己更健康、更輕鬆地進食，甚至因此帶來美麗、愉悅，是壓力重大的現代人所追求的目標。

THE WONDERS OF
VEGETABLES IN TAIWAN

葉菜類

TAIWAN

葉菜類 01

空心菜

Ipomoea aquatica

THE WONDERS OF VEGETABLES IN TAIWAN

【空心菜的作用】

1. 空心菜含豐富粗纖維，具有促進腸道蠕動、通便解毒的作用。
2. 空心菜中的無機鹽維持人體內酸鹼的平衡，健康人血液的 pH 值為 7.35~7.54，每當吃了肉、蛋、魚等酸性食物後，血液 pH 質趨酸性，而空心菜所含之無機鹽，可使之呈鹼性，平衡體內酸鹼度。
3. 空心菜含胡蘿蔔素，具有減緩視力老化、皮膚乾燥、毛囊角化的功能。
4. 空心菜含胰島素成分，具有增進食慾、降低血糖的作用，適合糖尿病患食用。
5. 空心菜含有粗纖維，能增強肝臟中的膽固醇轉化酶的活動，增強體內膽固醇的代謝、降低血液中的膽固醇，具有防止血管硬化的作用。

■性味：鹼性，性平涼味甘，入腎、膀胱、大腸經，適合熱性體質。

■成分：蛋白質、脂肪、醣類、粗纖維、鈣、磷、鐵、鎂、鉀、鋅、鈉、胡蘿蔔素、維生素B1、B2、C。

■功效：清熱涼血、潤腸通便、解毒消腫、舒緩血壓升高。

【健康料理】**空心菜飲**

◎材料：空心菜帶根的老莖頭 300 公克。

◎作法：將空心菜帶根的老莖頭，連根煎湯熬煮，小火半小時。

◎養生功能：適合高血壓、暑熱、牙齦浮腫、眼睛紅腫等患者。

【空心菜紀事】

Ipomoea aquatica，旋花科，一年生草本，半水性或旱性，株高20~50公分，老株蔓性，能藉他物攀爬或匍匐地面延生；圓莖中空；葉互生，披針狀長卵形；春末夏初於葉腋開花，白色，喇叭狀。英文名稱 Water spinach，Water celery，別稱蕹菜、應菜。

1.空心菜的植株。 2.空心菜是旋花科植物，花朵為典型的白色漏斗狀花冠，屬於兩性花，相信看過的人並不多。

空心菜以莖株空心而得名，台灣的空心菜有大葉、中葉、小葉三個品種。空心菜既能旱栽又能水耕，是生命力、適應力都非常強盛的蔬菜，播種後大約一個月左右即可採收，全年都能供應市場需要，冬季產量略為減少。宜蘭縣礁溪鄉的溫泉蔬菜是白骨大葉種的水蕹菜，莖株大而長，葉片三角劍形，葉子大都長在尾端，顏色淡綠近黃白色，不僅是頗具特色的蔬菜栽植法，也替菜農爭取了栽培遠景。空心菜是屬於較為廉價的蔬菜，一把半斤10元到最貴30元不等。

空心菜原產於中國大陸及東南亞細亞等處，中國華南地區有大量種植，早年由先民引入台灣栽培。空心菜是半水生植物，喜愛生長在水量充足的地方，不過號稱「兩棲植物」的它，即使是旱田亦能欣欣向榮，生命力極為強盛。宜蘭縣礁溪地區的菜農以溫泉水種植空心菜，成為當地的特色蔬菜，這種空心菜莖管比較粗大，其中單寧成分比較少，所以熱炒之後顏色不太會氧化變黑。空心菜幾乎是全年供應的蔬菜，特別是南部，四季都有，中北部在冬季就只有少量上市。

《閩書》說：「甕菜蔓生，花白，莖中虛，摘其苗土壓之，輒活，一名空心菜。」《遯齋閒覽》記載：「本生東裔古倫國，番舶以甕盛之，故名甕菜。漳人編葦為筏，作小孔，浮水上，如萍根浮水面，莖葉皆出於葦筏中，隨水上下，南人視為奇蔬。」近年來考古學家在華東出土的漢墓中發掘了空心菜和菠菜的種子，說明空心菜本出東地，具有悠久的食用歷史。

根據《南方草木狀》的記載，中國人很早以前就以空心菜入藥；認為它能清熱、涼血、滑腸通便、去口臭，還有消腫的功效。常吃可治便秘，具有降血壓之功效。《北戶錄》記載南人以甕菜為藥解胡蔓毒，胡蔓即是野葛。

3.種在水裡的空心菜。

4.市場上販售的溫泉空心菜，莖脆美味，很受歡迎。

葉菜類01

空心菜

Ipomoea aquatica

THE WONDERS OF VEGETABLES IN TAIWAN

南人先食蕹菜，繼食野葛，二無相伏，自然無苦(毒)。又取蕹菜汁滴野葛苗，當時枯死，其相殺如此。張司空云魏武帝噉野葛一尺而相安，即是先食此菜。

台語俗諺說：「正月蔥，二月韭，三月薑，四月蕹。」說明了食用這些蔬菜的最佳季節。空心菜含多量的β胡蘿蔔素與鈣質等，是高血壓患者等極佳的蔬菜，不過體質虛弱、脾胃虛寒、貧血、低血壓及手腳容易麻痺抽筋者，特別是喜愛游泳的人，不宜長期大量食用。通常綠葉蔬菜維生素C含量都很高，空心菜是個例外，但是高纖維的特質，使它成為受歡迎的蔬菜。

【台灣這樣吃空心菜】

台灣人稱空心菜為「應菜」，是蕹菜的轉音，蕹菜則依《遯齋閒覽》之記載稱為「甕菜」而來，依取名習慣以草本植物類分，故名蕹菜。台灣有一句罵人的俗諺：「吃不到三把應菜，就想上西天。」用來譏評人的不自量力，也說明了空心菜的隨常性。

幾十年前的南部鄉下，空心菜隨處生長，特別是稻田旁灌溉用的大水圳，雖然這些空心菜實在是茂盛至極，但即使是貧苦人家也都不太食用。由於家中有一口大池塘，養了許多魚類，因此孩子們往往被大人指派去「割」空心菜，不僅餵食草魚，也用來讓雞啄食。這些大水溝可是生態豐富，有田螺、蜆、水蛙，當然還有空心菜；潺潺的水流，冰涼得暑氣全消，非常舒服。孩子們打著赤腳下水溝，一邊扯著空心菜往溝邊丟，一邊「感覺」腳底是否

炒空心菜是台灣非常家常的一道菜，可視個人口味佐以辣椒或蒜頭。

有異樣，通常沿著水溝一路走，不僅採滿了空心菜，也摸足了蜆類等食物，偶而也抓幾隻水蛙回去加菜。空心菜用五節芒綑緊，回到家拆也不拆，直接丟到池塘裡餵魚，簡單省事。另幾把則是丟在草地上，用腳或竹竿撥弄一下，讓雞、鴨來啄食。空心菜呢，今天這頭採完，明天那頭又萌芽生長了，不需三兩天，又能採割了。以前覺得空心菜長在大水圳裡是理所當然，「菜」也要有個「家」嘛；如今想來才明白那是多麼有「生機」的景觀！

喜愛空心菜是因為它有極強的生命力，隨意採割，它就隨意生長，而且更加茂盛。用一把蒜頭爆香了，再將空心菜扔下去，翻炒兩下即可起鍋。隨意一點的，一把空心菜可以煮湯，起鍋前加點一油蔥依然滿口清香，清脆的口感，滿滿的是吃蔬菜的幸福感覺。現在新式吃空心菜還有炒沙茶及南腐乳的做法，是比較屬於館子菜的做法，家庭中還是以蒜頭炒空心菜最常見。畏懼空心菜則是因為它的降血壓性高，只要吃上兩大碗空心菜，肯定抽筋；問過醫生才知道，空心菜具有降血壓的特質，容易抽筋和低血壓的人，不太適合吃空心菜，尤其是游泳前更不宜吃，免得「半路」抽筋。

以前鄉下地區的市場幾乎看不到賣空心菜，喜歡吃儘管到大水溝中採摘，就像野菜一樣，不僅是乾淨的無農藥蔬菜，重要的是沒有主人。近十幾年來空心菜翻了幾倍身價，一般餐館都能吃到空心菜，價錢從鄉下地區的 50 元到五星級飯店的 300 元一盤。差別的是設備裝潢與服務，至於空心菜本身任何人都很難讓它不好吃，也很難讓它美味到極點，不管是廣式的腐乳空心菜，台式的用蒜頭、辣椒清炒、煮湯等，或是用來做蚵仔煎的配菜；空心菜依舊維持一貫的自我！

1.以溫泉水栽種的空心菜園。　2.蚵仔煎加上空心菜應是宜蘭地區的特色小吃，一般多半是配上茼蒿。

葉菜類 02

小白菜

Brassica nigra

THE WONDERS OF VEGETABLES IN TAIWAN

【小白菜的作用】

1. 小白菜含豐富纖維質，能促進腸胃蠕動，幫助大小便通暢。
2. 小白菜含豐富維生素 C，具有美化肌膚及促進氧的代謝功能。
3. 小白菜含豐富礦物質，能促進骨骼和牙齒的發育，健全細胞組織。
4. 經常食用小白菜能緩和牙齦腫脹、唇乾舌燥等症狀。
5. 小白菜含有β胡蘿蔔素，具有抗癌作用，能抑制致癌細胞的生長與繁殖。

【健康料理】**麻油小白菜**

◎材料：小白菜 300 公克、薑絲一匙、麻油一匙。

◎做法：麻油爆香薑絲後，續炒小白菜。

◎養生功能：促進骨骼發育，適合胃寒者食用。

■性味：性平味甘，入脾、胃經，適合一般體質。

■成分：蛋白質、脂肪、醣類、磷、鐵、鎂、鋅、鈣、鉀、鈉、胡蘿蔔素、維生素 B1、B2、B6、C。

■功效：清熱利尿、除煩下氣、消食養胃。

【小白菜紀事】

Brassica nigra，十字花科，1 年生草本；株高 15~25 公分，花莖可達 1 公尺高；每株葉片 6~8 枚，葉簇生，倒卵形至球形，全緣或波浪狀缺刻，葉柄肥厚多汁；總狀花序，花冠黃色，十字形。英文名稱 Black Mustard，別稱葉白菜、菾葉白菜。

小白菜最大的特色就是生長期很短，從播種到收成大約 20~28 天的時間，每逢颱風季來臨，蔬菜缺乏，特別是葉菜類容易遭受損害，唯有小白菜能發揮急救的作用，搶先上市。台灣的品種有皺葉白菜、黃金白菜、鳳山白菜等，全年生產上市，各地都有栽

1.青翠的小白菜是台灣人大量食用的葉菜類之一。

2.小白菜的幼苗。

培，以北部居多。傳統市場裡，一把小白菜6兩重，售價在15~25元之間，超市裡的售價大約貴上3成左右，至於號稱「有機」的小白菜，一袋6兩裝至250公克之間，賣價49~59元。

白菜是蔬菜類中的大家族，通常將結球類的白菜稱為「大白菜」；不結球的白菜稱為「小白菜」。小白菜原產於中國大陸的長江流域一帶，人類大約在西元400年左右即開始栽培，是古老的農作物之一。台灣在十七世紀時引入栽種。

與大白菜不同的是；小白菜性質溫和，適合一般體質，即使支氣管過敏或是容易咳嗽的人，食用小白菜也沒有顧忌。而大白菜屬於寒涼性質的蔬菜，對於體質虛寒的人不適合經常食用。

【台灣這樣吃小白菜】

一直以為，小白菜是登不上大雅之堂的蔬菜之一；70年代以前的小白菜，多數用來作為陽春麵之類的配菜。早年台灣式的小吃店裡，炒麵是一大絕活，看似平常，其口味之濃郁，卻令人緬懷。除了大火是重點之外，肉絲鮮嫩而有嚼勁，蝦子、花枝之類的海味甘而鮮美，什錦麵裡的內臟如雞胗等，亦處理的爽脆可口。店家用大火熱鍋後，下油爆炒配料，隨後加入一球油麵及高湯，起鍋前隨手抓起一小撮小白菜。炒麵的過程及手法毫無出奇之處，但是烹煮過程中的香氣卻總是令人食指大動。美妙的香氣勾引著饞蟲，但是面對這麼一盤老闆精心調製的色彩，總得膜拜一番；雪白的花枝、紅色的鮮蝦、茶香色的雞胗、乳黃的油麵，加上翠綠的小白菜。這種台式炒麵是記憶中鮮活的教本。長大後，如有色彩搭配的需要，總叫人不由自主地想起這一盤

3.小白菜的黃花是典型的十字花科植物特徵。

4.小白菜的角果。

小白菜

Brassica nigra

炒麵，想起老闆靈活調色的手法，而綠色的小白菜具有畫龍點睛的效果，讓食物活起來。

此後，每當走在老街或夜市時，最愛尋找路邊的台式麵攤，店家用大型的汽油桶做成灶爐，裡面擺的不再是炭火而是瓦斯，小玻璃櫥裡裝的依然是肉絲、海鮮、內臟等，不變的還有一簍洗淨的小白菜。雖然口袋裡有足夠的錢及食慾享用一碗兒時的回憶，卻總缺少了那一份「快樂」：來自考試優等被獎賞的快樂，人的心情真是微妙的難以控制。

這十多年來，平常的蔬菜成了店家最賺錢的料理，原因是現代人相信「健康」，因此上館子必定點一、兩道蔬菜，藉以平衡營養的攝取。小白菜雖然平凡，卻也從未聽說有人對它偏食，當沒有想吃的蔬菜時，「隨便」的小白菜上桌後總也能被一掃而空。

小白菜因為生長快，又不拘環境的生長習慣，使得它成為颱風過後最先上市的青菜，在菜價昂貴的時候，也能看見它取代茼蒿而出現在「蚵仔煎」裡，那是多麼不協調的食物組合；吃在口中，應該軟嫩的食物卻有了蔬菜的「渣」。

應該在陽春麵裡出現的小白菜，如今似乎被豆芽菜取代了，偶有遇見那麼一、兩攤遵古法使用小白菜的麵攤，就對老闆起了崇拜，覺得他才是懂得美食的人！

右上圖：麻油炒小白菜，美味又滋補。

下圖：陽春麵裡加的小白菜。

市場上販售的小白菜。

葉菜類 03

大白菜

Brassica pekinensis

THE WONDERS OF VEGETABLES IN TAIWAN

■性味：性涼味甘，入胃、大腸經，適合偏熱體質。

■成分：蛋白質、醣、粗纖維、脂肪、灰分、鈣、磷、鐵、鉀、鎂、鈉、鋅、胡蘿蔔素、維生素B1、B2、B6、C。

■功效：清熱解毒、消食下氣、咳嗽便秘、小便不利、降低膽固醇。

【大白菜的作用】

1. 大白菜性質涼而近寒性，對於喉嚨發炎、躁熱頭昏等症狀，具有舒緩除熱的作用。
2. 熱咳多痰、腸熱便秘者，將大白菜置於熱鍋中燜至出水，以之代茶飲用。
3. 白菜性質寒涼，氣虛胃寒、冷咳及白帶多者不宜大量食用。
4. 體質寒涼者，食用白菜宜添加老薑一同烹調。
5. 大白菜含高量的鉀元素，可將體內的鹽分排出，適合對於因鹽分攝取過量而導致血壓升高的患者。
6. 對慢性腎功能不全，或是尿毒症患者，不宜食用過量的白菜，含高量鉀質的白菜，會增加腎臟的負擔，引起嘔吐、暈眩、昏迷等電解質失衡，類似神經性中毒反應現象。
7. 白菜含水量高，儲存不當容易變質腐爛，會轉化成致癌及中毒元素，因此腐敗的白菜即應丟棄，不可食用。
8. 白菜中含有吲哚(indole)，具有製造消除致癌物質的酵素作用。
9. 白菜具有大量的纖維，可降低血液中的膽固醇，並清除附著於腸壁致癌物質的功效。

【健康料理】**鮪魚白菜鍋**

◎材料：大白菜一個、鮪魚罐頭 1 罐、老薑數片、高湯 4 杯。

◎作法：1. 大白菜洗淨，橫切為二。

2.. 取一只陶鍋或琺瑯鍋，將白菜、老薑、鮪魚，加入高湯慢火燉煮 30 分鐘。

◎養生功能：適合消化不良、便秘症患者。

1.即將包心的大白菜。

2.大白菜開花時的抱莖葉。

【健康料理】**白菜捲**

◎材料：大白菜 100 公克、豆腐一塊、山藥泥 50 公克、胡蘿蔔絲二匙、蝦仁 50 公克。

◎作法：1. 大白菜洗淨，燙熟備用。

2. 豆腐和山藥泥搗碎，與蝦仁、胡蘿蔔絲拌勻調味。

3. 大白菜葉將拌好的餡料，捲成春捲狀，放入高湯中慢火燉煮。

◎養生功能：清熱解毒、潤肺祛咳。

【大白菜紀事】

Brassica pekinensis，十字花科，1~2 年生草本，株高 20~40 公分左右；葉互生，倒闊卵形，疊抱捲曲成球狀，有橢圓、長橢圓、圓筒形等；花為總狀花序，花瓣 4 枚，十字對生，花冠黃色或淡黃色；果實長角形；種子細小。英文名稱 Chinese head cabbage，Celery cabbage，別稱捲心白、山白仔、山東白仔。

大白菜主要產地在雲林、彰化、嘉義、台南一帶，中北部亦有零星栽培，性喜冷涼，不耐高溫，是冬季主要蔬菜之一，春節前後為盛產期。夏季高冷地區有少量栽培。大白菜是台灣重要的蔬菜之一，其產量及消費量都高居其他蔬果之上，售價一般在一斤 15~30 元上下，產量多時價格有時下至 10 元左右。

大白菜又稱結球白菜，原產於中國北方，經人類栽培食用，已有久遠的歷史。白菜出現在人類餐桌上，最早的紀錄始於 11 世紀蘇頌的《本草圖經》。《食療本草》亦記載了白菜的功效：「溫，治消渴，又發諸風冷。有熱人食之，亦不發病，即明其性冷。又消食，亦少下氣。葉極大，根亦麤長

3.大白菜的黃花也是典型的十字花科植物特徵。

4.大白菜的幼葉。

葉菜類 03

大白菜

Brassica pekinensis

THE WONDERS OF VEGETABLES IN TAIWAN

，和羊肉甚美，常食之，不見發病。其冬月做菹，煮做羹食之，能消宿食，下氣、咳嗽。」

結球白菜因葉片包捲，一般都在露水稍乾後隨即採收，雖是冬季蔬菜，但經農業專家不斷培種育苗、馴化的結果，一年四季都能供應無缺，但以冬季為盛產期。根據農業專家的考證，結球白菜並非野生植物，而是由十字花科的葉菜類與蕪菁自然雜交而成。《爾雅翼》及《唐本草注》等書，及一般民間皆以「菘」視為大白菜之古稱，不過這種說法有待考證。

《唐本草注》記載：「菘不生北土，有人將子北種，初一年半為蕪菁，二年菘種都絕，將蕪菁子南種，亦二年都變。土地所宜，頗有此例。其子亦隨色變，但麤細無異爾。菘子黑，蔓菁子紫赤，大小相似，惟蘆服子黃赤色，大數倍，復不圓也。其菘有三種，有牛肚菘，葉最大厚，味甘；紫菘葉細薄，味少苦；白菘似蔓菁也。」此段記載，用來說明大頭菜（芣藍）似乎更恰當。

【台灣這樣吃大白菜】

「捲心白」是早期對包心大白菜的稱呼，不過這個名詞似乎對年輕人是個陌生詞，對他們而言，「白菜」一詞簡單明瞭，何必繞口說捲心白呢？至於怕混淆的小白菜，直言「小白菜」就是了，說漢語可能問題不大，換成台語可就有講究的空間了！

大白菜千變萬化：賣滷肉飯的地方可以吃到滷白菜，麻辣火鍋有韓式泡菜鍋，賣臭豆腐搭配的是台式泡菜，賣黑輪的有熱騰騰的白菜捲，涮涮鍋的湯底由大白菜熬成，東北酸菜鍋涮的還是大白

白菜捲。

菜。一般餐館裡的醋溜大白菜，顧名思義加點醋烹調，勾點芡粉，館子很常見。台式料理也有炒大白菜，用的是香菇、金勾蝦同炒，川菜館子的開陽白菜與台式略同，但少了香菇多了勾芡。

涼拌菜心，取的是大白菜中心最鮮嫩的部分，與香菜、豆乾、花生米、切絲的蔥白，淋上香麻油、醋、少許鹽和糖或許加一點點醬油，是夏季最受歡迎的小菜。就像飯店供人住宿、酒店賣春色一樣，港式茶樓賣的是正餐而不是茶湯，其中烤白菜搭的還是金勾蝦，調和濃稠的麵糊烤過，滋味稍膩卻正適合濃儼的茶飲。

台灣人過年吃火鍋圍爐，此時大白菜正上市，香甜多汁又無澀味，用來做湯底最理想。大白菜在餐廳裡無所不在，特別是吃完烤鴨後，鴨架子與冬粉用一整粒大白菜細火慢燉，可以在熬出一鍋滋味濃厚的鮮湯，餘韻無窮，令人回味。至於獅子頭這道菜如果沒有大白菜作襯底，肯定失色不少，就像吃蔥烤鯽魚美味的是蔥一樣，許多人點食獅子頭，更愛的是濃郁撲鼻、口感鮮美的大白菜。

台式料理也有類似的做法，尤其是「辦桌」之後，將各種美食分類後燴成一鍋，再用大白菜調和，稱為「菜尾」，是精華所在。以前吃拜拜或喜宴都很難得，主人家會很貼心地準備塑膠袋，讓賓客將未吃完或特意留下的餐食帶回，最後將所有筵席上的菜餚分類後，再煮成帶湯汁的燴菜，其中當然最重要的就用是大白菜來提合各類菜餚的鮮味。曾經做為國宴料理的宜蘭名菜「西滷肉」，內容差不多，也是多種美味食材燴成，但是多了炸過的蛋汁，或許還配上一把香菜及蔥絲養顏色，滋味當然美妙異常，口齒留香了！

1.用大白菜作成的韓國泡菜。 2.鮪魚燉白菜。
3.用大白菜作成的台式泡菜。 4.獅子頭燉白菜。

高麗菜

Brassica oleracea var.capitata

■性味：性平味甘，入胃、腸、腎經，適合一般體質。

■成分：葡萄糖、氨基酸、蛋白質、醣類、纖維、芸苔素、鈣、磷、鈉、鐵、氯、硫、碘、胡蘿蔔素、維生素B1、B2、C、E、K、U。

■功效：補腎壯腰、強健腦髓、補脾健胃、強化血管、消除壓力、去斑。

【高麗菜的作用】

1. 高麗菜含維生素K及U，能強化胃壁，具有抗潰瘍的功能，對於胃潰瘍及十二指腸潰瘍等症狀具有舒緩效果。
2. 高麗菜含有硫、氯、碘等礦物質，具有淨化胃腸黏膜的功效。
3. 高麗菜纖維素含量豐富，有促進腸壁蠕動，消除宿便的作用。
4. 高麗菜具有淨化血液的特性，能強化身體的免疫功能。
5. 高麗菜所含的胃蛋白 酶、胰蛋白 酶酵素，與維生素U相結合有相乘效果，可改善胃腸潰瘍方面的症狀。
6. 高麗菜含有蘿蔔子素，能抑制幽門桿菌的生長。
7. 高麗菜含有硫元素，能有效分解體內堆積的脂肪。

【健康料理】**高麗菜蘋果汁**

◎材料：紫高麗菜、蘋果、芹菜。

◎作法：三者洗淨榨汁加冰糖或果寡糖飲用。

◎養生功能：滋膚養顏、健胃整腸，適合胃腸潰瘍患者。

【健康料理】**培根高麗菜**

◎材料：高麗菜300公克、胡蘿蔔50公克、培根100公克。

◎作法：培根炒酥後下高麗菜、胡蘿蔔，並加少許黑醋、鹽調味。

◎養生功能：保健脾胃，促進消化功能。

【高麗菜紀事】

Brassica oleracea var.capitata，十字花科，1~2年生草本；株高18~35公分；莖短小；葉片相互抱合形成球狀體，有扁圓形、圓球形、尖球形等，葉片有粉綠色、淡綠色、紫紅色；花莖有抱莖葉

1.青翠欲滴的高麗菜是台灣重要的葉菜類。

2.高麗菜的角果。

，花色淡黃，十字對生；果實長莢形。英文名稱 Cabbage ，別稱甘藍菜。

高麗菜是台灣主要的日常蔬果之一，市場全年供應無缺。主要的高麗菜品種為扁圓形，盛產期從夏末初秋起，一直可供應到過年。耐熱品種的高麗菜，葉片比較硬，風味稍遜。至於高冷地區栽培的高麗菜由於氣候關係，通常為尖球形，葉片略為韌而硬，但甜度比較高，也比較沒有澀味。

紫高麗菜由於纖維質比較粗硬，很少做為熱烹調，通常在西式料理中，做為生菜食用或點綴裝飾。芽甘藍則是高麗菜採收後，老株的莖長出的新芽苞，由於質地細嫩可口，又不經農藥施放栽種，因此頗受歡迎。高麗菜的價格有很大的差異性，昂貴的時候，一斤售價 50 元以上，便宜時中小型的高麗菜一粒 10 元，是台灣飲食文化中重要的蔬菜之一。

高麗菜原產於歐洲，栽培歷史達 800 年之久， 14 世紀時引入中國栽培，台灣在荷蘭人據台時期引入。目前地中海沿岸及大西洋沿岸的自生品種是野生種改良的，為結球狀的原生種，據知在史前已有栽培紀錄。原生種是深受古代羅馬人喜愛的食物之一，因為他們相信高麗菜的營養成分，對於胃腸有很好的療效。

歐洲自古希臘時代起，高麗菜即被當成藥物來食用。數學家畢達哥拉斯曾說高麗菜是可以保持元氣、精力和使精神安定的蔬菜，因為經常食用高麗菜，所以讓他頭腦清晰、反應靈敏。羅馬時代寫成的《普利尼烏氏的博物誌》中，也記載著高麗菜有對胃腸的功能，以及對抗眼疾、痛風、腫脹等作用，全書一共記載了高麗菜對人體的 87 種療效。在東洋的醫學上，也認為高麗菜是能夠滋養五臟六腑機能的蔬菜。

高麗菜含有各種豐富的維他命，幾乎涵蓋各種人體所需的維他命。不但含有豐富的維他命 C（一枚高麗菜葉即含有人體一天所需的份量），維他命 C 含量最多的部分，是在靠近菜心及最外側的部位；外側的綠色菜葉部分，

3.高麗菜的黃花也是典型的十字花科植物特徵。

4.紫高麗菜的植株。

高麗菜

Brassica oleracea var.capitata

則含高量的β胡蘿蔔素。高麗菜含量最多的是可以抗潰瘍的維他命U。這是一種複合性甲基的氨基酸，與其他物質結合後，具有合成新的蛋白質作用，這種作用對於因潰瘍而受傷的組織有預防、修復的功能。

維他命U是1950年代美國的醫學界首次發現高麗菜葉具有抗潰瘍性的成分時，以潰瘍(Ulcer)的第一個英文字母命名而來。高麗菜含大量的鈣質與食物纖維是其特徵之一，此外高麗菜沒有一般蔬菜含量頗多的硝酸，因此沒有澀味，適合生吃，一天只要生食兩片高麗菜葉，就可幫助預防感冒及傷口的癒合。高麗菜的珍貴更在於即使經過高溫烹調，其中所含的維他命也不太會流失（約可保存90%），因此被意大利人暱稱為「健康菜」。

中國古稱高麗菜為「甘藍」。根據《本草拾遺》記載：甘藍平，補骨髓，利五臟、六腑，利關節，通經絡中結氣，明耳目，健人少睡，益心力，壯筋骨。煮作菹，經宿漬色黃，和鹽食之，去心下結伏氣。

高麗菜在日文中，古漢字寫成「紅夷松」，據知是18世紀時，由荷蘭傳入時的造字，不過這個字幾乎已成「死語」，日本多用外來語拼音法稱呼高麗菜，紅夷松這個字除了語言學家外，大概沒有什麼人知道了！

左圖：高麗菜的開花株。
右頁圖：市場上堆積如山的高麗菜。

Brassica oleracea var. capitata

葉菜類 04

高麗菜

Brassica oleracea var.capitata

THE WONDERS OF VEGETABLES IN TAIWAN

【台灣這樣吃高麗菜】

高麗菜這個名稱似乎只在台灣通行，中國大陸稱它的正式名稱「甘藍菜」，至於甘藍菜被稱為高麗菜的緣由，聽長輩們說來倒是令人啞然失笑。台灣早年的夜市是個很精采的集市活動，除了販賣各種生活用品、食品等之外，也經常有「打拳賣膏藥」的表演，打一套拳頭展示「雄風」好賣藥。高麗菜最初上市時乏人問津，不知是哪個廣告天才，請這些賣藥的壯漢代為宣傳高麗菜，宣稱平日除了他們自己的藥物保健身體之外，日常三餐都是食用「這種蔬菜」才擁有如此健壯的身體，這些身材魁梧的大漢由於多數是來自韓國的僑民，台灣人稱韓國人為「高麗」，人参也稱「高麗」，既然是吃了就有充沛氣力的菜，那麼稱為高麗菜再適合也不過了！

精打細算的主婦們，經常趁著高麗菜盛產時，買一簍回家製成有陽光香味的高麗菜乾。高麗菜在艷陽下曝曬一天，讓水分收至半乾狀態，放進極淡的鹽水中浸泡三天，然後用網子撈起，放在長板凳上用大石頭壓乾水分，最後「擠進」乾淨的玻璃瓶中。別看小小的一隻玻璃瓶，容量可是極驚人，本事好的可擠進兩、三斤的重量，等到要食用時還得用鐵勾子費力地勾出來。

高麗菜乾放進玻璃瓶是一種收藏方式，在能夠充分享受太陽的地區，也有人將高麗菜曬成真正的「菜乾」，這樣的儲存方式耐久而經放，是先民珍惜物資的智慧。高麗菜乾是「平民」的食物

培根炒高麗菜。

，以前是用來敦親睦鄰的菜，但是隨著婦女就業機會增多，自家醃漬食物的機會和本事也跟著遞減，忘不了尋常菜餚深度美味的人於是從市場上買到魂縈夢繫的「媽媽菜」。一瓶米酒瓶裝的量在大都市賣 100~120 元之間的價錢，在鄉下如果會殺價，大約 50~70 元就能買到。

帶水分的高麗菜乾微帶酸味，用來炒辣椒及五花肉，或是煮梅花肉片湯，滋味都非常鮮美而且開胃。高麗菜乾用冷開水洗過後，加上辣椒、糖、醋調味，即成為風味特殊的台式泡菜。高麗菜乾炒苦瓜加點辣椒配點湯汁，則是鄉下地區風味獨特的菜餚。高麗菜乾也被用來做草粿的餡料，風味獨特很有嚼勁，牙齒好的人特別喜歡這種餡料的草粿。餡料的做法非常簡單，用一點肉末加蝦皮、胡椒、少許鹽炒香就行了。

瓶裝的高麗菜乾其實尚帶著微微濕潤的水氣，其他風景區如角板山、梨山、南部的觀光地區等販賣的袋裝高麗菜乾則是完全的乾燥品，食用前須泡水一段時間才能烹調。

生鮮的高麗菜更有豐富的烹調手法，一般餐館都供應高麗菜，但吃法各有千秋：培根高麗菜是近十年來的創新手法。回鍋肉中的高麗菜則是主角，由青椒、五花肉片、辣椒、豆瓣醬等陪襯著。賣臭豆腐的老闆如果沒有供應由高麗菜領銜醃漬的泡菜，那麼保證臭豆腐再怎麼「香」，也賣不出去。至於鄉土美食「潤餅」，如果沒有高麗菜壓陣，肯定也是乏人問津。

曾經有個朋友在吃了幾十年的高麗菜之後，有一天發出疑問，他說：「為什麼炒高麗菜一定要加胡蘿蔔？」話一出，全場靜寂，真是大哉問！我想，這個問題絕不會有個斬釘截鐵的答案，這就是台灣料理的神秘之處，想想看，除了高麗菜搭胡蘿蔔之外，還有豆芽菜配韭菜，滷筍絲要加酸菜，小魚要配莧菜，台灣人天生獨特的味覺和廚藝，真要做學問，肯定忙壞一群辯解環境論、文化論的專家！

1.用紫高麗菜打成的果菜汁。 2.高麗菜乾。 3.高麗菜是潤餅不可或缺的材料之一。

葉菜類 05

萵苣

Lactuca sativa

THE WONDERS OF VEGETABLES IN TAIWAN

■性味：性平涼味甘辛，入脾、胃經，適合偏熱體質。

■成分：蛋白質、脂肪、乳酸、枸櫞酸、蘋果酸、天門冬鹼、萵苣鹼、鉀、鈉、鎂、磷、鐵、鈣、胡蘿蔔素、維生素B1、B2、C、E。

■功效：強健筋骨、除悶去煩、涼血止血、清熱生津、利尿通乳、消除水腫。

【萵苣的作用】

1. 萵苣含大量有機酸，能促進腸胃蠕動，排除宿便的堆積。
2. 萵苣富含鉀鹽，能在體內進行中和酸性物質，並代謝脂肪。
3. 萵苣含豐富鈣質，能幫助血液凝固及肌肉收縮，維持體內酸鹼平衡和毛細血管的正常滲透壓。
4. 萵苣含豐富礦物質，能促進人體新陳代謝的作用，增進骨骼發育，及滋養肌膚、防止毛髮脫落。

【健康料理】**萵苣豬蹄湯**

◎材料：萵苣600公克、豬蹄一只。

◎作法：1. 豬蹄去毛洗淨，小火慢燉。
　　　　2. 兩小時後，加入萵苣續煮。

◎養生功能：具有通絡催乳的功能，適合生產後無乳汁或缺乳者。

【健康料理】**萵苣沙拉**

◎材料：萵苣100公克，番茄、水煮蛋、玉米各酌量、橄欖油一匙，橄欖油醋、芝麻、胡蘿蔔泥、鹽各少許。

◎作法：1. 萵苣洗淨去水分。
　　　　2. 各項調味料拌勻。
　　　　3. 萵苣及各式生菜裝盤，淋上調味料。

◎養生功能：增進鈣質吸收、促進新陳代謝。

【萵苣紀事】

Lactuca sativa，菊科，1~2年生草本；品種繁多，株高20~100公分；葉形根據品種而異，有劍形、倒卵形、皺葉、匙形、披針形

1.狹葉萵苣即是大家熟知的A菜。

2.皺葉萵苣。

等，互生，全緣或波浪紋；黃色花頂生。英文名稱 Lettuce，別稱鵝仔菜、妹仔菜。

萵苣原產於中東、小亞細亞等地，現廣泛分布於歐洲、非洲北部、印度北部以至西伯利亞等地。台灣早期用來飼養鵝的萵苣菜為土生的品種，稱為「鵝仔菜」；至於嫩莖萵苣則以採收莖部為主，俗稱菜心的萵苣；此外就是最常見的結球萵苣。萵苣性喜冷涼，一年四季都能收成，由於蟲害較少，被視為健康蔬菜之一，通常以做為沙拉、生吃的方式食用。做為生菜食用時，宜以手撕菜葉，如此可避免刀切口氧化口，保持清脆爽口。

《清異錄》記載：咼國使者來漢，隋人求得菜種，酬之甚厚，故名「千金菜」今萵苣也。《本草衍義》說明萵苣的特性：萵苣，今菜中惟此自初生便堪生啖，四方皆有，多食昏人眼，蛇亦畏之。蟲入耳，以汁滴耳中，蟲出。諸蟲不敢食其葉。以其心置耳，則蚰蟲出，路蟲亦出。有人自長立禁此一物，不敢食，至老目不昏。

《本草綱目》記載：「萵苣性涼、味苦，百蟲不敢近，利五臟、通經脈、開胸膈。」其白色的乳汁稱為「萵亞片」，具鎮痛和麻醉效果，腹部風寒、隱隱作痛，可用萵苣莖葉煮湯趁熱食用，可止腹痛。婦女乳汁不通，以萵苣葉煎酒服用。

【台灣這樣吃萵苣】

萵苣有某些品種是台灣古老的蔬菜之一，例如劍葉萵苣早期用來餵鵝，又稱「鵝仔菜」，至於狹葉萵苣則是俗稱的「A 菜」，還有一種食用莖部為主的「大菜心」，鮮嫩爽口，通常用點鹽或醬油、香油、辣椒等醃漬而成，是配稀飯的可口醬菜，這種菜心醬菜在超級市場或傳統雜貨店都買到，大型企業願意投資販賣，足證它的美味不被時代潮流掩沒。

3.劍葉萵苣。

4.結球萵苣。

葉菜類 05

萵苣

Lactuca sativa

THE WONDERS OF VEGETABLES IN TAIWAN

近年來，市場出售一種所謂「貢菜」的乾燥蔬菜，業者都說是從中國大陸進口的「山珍」，是當年進貢給慈禧太后的特產。這種貢菜做成醃漬的小菜很受歡迎；泡開來加點醬油、香油、辣椒及鹽等調味料，醃一段時間後即可食用，許多餐廳都用來做為餐前小菜，開胃又爽口。由於口感與海帶頭很類似，因此多以為是海帶的一種。直到前幾年春天在日本長野縣的農產品特展上看見，才知道原來是大菜心製成的乾菜，日本人稱為「山木耳」，是形容其口感的特殊與嚼勁。結球萵苣是近年來搶手的蔬菜之一，餐廳裡用洗淨、冰鎮過的萵苣供客人包蝦鬆、鴿鬆等食物；烤肉店也用來捲燒肉食用，想來業者發明用生萵苣葉包捲食物進食，不僅具有中和酸性肉類食物的酸鹼值作用，還能舒緩油膩與重口味。

在資訊爆炸的現代，飲食的流行說不準誰學誰；但是曾經在銀座的日本料理店，吃過用皺葉萵苣捲生魚片，加點切碎的花生與青紫蘇，再淋上油醋醬汁食用，這種吃法對於淑女而言有點不雅觀，因為必須用手捧著食用。這道料理滋味非常好，不過卻有點不知所食為何；因為花生和青紫蘇都香氣濃馥，雖然萵苣的清甜能讓口腔轉換味覺，以便品嚐下一道食物，但卻把生魚片的甜味都給掩蓋了。

台灣最近很流行食用「大陸妹」這種萵苣菜，這個名稱讓許多中國新娘很不高興，認為受到歧視。其實，大陸妹這種改良的萵苣是從「羅蔓」而來，名為羅蔓的西方萵苣是常見的生食蔬菜，用來做為沙拉或是夾在漢堡或是三明治、麵包等食用。改良的萵苣實際上稱為「大陸羅蔓」，在快音之下就變成「大陸妹」了。這種羅蔓類萵苣只適合生吃，經過大火快炒反而將苦味滲出，不僅味道不佳，也浪費了許多營養成分。

1.萵苣的用途廣泛，如舖盤用的皺葉萵苣。

2.芝麻風味的萵苣沙拉。

嫩莖萵苣俗稱大菜心。

圓葉萵苣。

市場上販售的大菜心。

3.西洋生菜做成的料理。

4.醬油醃菜心。

葉菜類 06

芥 菜

Brassica juncea

THE WONDERS OF VEGETABLES IN TAIWAN

【芥菜的作用】

1. 芥菜的種子含有芥子酚、芥子鹼等，並含豐富油脂，可炸油供食用，油脂中含芥子酸、甘油脂等成分。
2. 芥菜與油同炒，能疏緩辛辣味，並增加胡蘿蔔素的吸收。
3. 芥籽可做為健胃劑及化痰劑，漢藥裡用來治療慢性支氣管炎。
4. 芥籽研粉後與冷水及麵糊調勻，或與白飯一同搗碎，可外敷跌打瘀傷、坐骨神經痛等症狀，因刺激性大，皮膚過敏者須留意使用。
5. 醃漬的酸菜不宜多吃，容易形成尿結石。
6. 常食芥菜，具有潤滑肌膚的功效，並且對於糙皮症有良好的預防效果。

【芥菜紀事】

Brassica juncea，十字花科，1~2年生草本：株高20~70公分；葉匙形或倒卵形，葉數少，中肋廣平，葉脈平顯，全緣或有鋸齒；花冠黃色；種子紅褐色。全年生產，冬季盛產、夏季淡期。英文名稱 Leaf mustard，別稱刈菜。

台灣多在秋季種植芥菜，耐熱品種的芥菜可以在春季播種，大約2個半月~3個月即可收成，冬季是芥菜的盛產期，芥菜性喜冷涼、畏懼高溫溼熱，以中北部栽培較多。品種有所謂小本芥菜以供醃漬雪裡蕻，大型芥菜多做為酸菜、福菜、梅干菜等加工品，另有一種以食用嫩莖為主的大心芥菜，是製作「榨菜」的來源。芥菜是台灣用途非常廣泛的蔬菜，食用新鮮芥菜並不算普及，取來加工製成各種醬菜，才是它的真正用途。主要產地在苗栗、雲林、屏東等地

■性味：鹼性，性溫味辛，入胃、脾經，適合偏寒體質。

■成分：蛋白質、脂肪、醣類、粗纖維、胡蘿蔔素、菸草酸、鈣、磷、鐵、鎂、鉀、鈉、維生素B1、B2、C。

■功效：溫中宣肺、止咳祛痰、利尿、明耳目。

1.芥菜的葉匙形或倒卵形，葉數少，中肋廣平，葉脈平顯，全緣或有鋸齒。　2.台灣多在秋季種植芥菜。

，一般農家亦有零星種植。

芥菜在中國具有遙遠的栽培歷史，即使苦味的菜一向不為人所喜愛，它卻依然保有長久的飲食功能；考古學家在河姆渡文化遺址中發掘了芥菜籽，證明人類食用芥菜超過二千年的時間。芥菜原產於中國、印度及鄰近地區國家，主要在產區在印度西北部，印度東部、東北部的阿薩姆、緬甸及中國則為次要產區。蒙大拿州、加州、華盛頓州、奧勒岡州及北達克他州是美國主要的芥菜產區，不過這些地區種植芥菜，以採收菜籽為藥材或調味料為目的；俄羅斯人在日常生活中，常以芥菜籽油代替橄欖油食用。

《圖經》記載：芥舊不著所土，今處處有之。似菘而有毛，味極辛辣，此謂青芥也。芥之種亦多，有紫芥，莖葉純紫，多做虀者，食之最美。有白芥，子粗大，色白如粱米，此入藥者最佳；舊云從西戎來，又云生河東，今近處亦有。其餘南芥、旋芥、花芥、石芥之類，皆菜菹之美者，非藥品所須，不復悉錄。大抵南土多芥，亦如菘類，相傳嶺南無蕪菁，有人攜種至彼種之，皆變作芥，言地氣暖使然也。

王禎的《農書》中詳細地記載了芥菜的種植與食用：「今江南農家所種如種葵法，俟成苗必移栽之。早者七月半後種，遲者八月種。厚加培壅；草即鋤之，旱即灌之。冬芥經春長心，中為鹹淡二菹，亦任為鹹菜。十月收蕪菁迄時收蜀芥。如即收子者，即不摘心。夫芥之為物，心多而耐久，味辣而性溫，可搗取汁，以供庖饌。」

《食療本草》記載了芥菜的藥效：「主咳逆下氣，明目，去頭面風。大葉者良，煮食之動氣，猶勝諸菜，生食發刀石毒。子，微熱，研之作醬，香美有辛氣，能通利五臟。」

港式飲茶中常見的黃色芥末沾醬，用的是國內不常見的黑芥菜種子（*Brassica nigra*）研磨而成，黑芥菜種子呈黑褐色，與冷水研磨後，產生強

3.食用新鮮芥菜並不算普及，取來加工製成各種醬菜，才是它的真正用途。

4.芥菜的果實。

烈的氣味。棕芥菜的種子比較大、氣味淡、顏色褐棕色或紅褐色，酶活性強，可做為泡菜的防腐劑。在原產地，芥末與葡萄汁一起製作，是最原始、最基本的做法（must，源於拉丁語 mustum），mustard 因此得名。西方傳統用芥末膏治療肌肉酸痛和凍瘡，要留意的是：在調和芥末粉成泥時，必須使用冷水，才能將酶性活化，若用熱水則減少或無法產生酶性。

古人用芥末當數季平子最有趣。《左傳．昭公二十五年》記載：「季平子和郈昭伯因住家相近，因此經常鬥雞相戲。為求勝算，季平子在雞的羽毛上塗上芥子末，由於芥子具辛辣味，利九竅、通經脈，可據此增加雞的戰鬥力。」後代詩人詠鬥雞，因此常以「芥羽」代稱。菲律賓盛行鬥雞，觀賞後深覺殘忍而卻步，故不知這些玩家是否亦用芥末法刺激雞的鬥性。

【台灣這樣吃芥菜】

台灣稱芥菜為「掛菜、割菜」，這兩個字的台語發音都雷同，因此掛菜（割菜）到底是形容大型的芥菜採收時得用「割」的，或是形容這種菜經常用來做為醃菜「掛」在竹竿上，那就不得而知了！新竹、苗栗地區的客家朋友最擅長利用芥菜的特性。8 月份起至翌年的元月份的期間，將芥菜採收下來之後，整棵維持完整不拆開，讓芥菜曝曬太陽一天，稍稍變軟後，灑上鹽並用腳踩踏，待鹽與芥菜充分揉合後，將菜放進木桶中，覆以重石疊壓，將木桶放在太陽下曝曬 5~7 天左右，經陽光自然發酵後，即是酸菜。經過這些地方，嗅聞空氣中瀰漫的酸香甘美，總是感受到一股濃濃鄉情，不自覺地腳步就會輕快起來，或許是因為聯想到美食，腦中產生腦啡，

1.新鮮的榨菜頭是芥菜的加工品之一。

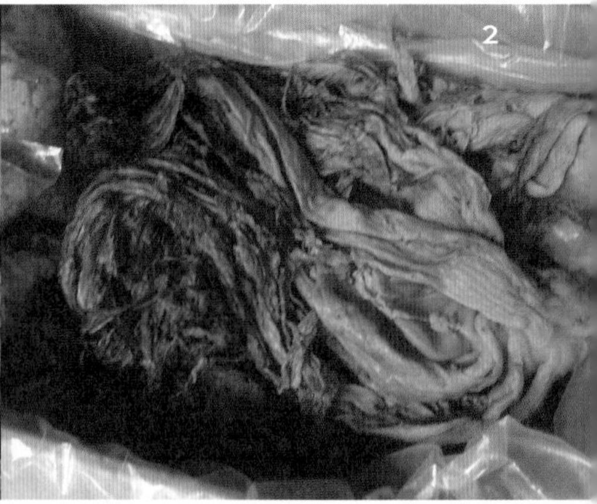

2.大型芥菜多做為酸菜、福菜、梅干菜等加工品。

心情愉快所致吧！

酸菜炒大腸是一道很受歡迎的客家美食，即使不是客家館子，通常一般館子也能點到這道菜。不過好吃的精髓在於酸菜是否充滿陽光的酸香；原汁原味的酸菜是所謂的橄欖色，與醃漬過的橄欖具有同樣的顏色，台語中有一個專有名詞叫做「掛菜色」。市面上黃色的酸菜高級品用的是梔子染色的，若是顏色黃的過於鮮豔，用的極可能是人工色料了，從味道及色澤是可以分辨出來的。

發酵完成的酸菜取出後，一棵棵披掛在竹竿上繼續接受陽光的親炙，大約兩天後，將菜「擠進」玻璃瓶中，收藏在陰涼的地方，三、五個月過後，尚帶有些微水分的被稱做「霉乾菜」，又稱為「梅干菜」，梅干菜再次經過太陽曝曬乾後，能貯存更久，稱為「福菜」。梅干菜最典型的入菜法是與五花肉做成梅干扣肉，香腴滑嫩極為下飯，也是客家菜的招牌之一。用梅干菜燉蹄膀也極對味，此時最搶手的不是蹄膀，而是吸飽了油脂的梅干菜，用來拌飯吃，每餐都可令人撐到不行。

酸菜的最大用途之一，是用來做為「割包」的內餡。割包是有名的台灣小吃，最初是清明時節吃的應景料理，由於味道鮮美、製作方便，不僅具有飽足性可做為正餐之外，還有食用方便的好處，無論冷熱食都不失風味，因此逐漸成為忙碌人士的正餐代用食品，販賣的攤販也逐漸增加，最後更擴大成店面、連鎖店。

割包裡的酸菜並無酸味，而是略帶甜味的「酸菜」，保持其爽脆的口感，與燉得極為軟爛、好入口的五花肉、花生粉、香菜做為餡料食用。至於酸菜炒肉絲是簡易而美味的下飯菜；酸菜肚片湯則是台灣人用干瓢作結，綁一小片豬肚、酸菜及胡蘿蔔煮湯而成，幾十年前這道料理只用來待客，或拜拜的時候先供神明、祖先享用的菜餚，如今則變成小餐館中很普遍的湯

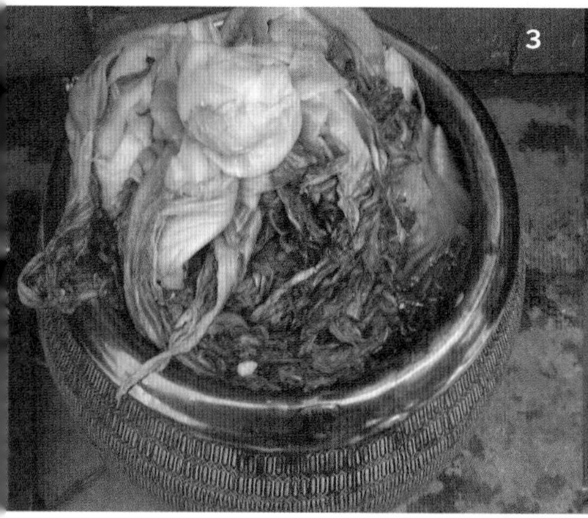

3.整罈的酸菜引人垂涎。

4.芥花油是十分常見的食用油之一。

點。現代人吃得清淡，單用甘瓢綁一段酸菜、胡蘿蔔、蔥白，用雞湯煮過，味道鮮美而清爽，蔬菜的清甜與酸菜甘香，調和了雞湯的腴沃，滋味妙不可言。

酸菜與榨菜都是台灣麵食中很重要的配料：榨菜肉絲麵在幾十年前算是高價的麵食，比陽春麵貴上一倍有餘，那時候的榨菜肉絲用豬油炒得極香，一大碗公放在麵攤上，很是引人垂涎。煮榨菜肉絲麵並沒有特別技巧，煮好的陽春麵上舖一層就是榨菜肉絲麵了，攪動麵條的時候，榨菜的鹹香往湯汁裡滲入，摻和著豬油脂的香腴，如此千迴百轉的豐富口味，就是令人著迷的所在！

令人遺憾的是酸菜竟淪落為桌上的「調味品」。以前賣麵的老闆對待吃麵的顧客很寬厚，桌上總是一大碗炒過的酸菜，偶而還加一些辣椒同炒增加滋味，讓顧客隨意食用，這份體貼的心意，真是讓人溫暖在心頭。今日某些傳統市場中，雖然還有麵攤提供酸菜罐供客人調味食用，不過味道已經變了，總覺得老闆的「愛心」不夠，所以酸菜不再好吃。就連一些連鎖麵館提供的酸菜罐，也一樣難吃，真的很想建議他們撤掉算了，免得壞了招牌，也壞了食客的「回憶」。不過往深裡再一思量，不知是否因為經濟的富裕讓人的「感覺」遲鈍，所以連味覺也貪婪了！

「蕻」是浙江方言，指的是剛冒出來的嫩芽。早年食物貯藏不易，特別是葉菜類更容易腐壞，為了長期保持可吃的食材，醃漬法是極普遍的做法。「蕻」就是用薄鹽輕醃蔬菜，一棵棵小本的芥菜先曬過一天左右，再用薄鹽輕醃，經鹽醃過的菜色白的白、綠的綠，極為鮮翠可喜，就好像雪堆中剛冒出來的新芽一般，雪裡蕻因此而得名，不過一般人不明究理，俗以「雪裡紅」稱之。以雪裡蕻炒肉

1.酸菜是割包不可或缺的材料之一。

2.麵攤上的酸菜，可惜風味不再。

絲稱為「雪菜肉絲」，是最經典的做法，一般麵食館一定供應，近年來許多上海館子、江浙館子等也供應雪菜百頁，亦是極受歡迎的蔬菜類食物。

新鮮的芥菜稍帶苦味，平常較少以芥菜單炒作為菜餚，不過由於上市時間恰在冬季，因此台灣人常以芥菜入湯，過年時的「長年菜」即是芥菜，芥菜的確讓湯變得清爽不油膩，在以油膩厚重見稱的年節料理中頗受歡迎。

酸菜肚片湯是用干瓢作結，綁一小片豬肚、酸菜及胡蘿蔔煮湯而成。

二、三十年來經濟的富裕使得苦味的蔬菜也變得甜了，芥菜這類的苦味菜也有了多樣的變化；大一些的餐館多提供干貝芥菜這道菜，特別是標榜台灣料理的餐廳。將蒸過的干貝撕碎，與芥菜一同烹調過後，再以芡粉勾芡。干貝的甘鮮、芡汁的滑嫩，平緩了芥菜的苦味，雖然這道菜既不適合下酒，也不適合配飯，用來佐粥更奇怪，但是這道菜不但是高價位的料理，點菜的比例還出奇的高，或許是芥菜的「纖維」滿足了人們吃青菜的心理吧！

十五、六年前業界又發展出「芥菜雞」這種新菜色，沸騰的雞肉鍋中投以新鮮的芥菜隨即端上桌，滾熱的湯鍋映襯得尚未變色的鮮綠蔬菜更是既爽口又美味，芥菜雞成了流行的料理，也更帶動了芥菜的食用風潮。

3.醃漬好的雪裡蕻。

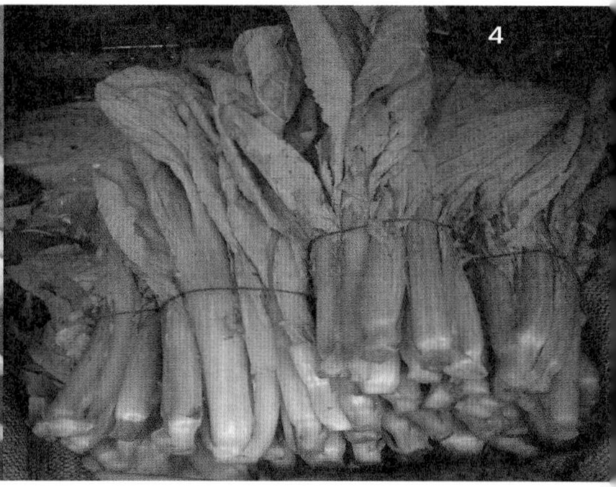

4.小本的芥菜可供醃漬雪裡蕻。

葉菜類 07

芥藍

Brassica oleracea

THE WONDERS OF VEGETABLES IN TAIWAN

■性味：鹼性，性涼味甘苦，入胃、肺、大腸經，適合偏熱體質。

■成分：蛋白質、水分、醣類、脂肪、纖維、煙草酸、鈣、鐵、磷、鎂、鉀、鋅、鈉、胡蘿蔔素、維生素B1、B2、C。

■功效：促進新陳代謝、清熱消腫、淡化斑點、維生素C缺乏症。

【芥藍的作用】

1. 芥藍具清潔血液功效，能增強抗癌細胞的滋生。
2. 芥藍含豐富維他命 C ，能促進皮膚的新陳代謝，防止色素沉澱，具有淡化黑斑、曬斑之功能。
3. 芥藍煎水代茶飲用，可改善虛火上升，牙齦腫脹、出血等症狀
4. 芥藍可減緩神經疼痛、對肝臟有解毒作用。
5. 芥藍菜的葉片榨汁飲用，有舒緩胃潰瘍症狀的功效。
6. 芥藍葉片搗碎，可外敷治療關節炎、肌肉緊張、皮膚潰瘍等症狀；還可抑制細菌滋生，促進傷口癒合。
7. 芥藍是鈣質最佳來源，有益牙齒、骨骼的健康，補充礦物質。
8. 芥藍花具有過敏原，會引起花粉熱及頭痛現象，容易過敏者避免靠近大規模的種植處。

【健康料理】**芥藍炒肉絲（牛肉）**

◎材料：芥藍 300 公克、牛肉（豬肉）200 公克。

◎作法：1. 牛肉（豬肉）切絲，以一匙太白粉拌勻，過油後撈起備用。

2. 芥藍洗淨切小段，油鍋熱後先炒芥藍，再加入牛肉絲（豬肉絲）同炒至熟，調味後即可起鍋。

◎養生功能：芥藍的莖葉對金黃葡萄球菌有一定的抗生作用，又含豐富的礦物質，適合維生素 A 、 C 缺乏症患者。

1.芥藍的葉面具臘質，葉背灰藍色。

2.開黃花的芥藍。

【芥藍紀事】

Brassica oleracea，十字花科，1 年生草本；株高 20~35 公分，卵形葉互生，卵型或橢圓形，葉面具臘質，葉背灰藍色；花色有黃、白等，十字對生；角果長形；種子細小。英文名稱 Borecole（無頭芥藍）、Chinese kale，別稱隔藍、格藍菜、芥蘭、無頭甘藍、捲葉甘藍。

芥藍生性強健，對於土壤、氣候都有良好適應能力，栽植容易，播種後 35~45 天即可採收，全年均可生產。主要產地在台北郊區、新竹、雲林、彰化等地，其他地區亦有零星栽培。芥藍是售價較平穩的蔬菜，一把 6 兩至半斤的芥藍，大都市裡售價 30 元左右，買兩把 50 元是傳統市場裡正常的買賣價格，盛產時也能以 50 元買到 3 把芥藍菜。

芥藍是甘藍菜家族的一個成員，原產於中國南方、台灣、東南亞一帶，屬於熱帶植物，人類栽種的歷史已達四千年之久。在西元前 6 世紀傳入法國，2400 年前傳入英國，美國人食用芥藍的記載則遲至 17 世紀初期才出現。

芥藍於嶺南及寧都多種之，一作芥蘭。《南越筆記》謂其葉有鉛，不宜多食。據載此為烹食，其葉亦擘取之，肥厚冬生，土人嗜之，其根細小，與北地擻藍迥別，自來紀敘家多併為一種。蓋北人知擻藍不見芥藍，閩、廣知芥藍不見擻藍，但取呼名相類耳。

根據《嶺南雜記》記載：「芥蘭甘辛如芥，葉藍色，鍊之能出鉛，又名隔藍。僧云六祖未出家時為獵戶，不茹葷血，以此菜與野味同鍋隔開，煮熟食之。故名。」《閩書》中說：芥藍菜葉如藍而厚，青碧色，蜀中萬年青極相類，但此一年一種，萬年青累歲不易，味稍苦耳。則蜀中亦產，不只閩、粵。

3.開白花的芥藍。

4.芥藍的花蕾。

芥藍

Brassica oleracea

李時珍在《本草綱目》中記載：「此亦大葉冬藍之類也。河東隴西羌胡多種食之。漢地少有。其葉長大而厚，煮食甘美，經冬不死，春亦有英，其花黃，生角結子，其功與藍相近也。」一般人皆以為李時珍描述的是高麗菜，但並非如此：《群芳譜》中有明確記載：「擘藍一名芥藍，葉色如藍，芥屬也。南方謂之芥藍，葉可擘食，故北方謂之擘藍。葉大如菘，根大於芥薹，苗大於白芥，子大於蔓菁，花淡黃色，三月花，四月實，葉可作葅或作乾菜，又可作靛染帛，勝幅青。苗、葉、根、心俱堪為蔬，四時皆可食，子可壓油食。菜之根本皆在土中，獨此在土上，根剝去皮，可煮食或糟藏，醬豉皆可。莖、葉用麻油煮食，並飲汁，能散積痰。葉及子能消食積，解麵毒，蔬中佳品也。」

【台灣這樣吃芥藍】

芥藍在台灣被稱為格藍仔或隔藍仔，是個發音清柔、很有音樂性的稱呼。隔藍仔菜不算是經常出現在家庭餐桌的菜餚，不過在外頭吃飯的時候，卻常會點這道由芥藍菜作成的蠔油芥藍、芥藍牛肉、清炒芥藍等等。據餐廳老闆表示，要吃最鮮嫩的芥藍菜就點清炒，因為沒有其他佐料，口感騙不了人；老一點、黃一點的就用來炒牛肉。蠔油芥藍是將一小顆芥藍菜汆燙後，淋上調過味的蠔油而成，通常這道菜的芥藍也都是比較有一點「年紀」的，口感稍老些，是廣東菜的代表性料理。

老一點的芥藍通常莖比較粗大，但珍惜物資、實際的台灣人並不會暴殄天物，這種粗莖可以醃漬成醬菜，或用來煮湯，剝除外皮的纖維，內裡依然鮮嫩可口，尤其是小孩子很喜歡這種咬起來「喀茲、喀茲」有樂音的蔬菜。以前家裡也種芥藍菜，來不及採收的芥藍菜老了，外婆依然能將之做成美味的食物。她用大型的老葉包裹一小口飯，裡面加一點芝麻和酸梅肉拌勻，然後用高溫的油炸過，這樣的飯丸子是外出最佳的「便當」。小小心靈裡，並不懂得佩服外婆的手藝，但卻很驚訝紅的鮮豔、白的精采、綠的璀璨及黃嫩的芝麻色，對於這種色彩的調配，崇拜的是外婆的藝術品味。為了吃這種食物，很願意走長遠的路與外婆外出採摘野菜。

上圖：芥藍的花色有黃、白等，十字對生。
下圖：芥藍生性強健，對土壤、氣候都有良好適應力，栽植容易。

Brassica oleracea

葉菜類 08

油菜

Brassica napus

THE WONDERS OF VEGETABLES IN TAIWAN

■性味：性溫味辛，入肝、脾經，適合偏寒體質。

■成分：蛋白質、脂肪、槲皮素、β胡蘿蔔素、鈣、磷 、鐵、胡蘿蔔素、維生素C、D、E、K。

■功效：潤腸醒脾、行滯血、消腫散結、強化黏膜、降低膽固醇。

【油菜的作用】

1. 油菜具有破血、潔淨血液的功能，能提升體溫及抵抗力，產婦食用具有治療產後血風症的效果。
2. 油菜籽油能治療火傷、燙傷等症狀。
3. 油菜籽油含高量芥酸（Erucic acid），會留存體內，干擾生殖及改變膽固醇代謝作用、抑制生長等現象，對人體產生不良影響。
4. 新鮮油菜攪汁飲用，可作為礦物質和維生素的補充物，對於慢性病患者有舒緩症狀的效果。
5. 油菜含有β胡蘿蔔素，具有抗癌作用，能隔絕致癌細胞的生長與繁殖。
6. 油菜葉搗碎外敷患處，可治療無名腫毒、瘡癰。

【油菜紀事】

Brassica napus（大油菜）及 *Brassica campestris*（小油菜），十字花科，一年生草本；株高 30~80 公分；葉簇生，橢圓形或倒卵形；總狀花序，花冠鮮黃色，花瓣 4 枚，十字對生，雌蕊 1 枚，雄蕊 6 枚；角果粉綠色；種子棕褐色，含豐富油脂。花期 10 月，果期 11 月。英文名稱 Rape ，別稱蕓薹、油麻菜、小油菜。

美麗的油菜花是人們在冬季裡最期待的美景；嬌嫩的黃花在總是霪雨霏霏的寒日中，充盈著一份浪漫氣息！朝露退去，晨光依舊迷濛之間，蜂群逐漸逡尋這片豐盈的蜜源；即將出閣的新嫁娘，也穿著白紗禮服與夫婿在這花海中留下愛情見證，這片富饒的景色總是教人感動得發出讚嘆！

10 月份起，油菜花景緻優雅、浪漫的圖像慢慢開展。愛花兒的人

1..市場裡販售的油菜

2.油菜的幼苗。

隨著氣候、溫度的轉變，一路由台東、花蓮開始幸福的渲染，然後懷著與戀人會面的急切心情逐漸從南往北走，穿過雲嘉平原感受一下被油菜花海震懾的悸動，接著越過彰化花壇將愛戀的眼光留下，中部后里、銅鑼、三義都是繁花如夢的旖旎風光，足以撼動沉睡已久的溫柔靈魂！在台北的都市人，從近郊的山區走過，常被平坦山坡上的油菜花田給迷惑了視線，淡雅嬌嫩的花兒揉合了一種溫柔的情緒，令人卸下沉重的緊張壓力，對身邊的人說話帶著恬靜的神態，沉醉在綺麗的花顏中。

台灣種植油菜花多在進入冬天前第二期水稻收割後，這個時間稻田休耕，農家將油菜籽播灑於田間，黃褐色的大地逐漸為一片新綠取代，播種起大約40天左右，就能開出優美的油菜花，供人們盡情遊賞。待得油菜的籽實成熟，農家便鋤耕這片花田，將之深埋於土壤中，成為下一期稻作的肥料來源。不過油菜的染色體數和蕪菁一樣，經常雜交的結果，品質更形低落，或許因此而沒有成為蔬菜大宗。

根據科學界的研究，油菜籽油含高量芥酸（Erucic acid），會殘留在人體內，具有干擾生殖及改變膽固醇代謝作用、抑制生長等現象，對人體產生不良影響。研究發表後油菜的售價大跌，影響生計，農民不願栽種。現今台灣的油菜品種經過農林廳及桃園農改場進行雜交改良，已經成功培育無芥酸品種的油菜，沒有食用的顧忌，但目前栽種的油菜，大多數仍做為綠肥使用。

油菜原產於中國、歐洲、西伯利亞等地，是人類栽種歷史悠久的作物，與大豆、落花生、向日葵、油棕等同為世界5大油料作物。油菜古稱蕓薹，《唐本草》記載：「蕓薹味辛，溫，無毒。主風游丹腫，乳癰。春食之，能發膝痼疾。此人間所噉菜也。」《食療本草》亦記載：「若先患腰膝，不可多食，必加劇，又極損陽氣，發瘡口，齒痛，又能生腹中諸蟲，道家特忌。」

明朝李時珍在《本草綱目》中說：「蕓薹方藥多用，諸家注亦不明，今人

3.油菜的食用在台灣一直不甚普遍。

4.台灣種植油菜花多在進入冬天前第二期水稻收割之後。

葉菜類 08

油菜

Brassica napus

THE WONDERS OF VEGETABLES IN TAIWAN

1

油菜花田是台灣秋冬最美的景致之一。

不識為何菜，訪考之，乃今油菜也。9月、10月下種，生葉形色微似白菜。冬春采薹心為茹，3月則老不可食。開小黃花四瓣，如芥花，結莢收子，亦如芥子。灰赤色，炒過榨油，黃色，燃燈甚明，食之不如麻油，今人因有油利，種者亦廣。」《本草拾遺》：「蕓薹破血，產婦煮食之。子壓取油，傅頭令頭髮烏黑及長。又煮食，主腰腳痹；擣葉傅赤遊疹，久食弱陽。」

油菜的種子含有40％的油脂，是早期製作植物油的基油。日本平安時期，從中國傳來煉油技術後，油菜花開始受到矚目。江戶時期，油菜花的種籽油成為燈油的主角，各地的藩主都獎勵農民種植油菜，作為生產燈油的原料，極受後人愛戴的農政專家二宮金次郎也參與了研究的工作。一直到了明治時代，西洋油菜的引入取代了在來種的油菜，隨著科技日益精進，燈油退出生活的重心，西洋油菜成為食用蔬菜的栽培重點，如了食用莖、葉之外，花蕾也是美味的食用部位，如今「油菜花漬」成為京都的名產。

【台灣這樣吃油菜】

油菜花輕柔雅致、鮮麗迷人，盛開之時迎風翻浪、蜂蝶逡巡其間穿梭採蜜，景緻極為浪漫風雅，是最美的田野景觀，每年冬天，吸引了無數了攝影家拍照取景，為寒冷的冬天中帶來無限的暖意與風情。

油菜花的花蜜葡萄糖含量特別多，因此蜂蜜為奶油白色，稠的好似凝固的豬油一樣，具有消除疲勞的效果，在漢醫上被認為是涼寒的食物。油菜花蜜具有令人難忘的神秘滋味，嚐過一次便再也無法忘懷。可惜油菜花蜜產量極少，十數年前在日本品嘗過之後，便再也沒有機會重享那豐富的味覺變化！

油菜對於台灣人而言，並非主要食材，很多主婦買了菜烹煮，卻依然不知其名，沒有將浪漫的油菜花田聯想在一起，即使被告知名稱，反應依然是難以置信的表情。對於這樣的落差待遇，「油菜」有知，不知會是什麼樣的感受！

一般吃油菜只是單純地炒食，偶而用滾水燙過，拌一點薑末、蔥蒜之類的調味料。主婦們選購，通常只單純地轉換蔬菜的變化而已，並非因為油菜的盛名或是美味而採買。也因為對油菜這種「蔬菜」的認識不夠，所以在料理的變化上並不多見。我家小妹很喜歡吃油菜炒沙茶羊肉，移民澳洲後，這道料理是她招待鄰居好友的拿手菜，居然成了國民外交的經典菜餚。

相對於台灣人對食用「油菜」的陌生，日本人就花了許多心思在油菜上。油菜是春天的蔬菜，心情也有著褪去寒冬的喜悅，因此油菜料理的設計多半有著繽紛的感覺。他們將油菜燙熟了放置待涼，另外煎一張薄薄的蛋皮，取來煙燻的鮭魚，和著油菜捲裹起來食用，有時也加點芥末之類的調味料或沾點優良的食醋等刺激味蕾的敏感。這樣的前菜顏色清新討喜，很能啓人食慾，佐以餐前酒，更具有優雅的飲食心情！

葉菜類 09

茼蒿

Chrysanthemum coronarium

THE WONDERS OF VEGETABLES IN TAIWAN

■性味：性平味甘辛，入脾、胃、大腸、膀胱經，適合一般體質。

■成分：水分、蛋白質、脂肪、醣類、纖維、膽鹼、鈣、鐵、鉀、葉綠素、葉酸、胡蘿蔔素、維生素B1、B2、C。

■功效：利尿化痰、和脾胃、安心神、增強抵抗力、潔淨血液。

【茼蒿的作用】

1. 茼蒿的葉、莖含豐富維生素，鈣、鐵含量也較多，適合兒童和貧血患者食用。
2. 茼蒿含豐富礦物質，具有養心清熱、淨化血液等作用。
3. 茼蒿具有菊科植物特殊的蒿氣，具有健胃作用，能幫助消化、舒緩咳嗽現象。
4. 茼蒿含豐富葉綠素，能活潑造血功能，具有潔血液的作用，預防成人疾病。
5. 茼蒿含豐富膽鹼，具有補脾健胃、降壓益腦的作用。

【健康料理】茼蒿炒肉絲

◎養生功能：茼蒿與肉絲同炒，能提高維生素 A 的利用，具有消食開胃、化痰通便、安眠的作用。

【茼蒿紀事】

Chrysanthemum coronarium，菊科，一年生草本；株高 12~20 公分；葉簇生，匙形、長披針形、或羽裂狀；花頂生，頭狀花序，黃色，形似菊花。10~4 月採收，英文名稱 Garland chrysanthemum。

茼蒿性喜冷涼的氣候，是秋、冬最具季節性的蔬菜，從 10 月底開始陸續上市，直到翌年春節過後、清明節前，供應大約近半年的時間，夏季因為天氣太熱，無法栽培，市場無法看到。台灣各地均有栽培，生產量以台北士林、社子，雲林，彰化等地最豐。茼蒿價格隨著產量波動，最便宜的時候一斤大約 20 元，最高可以

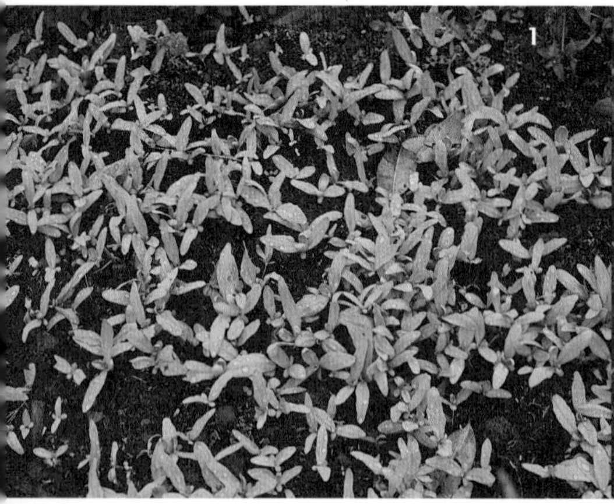

1.茼蒿的幼苗。

2.茼蒿的成長快速，是很受歡迎的冬季蔬菜。

賣到 80 元一斤。由於茼蒿含大量水分，保存不易，葉片容易發黃，因此以選購新鮮、葉片乾淨完整者為佳。

茼蒿原產於歐洲地中海沿岸，宋朝時引入中國栽培，台灣在早期由先民引入。《嘉祐本草》記載：同蒿平，主安心氣，養脾胃，消水飲，又動風氣，薰人心，令人氣滿，不可多食。《本草綱目》則認為茼蒿性平，味甘辛，安心氣，養脾胃，消痰飲，利腸胃。

現代醫學研究分析，茼蒿含有豐富纖維質、鈉、鐵、鎂、鋅，還有特殊的香氣，常吃能幫助胃腸蠕動，預防便秘，降低膽固醇，促進血液循環。茼蒿豐富的胡蘿蔔素是黃瓜、茄子的 30 倍，茼蒿有蒿的清氣、菊之甘香，又因花形似菊，因此又稱菊花菜、冬子蒿，另一種鋸齒茼蒿，日本人稱為「春菊」。常吃茼蒿對咳嗽痰多、記憶力減退、習慣性便秘等均有助益。不過由於茼蒿所含的芳香精油遇熱容易揮發，會因而減弱健胃的作用，胃功能不佳的人，可以加入茼蒿隨即關火的方式食用。

【台灣這樣吃茼蒿】

茼蒿俗稱「打某菜」，因茼蒿株體含大量水分，一經受熱炒煮，水分自然流瀉而出，體積縮小的比例極大，滿滿一菜籃的茼蒿，一下了鍋只剩下一小碟的份量，不明事理的先生，於是擂起拳頭毆打太太，認為是妻子嘴饞偷吃菜，「打某菜」一名，從此與茼蒿相伴相隨。

茼蒿由於在冬季上市，因此許多料理的模式也反映了季節性，例如冬至吃湯圓。一般人家多在中午煮鹹湯圓做為中餐，鹹湯圓裡包一點加了胡椒之類調味的肉末，滾水開後煮湯圓，煮熟後撈起，另起一鍋煮高湯，並下胡蘿蔔或是高麗菜之類的佐料，也有些人家還會爆香金勾蝦加入提鮮，然而最重要的是，幾乎毫無例外的，綠色青菜一定是茼蒿，曾經問過這個傻問題，為什

3.茼蒿的花朵也頗具姿色。

4.茼蒿性喜冷涼的氣候，是秋、冬最具季節性的蔬菜。

葉菜類 09

茼蒿

Chrysanthemum coronarium

THE WONDERS OF VEGETABLES IN TAIWAN

麼煮湯圓要用茼蒿？沒人給我滿意的答案，但是我想除了是應景的蔬菜之外，色彩實在賞心悅目，茼蒿綠得青翠幼嫩、湯圓雪白圓潤、胡蘿蔔紅豔欲滴、香菇黑晶油亮，人類的食慾係通過視覺而來，繽紛色彩的美食，就像一幅小型畫作，叫人不垂涎也難！

日本人也吃茼蒿，吃的是羽裂葉茼蒿，稱為「春菊」，但「青」味很重，國人不太能接受。有趣的是兩國人民食用茼蒿的方法雷同，都是火鍋料理的主要蔬菜，日本人吃的火鍋是先炒肉後加料、加湯的作法。台灣的火鍋料理通常是一鍋高湯上來後，涮肉、加料食用，中間穿插涮煮青菜的作法。或許茼蒿因懼怕酷熱，只在冬季生長的特質，而寒冬最引人大開食慾的莫過於鍋料理，兩者因緣際會，成了共同的飲食文化。

茼蒿菜除了大量出現在「鍋料理」之外，最常見的地方莫過於蚵仔煎。不知道是哪一個聰明又有美食品味的人，發現了茼蒿與蚵仔的絕妙搭配。要烹煮美味好吃的蚵仔煎，在於粉漿的調配，最

茼蒿的花是典型的菊科花朵。

適宜的莫過於一份地瓜粉與五份水的比例。用太白粉難免不均勻，會有稀稠不均的狀況，然而若是使用地瓜粉就會有彈牙的口感，那種微妙的味覺，只有行家才能體會。地瓜粉漿煎出來的粉糰柔軟有彈性，鮮美的蚵仔多汁而飽滿，加上幼嫩茼蒿菜，三者之間神奇的調和性，簡直可媲美交響曲，缺一不可，渾然而天成。

有些業者在夏季或菜價昂貴時改用空心菜或是小白菜來烹調蚵仔煎，不過這樣的組合實在是糟蹋了這道知名的台灣小吃，味覺記憶粉嫩柔滑的美味，突然咀嚼出蔬菜的纖維質，這種口感真的違背了美食意念，味道被竄改就像被朋友出賣一樣的難堪與失望！此後，只在冬天吃蚵仔煎，而且一定要先觀察攤子上是否使用茼蒿菜，否則拒吃。

茼蒿的美味也成了餐館的主力蔬菜，業者常加上幾片香菇炒茼蒿，雖然滋味不壞，但看著茼蒿菜上桌後迅速地由綠轉黑而萎靡，總覺得茼蒿被放錯了地方。詭異的是，這種炒茼蒿常在台式的日本料理店中出現；飲食文化的變遷似乎也是一個有趣的觀察點。

茼蒿最適合煮火鍋。

葉菜類 10

菠菜

Spinacia oleracea

THE WONDERS OF VEGETABLES IN TAIWAN

■性味：鹼性，性涼味甘，入胃、肺、大腸經，適合偏熱體質。

■成分：蛋白質、皂甙、纖維、鞣質、葉酸、菸草酸、鈣、磷、氟、氰、鐵、鈉、鉀、胡蘿蔔素、維生素B1、B2、C、D。

■功效：活血補血、調理腸胃、除煩止渴、潤燥助消化。

【菠菜的作用】

1. 菠菜能刺激胰腺分泌、促進消化提高食慾，並能增進蠕動，預防大便乾燥等作用。
2. 菠菜中的皂甙(saponin)，能促進排便順暢，適合有便秘症狀的患者食用。
3. 菠菜萃取物具有培養細胞增殖作用，具有抗衰老又增強活力的作用。
4. 菠菜含有β胡蘿蔔素，具有抗癌作用，能隔絕致癌細胞的生長與繁殖。
5. 菠菜含高量β胡蘿蔔素，能降低罹患白內障的機率。
6. 菠菜的食物纖維屬於水溶性纖維，有整腸作用，能促進排便。
7. 菠菜的根部含有維生素K，能促進體內凝血酶原的生成，食用時宜連根部一起食用。
8. 菠菜含豐富的消化酶，能刺激胃液分泌，幫助消化，適合胃酸稀少者。

【健康料理】菠菜飲

◎材料：菠菜連梗2斤。

◎作法：菠菜洗淨切小段，水淹過菜面即可，小火燉煮3小時，去渣飲湯汁。

◎養生功能：清除腸胃積熱，皮膚紅腫、搔癢、化膿。

1.西洋圓葉種菠菜。

2.裂葉種菠菜的葉片大而薄、有鋸齒狀，葉柄細短，根部長且粗大，呈鮮紅色。

【健康料理】**菠菜豬骨湯**

◎材料：菠菜 300 公克、豬腿骨或豬髓骨兩大支。

◎作法：1. 菠菜去黃葉洗淨、切小段備用。

2. 豬骨洗淨敲開，入水熬成濃湯後，撈去殘渣。

3. 豬骨湯煮開後，入菠菜後調味熄火。

◎養生功能：具有養血、利筋骨的功效，適合小兒佝僂症。

【菠菜紀事】

Spinacia oleracea ，藜科，一年生草本；株高 20～40 公分；淡紅色根部肥大；葉根生，箭形或戟形，鋸齒狀，葉柄細長；花頂生或腋生，花色黃綠；種子黑色，具有稜線及無稜線兩種。英文名稱 Spinach ，別稱飛稜仔。

台灣的菠菜主要有兩種，一種是由東洋種菠菜（又稱在來種）雜交而成，種子具有稜刺，台灣稱為角粒種、裂葉種。葉片大而薄、有鋸齒狀，葉柄細短，根部長且粗大，鮮紅色，秋末到春天採收，烹調時污末較少，品質極佳。種子圓無稜刺為西洋種，葉片邊緣成全緣狀，濃綠的葉片圓而厚，葉柄粗長，根部有淡淡的紅色，澀味較重，台灣稱為圓葉種、圓粒種。圓葉種菠菜蟲害率比裂葉種高，但相對收穫量也比較高。

菠菜是一種低溫性蔬菜，原產於高加索山脈等地區，在波斯國被做為栽培蔬菜。日文稱菠菜為「波稜草」，波稜一詞是波斯（Persia ，伊朗之舊稱）之意，係以原產地命名。菠菜經回教徒向東西方傳出，而有了東洋及西洋兩種類，現今的食用菠菜多為兩者之雜交品種。菠菜在西元 647 年的時候，經由尼泊爾傳入中國；1100 年時傳至西班牙， 13 世紀時傳入德國，大致上傳入歐洲約在 11 世紀之時，到了 15 世紀才成為大衆化的蔬菜，美國則遲至 19 世紀才看到菠菜的蹤影。

3.市場中販售的菠菜，是台灣人愛吃的青菜。

4.裂葉種菠菜於秋末到春天採收，烹調品質極佳。

葉菜類 10

菠 菜

Spinacia oleracea

THE WONDERS OF VEGETABLES IN TAIWAN

傳到東方的菠菜，在7世紀時的中國已有栽培紀錄。根據《嘉祐本草》記載：菠稜菜冷，微毒。利五臟，通腸胃熱，解酒毒。服丹石人食之，佳。北人食肉、麵，即平。南人食用魚、鱉、水米，即冷。不可多食，冷大小腸，久食令人腳弱不能行，發腰痛。

《閩書》則記載曰：菠稜菜又作波稜。劉禹錫在《嘉話錄》說：「本出西域稜頗陵國，訛傳為波。菠稜生西國中，有自彼將其子來，如苜蓿、葡萄因張騫而至也。本是頗陵國將來，語訛爾，時多不知也。」《閩中記》以葉如波聞有稜，以義求之歟？按波稜生北方者為竹波稜，莖長而爽（西洋種）；閩中者為時波稜，莖短而甘（東洋種）。日本則晚至17世紀才傳入。西洋種菠菜直到江戶時期後半才開始栽培，現今原來的東洋種已不多見。

【台灣這樣吃菠菜】

台灣將菠菜稱為「飛稜仔菜」，是冬季常見的蔬菜，特別是過年時食物油膩增多，菠菜具有調節飲食的作用。菠菜在台灣最典型的料理方式就是煮豬肝湯，兩者被認為都具有補血作用，特別是女性生理期過後，疼女兒的母親總是煮上一大碗菠菜豬肝湯替女兒調理身體。清炒菠菜時加點蔥段或蒜頭都是很普遍的方式，有

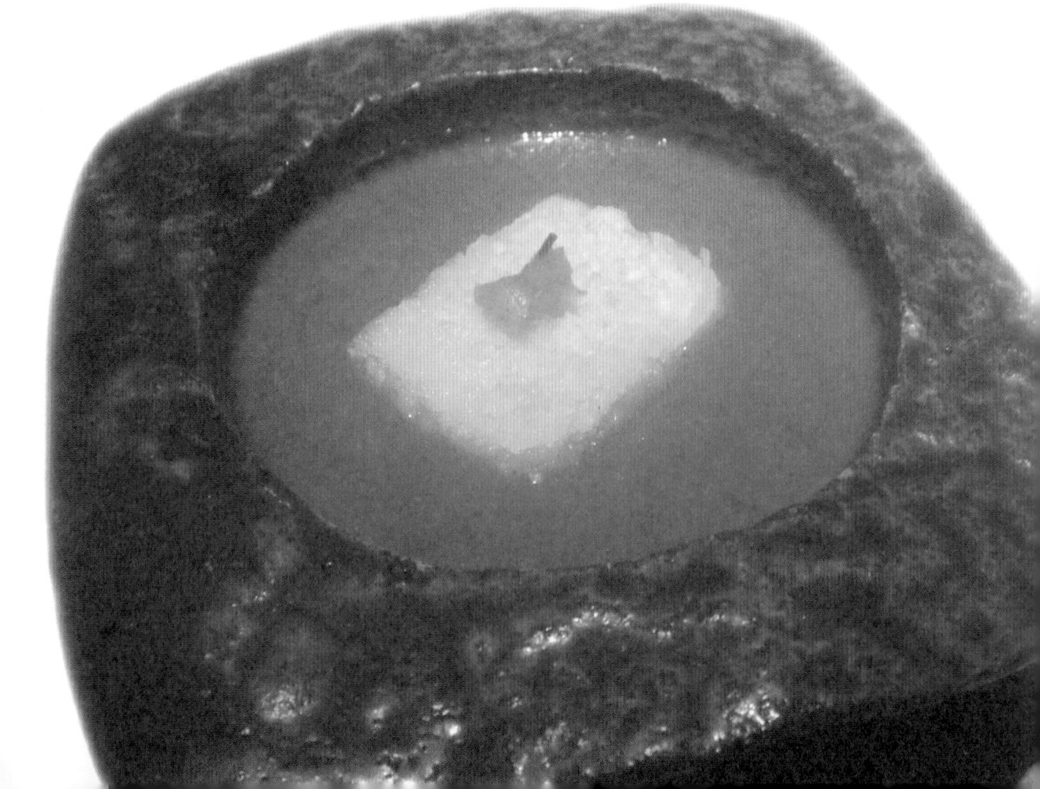

菠菜泥糕渣的料理讓人驚艷。

時也加肉絲同炒，是很下飯的菜餚，不過不知是否菠菜葉片含水量高，容易腐壞，因此大餐廳很少供應炒菠菜，反倒是小館子點個菠菜炒肉絲是很平常的事，有時候大型的餃子館，也供應這項熱炒。

曾在郊區的雅致餐廳裡品嚐一道令人驚豔的菠菜料理，年輕的老闆來自宜蘭，因此以聞名的宜蘭小吃糕渣入菜，菠菜泥與高湯拌勻煮開，不調味，盛放在一個厚實的陶碗裡，中間放一塊炸得酥軟香脆的糕渣。由於第一口菠菜泥沒有味道，因此改採一口糕渣一口菠菜泥的吃法，糕渣軟腴而甘鮮，正好平衡了無滋味的菠菜泥，鮮美的滋味迄今難忘。

綠油油的菠菜菜園。

菠菜由於葉片含大量水分，烹調時以蒸食為佳，營養成分不會流失水中，300 公克的份量約蒸 3~5 分鐘即可。蒸過的菠菜取來涼拌，加點香麻油、蒜泥、醬油等是台式的吃法，日式的吃法是柴魚醬油加芝麻，都是經典食用方式，台式的日本料理店都會供應，一般的炒菠菜則在自助餐出現最多。

菠菜含高量的草酸（即所謂的蓚酸），澀味就是由蓚酸引起，一般認為不宜與含鈣豐富的食物同煮，因為容易形成草酸鈣不利鈣的吸收，而且容易囤積在體內導致結石。此外，食用過量的草酸，對關節可能產生不良影響。

菠菜因為鉀離子含量高，不適合腎臟有問題的人；又因為蓚酸的緣故，讓罹患痛風、結石的人敬而遠之；雖然含高量的鐵卻不容易被吸收，這些營養成分等於沒有作用。但是菠菜含大量葉酸，是製造核酸的必要元素，被稱為「快樂蔬菜」。葉酸是一種水溶性的維生素，參與體內氨基酸的代謝作用，葉酸可預防新生兒先天性缺陷，非常適合懷孕中的婦女。

菠菜除了供一般日常飲食之外，煮菠菜的水還是非常理想的漂白劑：將發黃的襯衫浸泡於煮過菠菜的水中，其汁液中的蓚酸會將蛋白質分解溶水中，使衣服恢復潔白。

葉菜類 11

莧菜

Amaranth mangostanus

THE WONDERS OF VEGETABLES IN TAIWAN

■性味：性涼味甘、微苦，入胃、肺經，適合偏熱體質。

■成分：蛋白質、脂肪、醣類、粗纖維、尼克氨酸、鈣、磷、鐵、鉀、鈉、鎂、氯、胡蘿蔔素、維生素B1、B2、C。

■功效：清熱解毒，利大小便、收斂止瀉、除濕止痢、清熱明目。

【莧菜的作用】

1. 莧菜含豐富鈣質而且不含草酸，所含鈣、鐵質進入人體後，很容易被吸收及利用，對小兒發育和骨折癒合有促進作用。
2. 莧菜含鐵量為菠菜的 1 倍，是缺鐵性貧血患者最好的補血食物。
3. 莧菜含高量鉀離子，腎衰竭患者不宜大量食用，以免過多的鉀無法排除，造成心律不整、呼吸困難等危險症狀。
4. 新鮮莧菜搗汁，調蜂蜜搗敷患處，可外敷潰瘍外傷。
5. 莧菜煮水飲用，具清熱解毒之功效，適合出疹期食用。

【健康料理】**蒜泥莧菜**

◎材料：莧菜 300 公克、蒜 5 個。

◎作法：1. 將莧菜洗淨，放入沸水中燙一下撈出，蒜搗成蒜泥。
2. 將燙好的莧菜放入盤中，放蒜泥調味料拌勻即可。

◎養生功能：適合腸炎、痢疾、二便不通等症狀。

【健康料理】**莧菜荸薺湯**

◎材料：莧菜 50 公克、鮮荸薺 250 公克、冰糖適量。

◎作法：1. 荸薺去皮拍碎，先煮 10 分鐘。
2. 加入莧菜與冰糖續煮開。

◎養生功能：具有良好的清熱、涼血作用。

【莧菜紀事】

Amaranth mangostanus ，莧科，1 年生草本；株高可達 1 公尺；葉互生，廣卵形或長卵形，全緣；葉、莖依品種有綠白色、綠色、

1.夏天是吃莧菜的最佳時間。

2.台灣莧菜中的白莧。

紫紅色、紫斑紋等；花頂生或腋生，穗狀花序；種子黑色，極小。全年均可收成。英文名稱 Chinese spinach，Chinese amaranth，別稱蕢、人莧、赤莧、馬莧。

莧菜原產於中國大陸、印度及熱帶美洲，它生性強健，生命力極強，喜愛高溫的環境，熱帶、亞熱帶地區處處可見，野生種類亦頗多見。台灣由早期的移民引入栽培，主要有綠莧、紅莧、白莧三個品種，由於氣候適宜、栽植容易，因此成為重要的蔬菜來源之一，主要產地包括台北、彰化、雲林、台南等地，各地亦有零星栽培，民家亦常見栽培。由於莧菜蟲害不高，亦頗多水耕種植，能維持供應量，因此市場價格趨於平穩低廉，傳統市場裡一把 200 公克的莧菜，大約在 15~30 元之間。

人類食用莧菜具有久遠的歷史，根據《本草圖經》中記載：莧實味甘，寒，主青盲明目，除邪，利大小便，去寒熱。久服益氣力，不飢，輕身。莧實生淮揚川澤及田中，今處處有之，即人莧也。經云細莧亦同，葉如藍是也。謹按莧有六種：人莧、赤莧、白莧、紫莧、馬莧、五色莧；馬莧即是馬齒莧也。入藥者，人莧、白莧也。俱大寒，亦謂之糠莧，亦謂之胡莧，亦謂之細莧，其實一也。但人莧小而白莧大爾。其子雙後方熟，實細而黑，主翳目，黑花，肝風，客熱等。紫莧莖葉通紫，吳人用染菜瓜者，諸莧中此無毒，不寒。兼主氣痢。

赤莧亦謂之花莧，莖葉深赤，《爾雅》所謂：「蕢，赤莧」是也。根莖亦可糟藏，食之甚美，然性微寒，故主血痢。五色莧今亦稀有。細莧俗謂之野莧，豬好食之，又名豬莧。

《集驗方》治衆蛇螫人，取紫莧搗絞汁，飲一升；渣以水和，塗瘡上。又射工毒中人，令寒熱發瘡，偏在一處，有異於常者，取赤莧合莖葉搗絞汁，飲一升，日再服瘥。

3.台灣莧菜中的紅莧。

4.莧菜的花頂生或腋生，穗狀花序。

葉菜類 11

莧菜

Amaranth mangostanus

THE WONDERS OF VEGETABLES IN TAIWAN

【台灣這樣吃莧菜】

台灣俗諺：「六月吃菜莧，贏過吃雞蛋，七月吃菜莧，黃金也不問。」說明了夏天是吃莧菜的最佳時間，挑選莧菜最美味的高度在20公分左右，再長高就老了。台灣人稱莧菜為「荇菜」，有人疑為「荇菜」，然而荇菜是水生植物的一種，春夏開小白花，葉片極小，浮於水面，是《詩經》中提過的植物。莧菜為旱性生長，台灣亦有野生的刺莧、野莧等與莧菜同出一源的可食性植物。台灣的莧菜有白莧、綠莖和紅莖、紫斑莧等，以南部為主要生產地；台灣人的飲食習慣中，「紅色」一向被視為有「補血」作用，因此紅色莧菜比較搶手一些。

莧菜原本是極平常的蔬菜，平常用來炒蒜頭、

右上圖：「小魚莧菜」是餐廳裡搶手的供應菜。

下圖：莧菜荸薺湯具有良好的清熱、涼血作用。

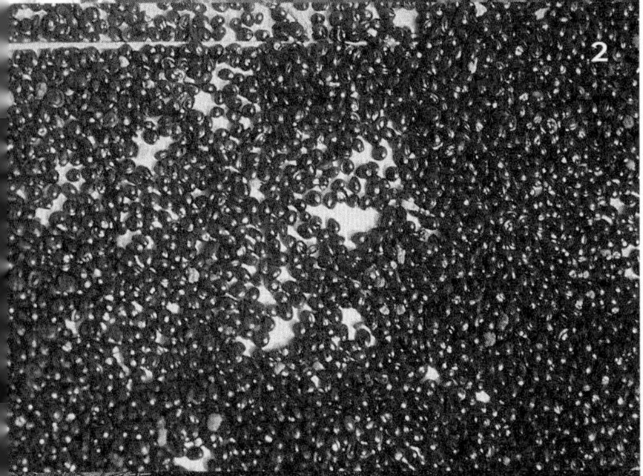

煮湯而已，大約在 1995 年之後起，突然各餐館都冒出「小魚莧菜」這道菜來，台菜、客家菜、川菜、廣東菜，就像流行感冒一樣，每家餐廳都感染了，直到現在還是搶手的供應菜。這道菜是先用蒜末爆香，與燙過或炒過的莧菜同煮，勾點芡湯，裡面最重要的是有吻仔魚，由於捕捉這種魚類幼苗極度破壞生態，因此被列為禁捕勢在必行，所以這道菜或許將成為「空前絕後」了！

中國大陸吃莧菜以摘嫩葉為主，老株留著繼續長葉，而台灣的莧菜則是以種籽播種，到了一定高度時，整棵連根挖起，洗淨後出售。一般烹調莧菜，都會將根部去除，有耐心的主婦們還會將莖部的維管束除去，好方便食用。莧菜在我家就一點都不會浪費，留下來的莧菜根和車前草煮湯加黑糖，是我家獨特的青草茶配方，特別是天氣熱到極點，就像現在動不動就高達 35℃以上的溫度，小便黃了、眼睛充血、口乾舌苦、心浮氣燥、火氣上升、頭昏腦脹，幾乎快中暑的時候，喝這種青草茶立見功效！

1.「紅色」一向被視為有「補血」作用，因此比較搶手。
2.莧菜的種子黑色，極小。
3.挑選莧菜最美味的高度在20公分左右，再長高就老了。

韭菜

Allium tuberosum

THE WONDERS OF VEGETABLES IN TAIWAN

■性味：性溫味甘辛，入胃、肝、腎經，適合偏寒體質。

■成份：蔥蒜素、纖維、揮發性精油、硫化合物、菸草酸、色氨酸、鈣、鐵、磷、鈉、胡蘿蔔素、維生素B、C、E。

■功效：溫中散瘀、行氣解毒、止汗固澀、滋補肝臟、健胃溫胃、強精壯陽、改善血行機能。

【韭菜的作用】

1. 韭菜含豐富粗纖維素，能促使腸蠕動增強，適合便秘患者食用。
2. 韭菜獨特的硫化物具有殺菌作用，且能提升維生素 B1 的吸收，達到消除疲勞的效果，對於容易罹患夏季疲勞的人而言，是非常理想的蔬菜。
3. 韭菜含有β胡蘿蔔素，具有抗癌作用，能隔絕致癌細胞的生長與繁殖。
4. 韭菜含豐富鈣質、色氨酸，能振奮精神與思考能力，色氨酸太少會造成大腦神經傳遞素的下降，從而產生憂鬱現象。
5. 韭菜煎水外洗可舒緩神經性皮膚炎。
6. 新鮮韭菜搗碎，汁液擦洗患部，可舒緩蕁麻疹搔癢現象。

【健康料理】**核桃炒韭菜**

◎材料：韭菜 200 公克、核桃仁 50 公克。

◎作法：1. 核桃仁切厚片、韭菜洗淨切段。
2. 核桃仁用溫油炸熟，撈出備用。
3. 油燒熱後倒入韭菜加調味料急炒，倒入核桃仁拌勻、調味起鍋即可食用。
4. 注意韭菜火候，不要炒黃。

◎養生功能：適合陽痿早泄、便秘等症狀。

1.韭菜在市場大致論把計價。

2.韭菜最大的特點是一年可以收割好幾次。

【健康料理】**豆豉蒼蠅頭**

◎材料：韭菜花 300 公克、豆豉 50 公克、絞肉 100 公克、辣椒酌量。

◎作法：1. 韭菜花洗淨，切成粗末備用。
2. 油鍋加熱後，先爆香豆豉、辣椒，再下絞肉。
3. 最後加入韭菜花翻炒幾下即可。

◎養生功能：具有養脾溫胃、補腎益精的功效。

【健康料理】**韭菜籽麵餅**

◎材料：韭菜籽 50 公克、麵粉 300 公克

◎作法：1. 韭菜籽研碎，與麵粉調成麵糊。
2. 油鍋加熱後煎麵餅食用。

◎養生功能：具有溫腎、壯陽、固攝的功效，對於小兒遺尿亦有很好療效。

【韭菜紀事】

Allium tuberosum，蔥科，多年生草本；株高 20~40 公分；葉簇生，每株 5~10 枚，狹線形，扁平多汁而柔軟；繖形花序，頂生，小花白色，數十朵聚生成大花序；種子黑色。英文名稱 Leek， Chinese chive。

韭菜性喜溫暖、耐高溫，全年均可生產，主要產地在台灣中部，夏季盛產，每二個月左右可採收一次，收成時間可達 2 、 3 年之久。市場大致論把計價，一把大約 6 兩至半斤重，售價在 20~30 元之間。韭黃通常在室內或以隧道式覆蓋進行栽培，用不透光的塑膠布遮蓋，經遮光軟化 2~3 週即可採收，韭黃多在較冷涼的 11 月至翌年的 3 月左右進行栽培。口感脆嫩鮮美但售價昂貴的韭黃，超市售價一斤高達 150~200 元之間，但在鄉下地區大

3

的繖形花序，頂生，小花白色，數十朵聚生成大花序。

4

4.盛開的韭菜花，十分美麗。

韭菜

Allium tuberosum

概只有一半價錢。

韭菜古稱「起陽草」，民間認為它有強壯精力的功能，是蔬菜中的威而鋼，在歐洲亦是古老的藥用蔬菜，有極佳的整腸效果。它原產於中國大陸西部、東亞、東南亞一帶，分布極為廣泛，中國在 3000 多年前就有栽培的紀錄，台灣在清朝嘉慶年間由移民引入栽培，日本則遲至 1960 年左右，才被接受做為蔬菜大量食用。

韭菜之得名，根據許慎之《說文解字》的說法：菜名，一種而久之，故謂之韭。故圃人種蒔，一歲而三、四割之，其根不傷，至冬壅培之，先春而復生，信乎一種而久之者也。在菜中，此物最溫而益人，宜常食之。

明朝王禎所寫的《農書》中記載著韭菜的種植：「凡近城郭園圃之家，可種 30 餘畦，一月可割兩次，所得之物，足供家費，積而計之，一歲可割十次。秋後可採韭花，以供蔬饌之用，謂之長生韭。至冬移根，藏於地屋蔭中，培以馬糞，煖而即長，高可尺許，不見日，其葉嫩黃，謂之韭黃；比常韭易利數倍，北方珍之。」

《別錄》中提到韭菜的效用：韭味辛，微酸，溫，無毒。歸心，安五臟，除胃中熱，利病人，可久食。《本草綱目》記載正月蔥、二月韭、三月薑，指的是最合時令季節的蔬菜。韭菜含極高的 β 胡蘿蔔素，吃一把韭菜，就能滿足人體一天所需。夏日容易感冒或眼睛疲勞的人，常吃韭菜具有預防效果。除此之外，韭菜還具保溫效果，除了外敷之外，內服有增進體力及促進血液循環的功能。時常手腳冰冷、下腹冷痛、腰酸、月經遲來的人，適合多吃二月韭菜。

韭菜是中國特有的蔬菜，最大的特點是一年可以收割好幾次，所以一年四季幾乎都可以吃到韭菜。韭菜是多年生的草本植物，在地

1.韭菜的花苔即是俗稱的韭菜花，亦是美味的蔬菜。

2.韭菜花與豆豉變成了館子裡很受歡迎的「蒼蠅頭」。

下長著不太明顯的鱗莖，貯藏了許多營養物質，依靠著這些營養物質，韭菜可以生長多年而不枯萎。韭菜還有一個特別的地方：葉子長得特別快，將葉子割去以後，新的葉子就會很快長出來。

韭菜在北方多半是春天或夏天播種，春播在四至五月下種，到七、八月就可以定植；夏播在七月下種，要到第二年四月定植；南方多半是秋播（十月下種），到第二年秋天定植。當種苗生長半年以後，即可進行收割。但是為了使鱗莖生長得好一些，常常要等秧苗生長一年以後才開始收割。以後每隔三十至四十天又可以收割一次。如果管理得好，則自春天到秋天可以收割四至六次。

在每次收割以後，要把地面耙平，使畦面土壤疏鬆，當新葉長出土面時，應該及時進行施肥及灌溉。這樣到七、八月間，韭菜就會抽苔開花，花苔即是俗稱的韭菜花，亦是美味的蔬菜。韭菜種下三、四年以後就有些衰老了，必須將老株挖掉重新栽植，否則葉子就會因為衰老而無法長得很旺盛，產量就大大減少了。

【台灣這樣吃韭菜】

台語俗諺：「正蔥二韭，吃到久久久。」說的是正月的蔥，二月的韭是最合時令的蔬菜。由於蔥長出來就是直挺挺的一根苗，而韭菜則在莖處一分為二，暗合了正月蔥二月韭的說法，也為蔬菜大盤商提供了現成的密語暗碼，這些盤商用１代表蔥、２代表韭菜喊價。無獨有偶地，古時候的日本宮廷講究用語的優雅，皇室人員也使用１、２來代稱蔥韭。

大學二年級的時候上傳統醫學，老師提到漢醫裡的「韭子散」，就是將韭菜種子烘焙過後研成細粉，在吃晚餐的時候，用溫熱的酒調一小匙韭子散服用，據說有壯陽的效果。一時之間，只見男同學紛紛詢問老師劑量的多寡，

3.韭黃是將韭菜的嫩莖隔絕陽光軟化而來。

4.韭黃最常見的食用方式就是韭黃炒肉絲。

葉菜類 12

韭菜

Allium tuberosum

THE WONDERS OF VEGETABLES IN TAIWAN

女同學則是掩口竊笑。男同學受到訕笑有點難堪，強辯說韭子散與淡鹽水服用，可使腰部溫暖、防止腰酸背痛。

台灣人說韭菜，指的是長長久久的意思，吃韭菜算不得是高級菜餚，也沒有任何具暗示作用的意義，不過最經典的料理就是「韭菜炒豬肝」。豬肝在 30 、 40 年前是昂貴的食物，用來炒韭菜這種便宜蔬菜雖然不搭調，卻具有一種特別的意義，那是只有人類學家才會留意的特點；由於在漢方醫學中，韭菜具有促進血液循環、淨化血液的功能，加上豬肝被視為是「補血」的食物，因此這道料理對於女性朋友也就意義非凡了！如今韭菜最大的能見度似乎在餃子中，它與高麗菜是餃子餡料的兩大基本演員，其他如瓠瓜、韭黃（還是韭菜）等都算是配角，偶而充場面的作用罷了；談到餃子的美味，還是非韭菜不可！韭菜做成的韭菜盒子則多在麵食館中常見，也在賣早餐的豆漿店裡可以找到。最不可思議的是不知誰發明的，買綠豆芽菜必定配兩根韭菜，即使是在超市購買，店家還是「貼心」地在袋中附上兩根韭菜。

韭黃是將韭菜的嫩莖隔絕陽光軟化而來，最常見的食用方式就是韭黃炒肉絲，完全取代了韭菜的地位。韭菜花則是韭菜的花蕾，韭菜花與豆豉變成了館子裡的「蒼蠅頭」。三個「變身」兄弟各有代表作，合作無間，完全不會搶到彼此的地盤，有些眼拙口笨的食客甚至無法理解這是同一種蔬菜。韭菜雖然美味，但是含有大量的硝酸鹽，隔夜的炒韭菜會轉化成亞硝酸鹽，使血液失去攜氧功能，而產生頭昏、噁心、腹瀉等中毒症狀。

蕁麻疹是由於皮膚黏膜小血管擴張及滲透性增加而出現的一種局部性水腫反應，病因複雜，不容易查明。當皮膚出現紅色或白色風團，同時有搔癢及灼熱感時，民間療法是將一把韭菜放在火上烤熱，趁熱用來塗擦患處，每日數次，能祛風、清熱，具有良好效果。此外對於扭傷、跌倒、瘀血等症狀，可將韭菜搗碎加麵粉調成糊狀，睡覺前敷於患部，起床後取掉，直到痊癒為止。

韭菜花拌花椒。

THE WONDERS OF VEGETABLES IN TAIWAN

花果菜類

TAIWAN

花果菜類 01

金針

Hemerocallis fulva

THE WONDERS OF VEGETABLES IN TAIWAN

■性味：性溫味甘辛，入胃、肝、腎經，適合偏寒體質。

■成份：蔥蒜素、纖維、揮發性精油、硫化合物、菸草酸、色氨酸、鈣、鐵、磷、鈉、胡蘿蔔素、維生素B、C、E。

■功效：溫中散瘀、行氣解毒、止汗固澀、滋補肝臟、健胃溫胃、強精壯陽、改善血行機能。

【金針的作用】

1. 金針煮水代茶飲用，具有安神、安眠的作用，適合神經衰弱引起夜寐不安、多夢易驚、失眠及精神敏感患者飲用。
2. 金針具有促進鐵質吸收的特質，適合和醋搭配食用。
3. 金針根部有強烈毒性，並具有蓄積作用，對腎、肝細胞有不同程度的影響，應留意避免食用。
4. 金針具有降膽固醇和鎮靜的作用，是最有代表性的健腦食物，對於胎兒發育有極大益處。

【健康料理】**金針粥**

◎材料：金針 10 公克、白飯 2 碗、干貝 2 個

◎作法：各項材料一起熬煮成粥。

◎養生功能：鎮靜安神、安眠，適合神經衰弱、失眠患者。

【金針紀事】

Hemerocallis fulva，百合科，多年生宿根性草本；植株高約 30~90 公分；根莖極短，有多數肉質纖維及膨大呈紡綞形的塊根叢生；葉基生成叢，線形，長達 60~100 公分，寬 2.5~4 公分，先端漸尖，基部抱莖，全緣；花莖生自葉叢，高約 1 公尺以上，繖房花序生枝頂，有花 6~10 餘朵；花梗長約 2 公分；花大型，黃或橘紅色；花被下部管狀，上部鐘狀，6 裂；雄蕊 6 枚，突出冠外；子房上位，花柱細長；蒴果鈍三稜狀橢圓形；花期 6~10 月，果期 7~11 月成熟。英文名稱 Day lily，別稱忘憂草、療愁花、宜男草

1.金針為百合科植物，多年生宿根性草本。

2.金針的蒴果呈鈍三稜狀橢圓形，果實於7~11月成熟。

、萱草、黃花菜。

金針原產於中國大陸、喜馬拉雅山等處，別稱「黃花菜」，1661年台灣由大陸華南地區引入栽培。台灣產地多在山區，以花蓮、台東太麻里、嘉義等地都有具規模性的栽培，由於植有各類的金針品種，花蓮地區的金針從4月份起就開始綻放，可以一直持續到入秋之後，不僅讓金針的收成穩定，也成為遊客賞花的好去處。

十多年前，市面上出現一種「翠玉筍」，其實是金針的新芽嫩莖經過遮光培育而成，這種翠玉筍適合炒食，口感很不錯。不過這是經過專業栽培，並經殺菁及硫磺燻過的處理才上市，一般自家種植的金針嫩莖含有毒的秋水仙鹼，可千萬不要隨意採摘食用。

金針宜用蒸製的乾品，不宜用鮮品，新鮮的金針菜中含有一種秋水仙鹼的化學物質，本身雖無毒，但經胃腸吸收後，在代謝過程中會被氧化，而轉化為二秋水仙鹼的有毒物質(食後易引起中毒)。若要直接食用鮮金針菜，必須用水浸泡2小時，並時時更換清水；或先以開水汆燙過再行烹調。加熱如果徹底，即可破壞其毒性物質；經日曬或人工乾燥的金針，亦可破壞秋水仙鹼。

金針的根部是毒性最大的部位，雖然依據品種而有不同程度的差異，但是醫學臨床實驗，家兔、犬食用會產生蛋白尿，危害腎臟功能，中毒深時，會有瞳孔散大、失明、對光反射作用消失、四肢癱瘓、遺尿等，甚至死亡。根部加熱至60℃以上，毒性減弱，但仍需留意避免誤食。

十幾年前北部南港地區栽植金針，多種植在茶園的駁坎之間，原是藉著金針紡綞狀的根部來加強水土保持，沒想到秋季金針花開，一片金色燦爛的美景，引來如織的遊人，茶葉反倒變成是附帶性的消費品。

3.金針紡錘狀的根部可用來加強水土保持。

4.中國人自古以來一直以萱草做為慈母的形象。

金針

Hemerocallis fulva

漢代的《說文》中將萱草稱為忘憂草；南北朝時，吳人喚為療愁花。晉朝時，周處的《風土記》將萱草稱為宜男草：「懷妊婦人佩其花，則生男，故名宜男。」中國人自古以來一直以萱草做為慈母的形象；在《舊約聖經》中，基督徒亦用百合花代表聖母馬麗亞的化身。東西方的古老文化中，不約而同有一致的共識，皆選用百合科的植物來象徵母親，百合科植物溫婉、柔和的形態，的確與世人對母親的形象接近！

【台灣這樣吃金針】

舊時金針算是比較昂貴的食材，除了有錢人家之外，通常在節日慶典上，或是大拜拜時才見得到。金針口感爽脆，在台式料理中，最特別的是煮酸菜豬肚湯時，除了酸菜、豬肚之外，會加上一枚金針，用長條狀的瓢乾綁緊，一夾一個倒也俐落方便。後來金針日益普遍，卻反而在這道料理被胡蘿蔔取代了地位，金針除了煮排骨之外，最後竟落得在酸辣湯中出現。

以前的人吃金針是一種身分的象徵，通常有錢人家才會吃金針，或是「辦桌」時才會出現。以前由於種植的不普及，加上食材本身能夠變化的食法不多，因此成為一種稀有的食物。如今農業的精進

挑選品質好的金針泡茶，再搭配新鮮的花朵就成了很時尚的花茶。

，加上加工手法的精巧，或許還要加上貿易的暢通，使得金針變成極為普遍的食材，傳統市場裡，100元可以買上一大包，煮成湯餚足供20~30人食用。

現代人吃金針則是一種時尚，尤其是所謂的翠玉筍，店家索費頗高，不過平心而論，翠玉筍滋味平淡無奇，烹調手法也了無新意，不知花高價追求的是什麼；或許是食材的新奇性吧！不過乾燥的金針洗淨後泡水2小時，瀝乾後用醃梅的醬汁浸泡後，即是一道具有特殊風味的小菜，用來下酒或是做為前菜都很清爽，也具有開胃的功效。有時喝濃茶時，可以取來佐茶，成為聚會時新奇的食物。

金針由於具有安眠、安神的作用，用來泡茶飲用很適合容易失眠的人飲用。不過在挑選上必須留意，通常天然日曬的金針比較暗沉灰黑，顏色不美，賣相不佳，而經過硫磺燻製的金針則是鮮豔明亮、燦如黃金。挑選品質好的金針泡茶，再搭配一朵新鮮的野薑花就成了很時尚的花茶，有時也應景加入桃花、茉莉等庭園中新鮮的花朵，看著各種花兒在杯中「盛開」，生活的品味自己培養！

1

2

3

4

1.金針酸辣湯。 2.天然日曬的金針比較暗沉灰黑，顏色不美。 3.經過硫磺燻製的金針通常比較鮮豔明亮、燦如黃金。 4.金針宜用蒸製的乾品，不宜用鮮品，新鮮的金針菜中含有一種秋水仙鹼的化學物質。

花果菜類 02

花椰菜

Brassica oleracea var.*botritis*

THE WONDERS OF VEGETABLES IN TAIWAN

■性味：性平味甘，入脾、胃經，適合一般體質。

■成分：蛋白質、脂肪、多種醣類、菸鹼酸、泛酸、葉酸、胡蘿蔔素、鈣、磷、鐵、鉀、維生素B1、B2、B6、C、E、K。

■功效：滋潤肌膚、防止老化、舒緩血壓升高、預防粉刺滋生、改善貧血。

【花椰菜的作用】

1. 花椰菜含高量β胡蘿蔔素，能降低罹患白內障的機率。
2. 花椰菜含豐富維生素，具有改善貧血現象、活化細胞的作用。
3. 花椰菜含豐富維生素C，其含量是草莓的2倍，柑桔類的4倍，一天只要食用兩、三小朵花椰菜，可供給人一天維生素C所需。
4. 花椰菜含豐富鐵、鈣、磷等礦物質，能增強人體免疫功能，具有益智健腦的作用。

【健康料理】**花椰菜蘋果汁**

◎材料：花椰菜100公克、蘋果一個、檸檬一個、冰糖酌量。

◎作法：花椰菜洗淨，蘋果去皮打汁，加檸檬汁、冰糖飲用。

◎養生功能：促進新陳代謝、調理腸胃功能、滋潤肌膚。

【健康料理】**咖哩花椰菜**

◎材料：花椰菜100公克、豬肉100公克、胡蘿蔔50公克、洋蔥100公克、咖哩香料、牛奶2杯、麵粉2匙。

◎作法：1. 花椰菜燙熟備用。
2. 豬肉和胡蘿蔔、洋蔥分別用咖哩粉炒香。
3. 牛奶與麵粉調勻後加入2. 各項材料煮開。
4. 起鍋前加入花椰菜並調味。

◎養生功能：補益脾胃、益智健腦。

1.花椰菜是由數千個小花蕾密生成一個團狀花球，可食用。

2.綠色花椰菜又稱為青花菜。

【花椰菜紀事】

Brassica oleracea var.botritis，十字花科；1～2年生草本；株高25～60公分；葉灰綠色，匙形或長橢圓形，鈍鋸齒緣；花頂生，花梗肉質，數千個小花蕾密生成一個團狀花球，可食；花黃色，花瓣4枚。花期1～2月；採收期11～2月。英文名稱Broccoli（綠花椰菜），Cauliflower（白花椰菜），別稱菜花、花菜。

花椰菜有綠、白兩種，白花椰菜是經遮斷陽光產生而來，當花椰菜的花蕾形成時，便將旁邊的老葉折往中心部位蓋住花蕾，或以不透光的黑布等罩住花蕾球，無法形光合作用的部位，就是我們食用的軟白柔嫩的白花椰菜。除了綠、白花椰菜之外，還有紫色的花椰菜，不過風味不及綠、白花椰菜。

花椰菜是冬季的蔬果之一，與蘿蔔、大白菜等同是應景的蔬果，市面許多冷凍包裝的花椰菜多為進口輸入，風味遠遜於本地生產，價格便宜是唯一的優點。花椰菜香港人稱為「西蘭花」，是野生甘藍菜的變種，莖部發達。原產於以義大利為中心的地中海沿岸地區，義大利在西元2世紀左右就有栽培的紀錄，美國一直到第二次世界大戰之後廣泛栽種，日本在明治40年以後，意識到營養均衡的重要性，於是在同時期普及食用綠色蔬菜，花椰菜因此而被廣泛栽培及食用。

【台灣這樣吃花椰菜】

台灣人所謂的「菜花」即是花椰菜，也有人直譯稱為花菜。綠色花椰菜在西式料理中佔有極重要的地位，其功能性與馬鈴薯不相上下，除了顏色討喜、取用方便之外，由於國外有冷凍進口，來源上不虞匱乏亦是重要考量因素。儘管國人對於西餐似乎已視為日常飲食之一，但是對於食材的選項並不會特別轉化為家常菜餚食用，花椰菜即是一例。

3.花椰菜的花黃色，花瓣4枚。

4.市場中販售的綠色花椰菜。

花果菜類 02

花椰菜

Brassica oleracea var.*botritis*

THE WONDERS OF VEGETABLES IN TAIWAN

白花椰菜口感脆嫩，但不易入味，一般家庭多搭配排骨等以之煮湯入菜，取的是蔬菜本身的鮮甜。至於鮮炒白花椰菜多數只在自助餐館中出現，業者採用單純的素炒或許加一點胡蘿蔔絲配色，湯汁比一般炒菜稍微多些，為了是讓花椰菜慢慢浸泡入味。

綠花椰菜也用來鮮炒，但是由於加熱後的顏色非常艷綠美麗，因此可以搭配的食材就多了些：可用來與白色的花枝或肉片同炒，紅色的部份不外乎胡蘿蔔或是紅色甜椒，有時也加入幾顆白果增添粉嫩的黃色，用油炒過的菜餚特別的亮麗好看，視覺的享受誘惑了味蕾。這種清淡的料理口味可說是經濟富裕的最佳證明！

綠色花椰菜很適合作為咖哩的食材，不僅色彩分明、口感爽快，還具有不會滲泌水分的優點，當濃稠的咖哩醬汁裹住花椰菜時，同時也掩飾了它不易入味的小小遺憾。多次的實驗結論是，咖哩料理中，花椰菜與番茄是最佳的視覺兼口味魔術師。

綠色花椰菜很適合作為咖哩的食材，不僅色彩分明、口感爽快，還具有不會滲泌水分的優點。

1.豬排搭配花椰菜。 2.綠色花椰菜是西餐中不可或缺的配菜。

3.綠色花椰菜加熱後的顏色非常艷綠美麗，因此可以搭配的食材就非常多樣。

4.咖哩飯也少不了花椰菜。 5.白花椰菜是經遮斷陽光產生而來。

花果菜類 03

小黃瓜

Cucumis sativus

THE WONDERS OF VEGETABLES IN TAIWAN

■性味：性涼味甘，入脾、胃、大腸經，適合熱性體質。

■成分：蛋白質、脂肪、醣類、纖維、甘露醣、菸草酸、鐵、鈣、磷、鋅、鎂、鈉、鉀、胡蘿蔔素、維生素B1、B2、B6、C。

■功效：清熱解毒、生津止渴、潤腸通便、利尿消腫。

【小黃瓜的作用】

1.小黃瓜含豐富矽、硫、氯、磷、鈣等礦物質，是天然的利尿劑。

2.小黃瓜具有淨化血液、清理腸胃積熱的功效。

3.小黃瓜96％為水分，剩下的4％則只含有少量維他命、礦物質、碳水化合物等，是適合減肥人士的食品。

4.小黃瓜含多量水分與鉀質，具有消除腫脹、疲勞酸痛的功效，亦能排除血液中的鈉含量，具有降低血壓的效果。

5.小黃瓜含有破壞維他命C的抗壞血酵素，不宜與維生素C含量豐富的蔬果同時食用。

6.小黃瓜磨泥外敷臉部，可舒緩曬傷疼痛。

7.小黃瓜可抑制醣轉化為脂肪物質的丙醇二酸，減少肥胖機率。

8.小黃瓜含豐富生物性活化酶，具有促進新陳代謝的良好功效。

9.小黃瓜含細纖維素，能降低膽固醇作用、促進腸胃蠕動。

10.小黃瓜為低嘌呤食物，適合痛風、尿酸偏高患者食用。

【健康料理】**干蝦黃瓜**

◎材料：小黃瓜100公克、干蝦30公克、糖半匙、醋半匙、鹽少許。

◎做法：調味料拌勻後，加入切片的小黃瓜和干蝦醃漬20分鐘。

◎養生功能：清熱利尿、淨化血液，增強鈣質的吸收。

【健康料理】**薄荷黃瓜**

◎材料：小黃瓜100公克、薄荷數片、優酪乳二匙、鹽少許。

◎做法：小黃瓜與優酪乳、鹽拌勻置冰箱30分鐘，添加薄荷食用。

◎養生功能：清熱涼血、健胃理氣。

1.小黃瓜的雄花。

2.小黃瓜的雌花。

【小黃瓜紀事】

Cucumis sativus， 瓜科，一年生蔓性草本，全株被生絨毛，莖蔓性，具卷鬚，能藉他物攀爬伸長；掌狀葉互生，葉緣淺裂，先端銳尖，兩面均有粗毛；雌雄同株異花，花色鮮黃，筒狀花冠；瓜果長圓筒形，長約 15~20 公分左右，直徑 1~2 公分，綠色或青綠色，瓜身有疣狀物，皮上有粉質而不明顯；種子白色。四季均有生產， 3~11 月為盛產期，英文名稱 Cucumber。別稱小胡瓜、花胡瓜。

小黃瓜原產於喜馬拉雅山的山麓，漢朝時傳入中國， 6 世紀時由華南地區傳入日本。台灣在清朝時期由移民引入栽培，主要產地南投、雲林、台南、花蓮等地。小黃瓜雖是一年四季都有的蔬果，卻常被認為是夏季的作物，主要來自於它清淡的口味及做為涼菜的先入觀念。它的售價一般來說並不便宜，一斤通常在 80~120 元之間，最便宜也要 50 元，也曾狂飆到 200 多元的價位，所幸它較少做為日常必須的主力蔬菜，對於價格的昂貴比較沒有切身的感覺。

小黃瓜是極易受到蟲害的蔬果，在栽培過程中通常會做套袋的處理，但如此一來，小黃瓜就會減少果粉的生長，沒有果粉的瓜質缺少甜味和香氣。為了調整生產期或管理上的經營，有些菜農採取溫室種植，露天栽種的小黃瓜和溫室栽培的相比較，會有維他命 C 多寡的差異性，溫室栽種者只有露天栽種的 40 ％含量。露天栽種的小黃瓜，瓜身常帶有白粉，這是蔬菜本身為防水分蒸發而產生的果粉，稱為「霜霧現象」。

河童是日本傳說中的河神，江戶時期日本人稱河童為「水神」。河童很喜歡吃小黃瓜，人們將小黃瓜置於盆中供奉精靈棚。江戶、兩國在開鑿河川時，為了防止河童惡作劇，有丟小黃瓜到所挖掘的河川裡的習俗，直至今日，許多壽司店仍將小黃瓜稱為河童，即是因此習俗而命名。日本人的飲

3.小黃瓜的瓜果長圓筒形，長約15~20公分，瓜身有疣狀物。

4.尚未成熟的小黃瓜果實呈黃白色。

花果菜類 03

小黃瓜

Cucumis sativus

THE WONDERS OF VEGETABLES IN TAIWAN

食習慣中，常以米糠醃漬小黃瓜，能將維生素 B1 的含量提高至五倍，是夏季優良的食品。

【台灣這樣吃小黃瓜】

不可思議地，小黃瓜在台語中居然沒有特別的稱呼，一般不是用國語稱小黃瓜，要不就用日語稱之為花瓜。不過小黃瓜在夏季的餐桌上可是常見的菜餚，台灣人吃小黃瓜有制式的手法。洗淨小黃瓜之後，用刀背拍開，然後切小段，用少許鹽輕醃。約莫 20 分鐘之後，去除水分，調入蒜末、辣椒、香油等拌勻，置於冰箱待入味、涼透後即可食用。用來配食溫溫的白粥，極為鮮甜爽口，是夏季中一道開胃的小菜。 40~50 年前，常有醬菜車在清晨兜售各式各樣的醬菜，這種醬黃瓜是最受歡迎的一類。

小黃瓜也是食用涼麵不可缺少的食材；小黃瓜切成細絲與麻醬拌勻，成為麵攤上極受歡迎的麵食。黃色的油麵、綠中帶白的小黃瓜，偶而老闆也會給點紅色的胡蘿蔔，淋上褐色的麻醬；鮮豔的色彩叫人不吃這碗麵也難。

干蝦黃瓜是夏季開胃的小菜。

小黃瓜是鄉下人家經常栽植的瓜果類蔬菜

葉菜類 03

小黃瓜

Cucumis sativus

THE WONDERS OF VEGETABLES IN TAIWAN

小黃瓜食用方式多半是做成醬漬小菜，日本人也喜愛食用，他們用米糠、鹽來醬漬。現在科技發達，於是將味噌調好，放在保鮮膜上，小黃瓜放在上面捲好後，用微波爐 30 秒即成醬菜，因水分受熱釋出比醬漬快速 1500 倍，對於忙碌的上班族而言，是很方便的料理手法。

小黃瓜縱切成 V 字型，上面放豆醬食用，也是日本料理中的特殊料理。日本食家每每喜愛坐在料理台前，一邊與師傅聊天、喝酒，一邊享受著當天的特別食材。坐在料理台前，通常並不點菜，而是由料理師傅根據當天的食材與客人的食量愛好而配製。每一、兩道食物之後，會有在功能上等同於西式料理中的「砂冰」的小菜上桌，用來轉換口中的味覺。小黃瓜就經常擔當這樣的任務；冰過的小

右上圖：薄荷黃瓜既美觀又健康。

下圖：小黃瓜沾麻醬生食是很好的開胃菜。

黃瓜切成10公分左右的長度，縱剖成V字型，上面放一匙微帶甜味的豆醬，這種食物很少有人點食，通常是料理台前特有的食物。

小黃瓜的吃食有多種變化，不過用來熱炒的機會不多，歡迎度也不高，或許是失去水分的脆度不理想，降低了品嚐的興趣吧。小黃瓜並非被列為平常蔬菜，不具有高貴的評價，但是它卻是日常生活中常見的蔬果，或許正因為平常，因此料理的手法也成為制式化，其實，尋常滋味正是一種珍味。

小黃瓜是鄉下人家經常栽植的瓜果類蔬菜，疏果後的幼果並不捨棄，用醬油醃製後，非常美味，那種鮮嫩的脆令人湧起幸福的感覺，現在想來那種幸福其實是來自對家人的依賴。手工製成的料理，有家人滿滿的愛心，還有對大地賜與的食物之敬意，秉持著這種信念，對家人的關懷，轉化成食物幸福的味道。即使是現在，每當收到手工製成的食物時，也都能感受到製作者的真誠心意，裡面有一種市集無法販售的「互相關懷」，是一種無可言喻的幸福！

1.小黃瓜涼菜。
2.小黃瓜脯是「瓜仔雞湯」的主要食材。
3.小黃瓜疏果後的幼果並不捨棄，用醬油醃製後，非常美味。
4.醬黃瓜是最受歡迎的小菜。

葉菜類 04

大黃瓜

Cucumis sativus

THE WONDERS OF VEGETABLES IN TAIWAN

■性味：鹼性，性涼寒味甘，入肺、胃、大腸經，適合熱性體質。

■成分：水分、蛋白質、碳水化合物、脂肪、纖維、丙醇乙酸、鉀、鐵、鈣、磷、胡蘿蔔素、維生素B1、B2、B6、C。

■功效：清熱利尿、生津止渴、潤腸通便、消腫解毒、降低膽固醇。

【大黃瓜的作用】

1. 大黃瓜含有丙醇乙酸可抑制醣類物質轉化為脂肪，具有消除脂肪堆積和預防冠心病的作用。
2. 大黃瓜含有纖維素，可促使腸道活潑化，促進排便順暢，降低膽固醇。
3. 大黃瓜含豐富的黃瓜酶，能促進新陳代謝，具有潤膚護髮的美容效果。
4. 大黃瓜含豐富的鉀元素，能迅速排除汗及尿中的鈉含量，避免血壓的提升。
5. 大黃瓜含有維生素 C 分解酶，容易使果菜內的維生素 C 損失殆盡，宜避免與蔬果同時食用。
6. 新鮮大黃瓜切片塗擦患處，可舒緩暑熱、痱疹的症狀。
7. 新鮮黃瓜切片外敷眼部，可舒緩眼壓的升高。
8. 大黃瓜磨泥可作成面膜舒緩曬傷的疼痛。
9. 大黃瓜為低嘌呤食物，適合痛風、尿酸偏高患者食用。

【大黃瓜紀事】

Cucumis sativus，瓜科，一年生蔓性草本，全株被生粗毛，莖蔓性，具卷鬚，能藉他物攀爬伸長；掌狀葉互生，葉緣淺裂，先端銳尖，兩面均有粗毛；雌雄同株異花，花色鮮黃，筒狀花冠；果實長圓筒形或略呈三角圓狀，長約 30 公分左右，直徑 4~6 公分，光滑瓜身者碧綠色，瓜身有疣狀物者墨綠色，瓜身有果粉具保護作用；種子白色。花期 5~7 月，果期 6~8 月。英文名稱 Cucumber。別稱刺瓜仔、胡瓜。

1.市場裡的大黃瓜。

2.大黃瓜的果實長圓筒形或略呈三角圓狀，長約30公分左右。

大黃瓜是廉價的蔬果，都市和鄉下有很大的售價差距，在大台北地區，一條大黃瓜大約在 30~50 元之間，颱風季節甚至賣到 80 元一條。盛產期間的大黃瓜往往論條計賣，黃昏市場裡最便宜一條 5 元就能買到， 10 元一條則是正常的早市價格。

大黃瓜原產於印度喜馬拉雅山山脈一帶，印度在 4000 年前即有栽培黃瓜的歷史記載。紀元前傳入歐洲，歐美人士做為沙拉等食用方式而廣受歡迎。漢朝時期，大黃瓜經由絲路傳入中國華北地區，當時傳入的品種稱為「白瓜」；由東南亞傳入華南地區的品種稱為「黑瓜」，之後相繼傳入各類品種在中國栽培。英國人在 200 年前由一位船長從西印度群島引入，成為英國民間極為普遍的食物。

日本於 6 世紀時，由中國傳入華南品系的大黃瓜，寬政年間（1790 年），開始栽培大量食用的美味品種；明治時期由中國傳入的華北品系，則做為溫室栽培的作物。佛羅里達州是美國最大的產地，產量佔全美三分之一強。台灣在清朝時期由移民引入栽培，一年四季均可生產，夏季為盛產期，各地均有栽培。鄉間民家普遍在田埂旁、農舍等附近，以竹子簡易搭建架棚或竹籬栽植，是十分常見的蔬果。

《嘉祐本草》記載：「胡瓜葉味苦，平，小毒。主小兒閃癖，一歲服一葉已上，斟酌與之。生搗絞汁服，得吐，良。根搗傅胡刺毒腫。其實味甘，寒，有毒，不可多食，動寒熱，多瘧病，積瘀熱，發疰氣，令人虛熱上逆，少氣，發百病及瘡疥，損陰血脈氣，發腳氣，天行後，不可食。小兒切忌，滑中，生疳蟲。不與醋同食。因忌石勒諱，又以其花黃，稱為黃瓜。」

人類栽種黃瓜已有長遠的歷史，古代埃及人、希臘人和羅馬人都以黃瓜做為主要的日常食物，黃瓜也是少數出現在聖經的蔬菜之一。黃瓜是不含澱粉的鹼性蔬菜，具有淨化腸道的功能，豐富的生物活性酶，還能促進新陳

3.大黃瓜的果實完全成熟後會變成黃色。

4.大黃瓜的雄花。

花果菜類 04

大黃瓜

Cucumis sativus

THE WONDERS OF VEGETABLES IN TAIWAN

大黃瓜若是光滑瓜身者碧綠色，瓜身有疣狀物者墨綠色，瓜身有果粉具保護作用。

代謝作用。西方古代諺語說：「像黃瓜一樣保持冷靜。」因為黃瓜具有降火的作用，能使人的情緒趨向穩定。各種蔬菜中，以黃瓜對於滋養皮膚的功效最佳。

【台灣這樣吃大黃瓜】

由於瓜身上有突出的小疙瘩，因此台灣人稱大黃瓜為「刺瓜仔」，至於「黃瓜仔」通常說的是香瓜類的梨瓜，兩者可別因為音譯而弄混淆了。刺瓜仔在鄉下不甚稀奇，一般人家在後院空地、溝渠旁、田埂旁，都會隨意用竹枝搭架，種點刺瓜、絲瓜、苦瓜、豆子之類的蔬菜。鄰居沒有種植的，喊一聲就自己去摘了，就像自家種的一樣，是彼此互通有無的習慣。反倒是從都市來的人，常會收到鄰居送來的新鮮菜蔬，其種類、數量都多得吃不完。淳樸、憨厚的鄉下人，明明拿的是最好的蔬果送人，卻還羞赧、客氣的說一句：「隨便種一種，送給你幫忙吃點！」

刺瓜仔以前多用來煮湯，除了素湯加點油蔥或蔥花之外，也加點魚丸、排骨之類。也將刺瓜橫切成圓狀，掏去種籽，在內中填塞肉末、魚漿等，做法與「苦瓜封」相似，先用滾水煮熟定型後，再另外起鍋煮湯食用。刺瓜仔清涼降火，可是大餐廳裡點不到這道菜，除了自己烹調之外，大概只有一般的自助餐廳裡有。台灣的自助餐是便當的延伸，多了桌椅可以在店中食用，也多了菜餚的選擇，通常是 20 道左右的青菜供消費者自由搭配，一個便當 50~80 元，大概是 3 或 4 種小菜，搭配主菜魚、排骨、雞腿或控肉，這是外帶的便當，若是在店內食用，則依據選菜多寡計價，對於勞動階層及上班族具有很高的便利性。

自助餐對於刺瓜仔的烹飪，通常是炒蒜頭加一些點綴性的肉絲，或是炒花枝等，並勾一點芡粉讓味道更能附著。自助餐也供應免費的湯飲，大鋁桶裡煮著 3 兩支大豬骨，加上幾片漂浮的刺瓜仔、蘿蔔、酸菜等，本事好的可以等刺瓜仔沉在桶底時，迅速起杓就能撈幾片刺瓜仔享用，否則就只好喝白湯了。

一般人家在後院空地、溝渠旁、田埂旁，都會隨意用竹枝搭架，種點大黃瓜、絲瓜、苦瓜、豆子之類的蔬菜。

絲 瓜

Luffa aegyptiaca

THE WONDERS OF VEGETABLES IN TAIWAN

■性味：性涼味甘，入肺、肝、胃經，適合偏熱體質。

■成分：蛋白質、脂肪、醣類、皂甙、多量粘液質、瓜氨酸、鈣、磷、鐵、胡蘿蔔素、維生素B、C。

■功效：涼血解毒、通經絡行血脈、清熱化痰、潤肺止咳、消腫散淤、潤腸通便、滋潤肌膚。

【絲瓜的作用】

1. 絲瓜含有皂甙成分，能抑制肺炎球菌生長，具止咳袪痰的作用。
2. 用絲瓜絡擦拭皮膚，可使毛孔通暢，有助於排出廢物，既潔膚、護膚又減緩皮膚老化。
3. 新鮮絲瓜搗碎，外敷癰瘡、腮腺炎，具有消炎退腫的功效。
4. 絲瓜葉、桃葉各 100 公克，搗碎後拌明礬 10 公克，塗抹患處，可治療濕疹、黃水瘡等症狀。
5. 絲瓜、馬齒莧各 100 公克，煮水 600C.C 服用，具有清熱利濕、止癢的效果，適合過敏性搔癢症、浮腫患者。

【健康料理】**絲瓜當歸飲**

◎材料：絲瓜一條、當歸 2 片。

◎作法：絲瓜洗淨去皮切薄片與當歸不加水同蒸 30 分鐘，服食。

◎養生功能：具清血效果，適合血脂肪過高患者，亦能降低膽固醇。

【絲瓜紀事】

Luffa aegyptiaca，瓜科（葫蘆科），一年生藤本；莖有稜，具捲鬚，可藉它物攀爬；葉互生，心狀或掌狀，葉緣具淺裂至深裂；雌雄同株異花，花冠黃色，雄花花朵大型，花後 10～15 天即可採收；果實圓筒型或稜型；種子橢圓形。 4～10 月盛產，其他季節淡產，稜角絲瓜亦可全年生產。英文名稱 Dishcloth gourd，別稱菜瓜。

已有 2000 年以上栽培歷史的絲瓜，原產於中國、埃及、熱帶亞洲、印度、斯里蘭卡、爪哇等地，是栽培廣泛的蔬菜之一。台灣在清朝時由華南地區引入栽培，此瓜以老而多絲絡，故以「絲瓜」而

1.市場裡的絲瓜。

2.結果累累的絲瓜。

得名，又因瓜可入菜而稱「菜瓜」。台灣各地均有栽培，幾乎全年均可生產。入夏後，宜蘭礁溪的溫泉絲瓜最負盛名，澎湖則以稜角絲瓜最受青睞，此外南投、雲林均有栽培，亦是農家最愛栽植的果菜植物。絲瓜極為廉價，盛產期間，一條絲瓜 10～15 元是常價，颱風過後各類蔬果受損，絲瓜則至多漲價二倍，是夏季重要的蔬果來源之一。

《救荒本草》記載：絲瓜，人家園籬邊多種之，延蔓而生，葉似栝樓葉，而花又大，每葉間出一絲藤，纏附草木上，莖葉間五瓣大黃花。結瓜形如黃瓜而大，色青，嫩時可食，老則去皮，有絲縷，可以擦洗油膩器皿。

《本草綱目》記載：絲瓜唐以前無聞，今南北皆有之，以為常蔬。二月下種，生苗引蔓，延樹竹或竹棚架。其葉大如蜀葵而多丫，尖有細毛刺，取汁可染綠，其莖有稜；6、7月開黃花，五出，微似胡瓜花，蕊瓣俱黃。其瓜大寸許，長一、二尺，甚則三、四尺，深綠色，有皺點，瓜頭如鱉首，嫩時去皮可烹，可曝，點茶充蔬。老則大如杵，筋絡纏紐如織成，經霜乃枯，惟可藉靴履，滌釜器，故村人呼為「洗鍋羅」。

【台灣這樣吃絲瓜】

台灣人稱絲瓜為「菜瓜」。台灣料理中，絲瓜是再尋常不過的家常菜，在幾十年前，將菜瓜端上桌請客，常被視為「怠慢」，菜瓜只能留著自己「粗」吃，請客是不禮貌的做法。鄉下人很多都是「做田的」，做田人由於勞力粗重，很容易就飢餓，農忙時一天通常吃五餐，而類似「下午茶」這一餐，為了節省時間，大概都是點心類的食物，菜瓜因為自家生產，所以經常食用，做法最普遍的就是「菜瓜麵線」。菜瓜切塊炒過後，放入高湯煮開，加米線、蝦皮，有時候也加入一些蔥段，即是美味的點心，這種「

3. 絲瓜的雄花。

4.台灣各地均栽培絲瓜，幾乎全年皆可生產。

花果菜類 05

絲瓜

Luffa aegyptiaca

THE WONDERS OF VEGETABLES IN TAIWAN

播田飯」、「割稻飯」，常用扁擔挑著到田埂旁招呼大家休息用餐。由於是這種極為鄉土的菜式，因此厚道、淳樸的鄉下人，並不會用這種菜瓜麵線上桌請客，雖然它是如此清甜、美味。

近十多年來都市人的口味變了將記憶中的味道翻尋了出來，菜瓜居然和蛤蠣結下「因緣」，成為大餐館非常流行的蔬菜美食。這種半湯菜的做法還真的可以稱為是「山珍海味」的組合，食材本身並無任何外觀或味道的更改，但是組合元素不同，便激起味蕾的探索，或許真正操縱味覺的是意念在自我催眠，而不是滋味本身！

右上圖：絲瓜燜當歸。
下圖：炒絲瓜是非常家常的菜。

絲瓜在台灣被廣泛利用，除了做為日常蔬菜食用之外，民間療法中，還利用絲瓜花治療喉嚨痛、鼻竇炎、痔瘡、肺熱咳嗽等症狀；果實被認為有治療乳汁不通、痔瘡流血、痰喘煩渴等；南部地區將艾草連根與絲瓜不加水蒸熟，用來治療頭風、頭痛等症狀。

秋天絲瓜莖株枯萎前，將離地10公分左右的藤莖剪斷，並將藤莖塞入瓶中，不需數小時就能收得滿滿的絲瓜露，一般稱為「菜瓜水」。民間療法中用來治療高燒熱的「水」有兩種，一種是在端午節這天正午十二點，從井中取出的水稱為「午時水」；還有一種就是絲瓜水，這兩種水長久貯存不會餿壞，用來退燒退熱效果極好，是一般人家常備的用品。

絲瓜水還是家喻戶曉的美容聖品，雖然並沒有人因為使用絲瓜露而真正由醜變美，但是數百年來，這樣的說法始終存在人心，口耳相傳，從無人懷疑過！至於老化的絲瓜絡更是絕妙的用品，先人們為了留取絲瓜的種子，會取果實碩大者讓其在植株上成熟。老化的絲瓜果肉腐敗後剩下強韌的纖維，用來擦洗器物或做為洗滌用品，能夠輕鬆去除污垢，是前人生活中不可缺少的物品。

1.絲瓜棚在台灣是很常見的，許多人家都喜歡種來自己食用。　2.成熟的絲瓜。3.成熟老化的絲瓜可以留著採收種子。

花果菜類 06

苦瓜

Momordica charantia

THE WONDERS OF VEGETABLES IN TAIWAN

■性味：性寒味甘苦，入心、脾、腎、肝經，適合偏熱體質。

■成分：蛋白質、脂肪、醣類、粗纖維、苦瓜甙、奎寧、鈣、磷、鐵、鈉、鉀、鋅、鎂、胡蘿蔔素、維生素B1、B2、B6、C。

■功效：明目解毒、清熱瀉火、舒緩血糖升高。

【苦瓜的作用】

1. 苦瓜的苦味來自奎寧成分，具有抗瘧疾的作用。
2. 苦瓜甙能舒緩體溫的升高，具有清火解熱的功能，還能刺激胃液分泌，促進食慾、幫助消化。
3. 苦瓜含有類胰島素成分，具有降血糖的作用，是糖尿病患者理想的蔬果。
4. 苦瓜含脂蛋白成分，具有增強人體免疫功能的作用。
5. 苦瓜富含維生素 C，有促進新陳代謝的功能，使肌膚細緻光滑。
6. 苦瓜的新漿汁擦洗皮膚，具有清潔祛斑、滋潤肌膚的作用，可做為天然的護膚品。
7. 苦瓜葉片煮水沐浴，具有舒緩夏日濕疹的作用。
8. 新鮮苦瓜葉搗敷患處，具有消除無名腫痛的功能。
9. 苦瓜的囊肉具有消炎作用，可以舒緩燙傷、火傷的疼痛。

【健康料理】**四神苦瓜飲**

◎材料：帶籽苦瓜 300 公克以及蓮子、芡實、淮山、茯苓各 80 公克，此為四神材料，可至中藥行購買。

◎作法：1. 苦瓜不去籽，洗淨切小塊。
2. 四神材料先以 2000C.C 的水熬成 1000C.C，去渣。
3. 入苦瓜續煮至 500C.C，服食。

◎養生功能：清熱降火，亦適合糖尿病患者。

1.吃苦瓜吃的是青果，也就是苦瓜的未熟果。

2.苦瓜喜愛高溫的環境，每年從4月份起一直到11月都是盛產的季節。

【苦瓜紀事】

Momordica charantia，葫蘆科（瓜科），一年生蔓性草本；莖蔓性，具捲鬚；掌狀葉互生，3~7深裂；花腋生，花瓣5枚，花冠鮮黃色，同株異花；漿果紡錘形、圓錐狀長橢圓形，果色有綠、白等，果身具有不規則瘤狀突起，成熟時轉為橙黃色，會開裂；種子盾形，假種皮成熟後為橙紅色。英文名稱 Bitter gourd 、 Balsam pear，別稱錦荔枝。

苦瓜喜愛高溫的環境，每年從4月份起一直到11月都是盛產的季節，短暫的冬季依然有少量上市。主要產地在新竹、南投、雲林、屏東等地區，產量隨著月份逐漸往北移，3、4月起從屏東等地開始生產，接著是5、6月的中南部南投、名間、台中、苗栗等地，鄉下民家亦常自家栽培食用。苦瓜在盛產期間價格很便宜，常常小型苦瓜一條10元就能買到手，不過近幾年物價高漲，加上颱風又多，蔬果損傷極大，便宜蔬果的日子似乎越來越遙遠了！

苦瓜原產於熱帶亞洲、東印度等地，16世紀時引入中國栽種，17世紀的時候傳入日本。《隨息居飲食譜》中記載：「苦瓜青則苦寒，滌熱、明目、清心。可醬可醃，鮮時燒肉可洗去苦味，雖盛夏而肉汁能凝，中寒者勿食。熟則色赤，味甘性平，養血滋肝，潤脾補腎。」

李時珍在《本草綱目》提到苦瓜的功效，他說苦瓜氣味苦、寒、無毒，具除邪熱、解勞乏、清心明目、益氣壯陽的功效。廣東人在夏季以苦瓜煮水，做為茶湯飲用，可清火消暑。

《嶺南雜記》記載：苦瓜又名癩葡萄，即錦荔枝也。閩粵皆以為常饌；有和脾疏胃之功。俱食其青者，或醃作菹，或以燉肉，或灌肉其內而食。此即是所謂的苦瓜封，是台灣常見的民間料理。

3.苦瓜的雄花。

4.苦瓜的雌花與幼果。

花果菜類 06

苦瓜

Momordica charantia

THE WONDERS OF VEGETABLES IN TAIWAN

【台灣這樣吃苦瓜】

台灣人形容人愁眉苦臉，就說他是「苦瓜臉」。的確非常傳神，苦瓜滿身是疙瘩，人發愁的時候也是整張臉揪在一起，沒有平坦的地方，與苦瓜相似極了！

早年苦瓜的品種不多，真的很苦，節省的老人家不浪費食物，於是說了媲美阿Q的話：「吃苦當作吃補。」以此做為調整吃苦味瓜果的苦惱。苦瓜幾乎是大人的食物，因此有很多吃法都是為了掩飾苦味而來；例如用豆醬的甘醇中和苦味，於是發展出豆醬油燜苦瓜的吃法；先用豬油炸過苦瓜，苦味已經去了一半，再放入豆醬中小火慢煨，火候足夠時，豆醬的鮮美全然滲入苦瓜中，此時苦味已幾乎被舒緩殆盡，油脂的豐腴、豆醬的甘美，讓苦瓜變成多滋味的醬菜，配上溫溫的稀飯，這樣的享受最適合在夏季進行，美食也可以變成一種信仰！

除了油燜苦瓜、酸菜苦瓜等這種早期的農家菜餚之外，新鮮的苦瓜因為有了白玉品種，苦瓜不再駭苦難嚥，它的好處也漸為人知，於是白玉苦瓜開始與小魚乾、豆豉同炒，有時加點辣椒提味，是很好的便當菜，既下飯又開胃。再進一步發展，苦瓜削薄片冰鎮後，與碎冰裝在瓷盤中上桌，沾醬是美奶滋與番茄醬調和而成，新鮮吃法，大受歡迎，尤其是海鮮料理店，幾乎都有這道菜，雖然有點不倫不類，但卻能證明苦瓜「翻身」，成了人氣料理！

右上圖：苦瓜葤是台灣常見的民間料理。
下圖：涼拌苦瓜。

10年前，客家館子推出一道「鹹蛋苦瓜」，從此流行到現在。不過做得好吃的館子很少，其實越是簡單的菜越難烹調：苦瓜削薄片後泡點鹽水，撈起後烤個10分鐘完全去淨水分，再經過油炸後撈起備用，餘油先爆香蔥段，撈起，餘油還要再用來煸鹹蛋，將鹹蛋煸得香酥之後，入苦瓜和蔥段拌勻即可起鍋，不需任何調味料。這道菜其實已經幾乎嚐不到苦瓜的風味了，不過手藝倒是很經得起考驗的。浙江館子也不遑多讓地推出「乾煸苦瓜」，雖然是沿襲四季豆的做法，倒也是苦瓜料理的另一個境界。苦瓜鳳梨雞則從南部開始發展，南部人吃了幾年之後，才讓台北人領悟，將這道料理在郊區的土雞城販賣。鳳梨用米醬醃漬過，苦瓜則是當令的鮮菜，一起用來煮土雞湯鍋，滿滿一鍋熱呼呼端上桌，讓食客吃得大汗淋漓卻暢快滿足！

吃苦瓜吃的是青果，也就是苦瓜的未熟果，苦瓜成熟後瓜身爆開，種籽轉成鮮紅色，此時的苦瓜有大量的生物鹼，可別省錢捨不得丟棄，吃了可是會上吐下瀉，造成食物中毒，需得留意才好。苦瓜是夏季蔬果中極富魅力的蔬果，漢醫上苦瓜被認為具有燥濕、瀉下、預防中暑的作用，適合在夏季食用。不得不感謝上天造物的「體貼」，在暑熱、毒辣的夏季，就讓清涼降火、清熱解毒的植物生長並被取食，以免生物無法適應氣候而死亡。難怪中醫概論的老師一再叮嚀，不要食用非季節的食物，不要違反大自然造物的用心，不要追求不合節令的新奇果物。這都是違背對大自然氣候的自我調節能力，吃不合時宜的食物，例如冬季吃西瓜，結果就是在需要熱能的冬季，卻讓西瓜將身體變得更寒涼；身體的反應造成對季節的錯亂，於是產生的機能就不能適應氣候的冷熱，最後身體生病了，情緒也生病了，生理機能錯亂，心理機能就不會健康！

1

2

3

4

1.油燜苦瓜。 2.苦瓜小魚乾。3.苦瓜四神湯。 4.酸菜苦瓜。

花果菜類 07

南瓜

Cucurbita spp.

THE WONDERS OF VEGETABLES IN TAIWAN

■性味：鹼性，性溫味甘，入胃、脾經，適合偏寒體質。

■成分：蛋白質、葫蘆巴鹼、腺嘌呤、精氨酸、瓜氨酸、天門冬鹼、哆嗦戊糖、鈣、磷、鉀、鋅、胡蘿蔔素、維生素B1、B2、C、E。

■功效：補中益氣、消炎止痛、解毒化痰、潤肺止咳、促進乳腺暢通、預防攝護腺腫大、預防腦溢血。

【南瓜的作用】

1. 南瓜所含的微量鈷元素，能增加體內胰島素的釋放，促使糖尿病患者胰島素分泌正常化，具有降低血糖的良好效果。
2. 南瓜含豐富亞油酸，能預防動脈硬化。
3. 南瓜所含之葉紅素，能消除血管壁附著的膽固醇，具有防止血管老化功能，對於因糖尿病所致而衰弱的血管，有良好保護作用。
4. 南瓜含豐富胡蘿蔔素，具有潤肺、保護氣管上皮細胞的功能，能增加呼吸器官抵抗過敏的能力。
5. 南瓜的瓤肉具有外敷燙傷的作用。
6. 南瓜含有鋅元素，具有強壯腎機能及促進發育的作用。
7. 南瓜含豐富醣類，但時間一久瓜瓤會進行無氧發酵分解而產生酒精，類酒精容易導致偏頭痛，因此食用南瓜宜新鮮。
8. 南瓜含微量元素鉬，能抑制體內致癌物質亞硝酸的合成。
9. 南瓜花煮豬肝湯，具有舒緩夜盲症狀的功用。

【健康料理】**南瓜椰奶湯**

◎材料：南瓜 200 公克、椰奶 100C.C 、鹽少許。

◎作法：1. 南瓜洗淨不去皮，切小塊蒸熟。

2. 蒸熟的南瓜與椰奶放入陶鍋中燉熟。

◎養生功能：強化血管、抑制血糖升高，適合糖尿病患者。

1.南瓜的果實形態與色彩變化多端。

2.南瓜的雌花。

【健康料理】**南瓜綠豆湯**

◎材料：南瓜 300 公克、綠豆 100 公克。

◎作法：1. 綠豆洗淨，泡水 3 小時。
2. 南瓜不削皮，切小塊備用。
3. 綠豆煮軟後，加少許鹽，加入南瓜，用小火續煮 30 分鐘。

◎養生功能：熱暑心煩、疲勞倦怠、頭昏乏力等症。

【健康料理】**南瓜芝麻球**

◎材料：南瓜泥 150g 、糯米粉 2 杯、蛋白 1 個、奶油 3 匙、糖 1 匙、白芝麻 4 匙、豆沙餡 100g 。

◎做法：1. 南瓜洗淨，微波爐蒸熟，或使用電鍋蒸熟。
2. 剝去南瓜外皮，加入糖及鮮奶油，趁熱搗碎成泥。
3. 糯米粉一點一點加入南瓜泥中拌勻，根據南瓜泥的稀稠度增減糯米粉做成南瓜麵糰。
4. 蛋白打發。
5. 南瓜麵糰包入豆沙餡，沾滿蛋白，再沾勻白芝麻。
6. 用 150～160 度的低溫慢慢炸熟。

◎養生功能：健脾益腎、增強體力。

【南瓜紀事】

Cucurbita spp. ，葫蘆科（瓜科），一年生蔓性或矮性；莖株有蔓性、矮性與半蔓性等；葉心狀或掌狀淺裂，表面被有絨毛；花腋生，同株雌雄異花，花冠黃色，雌花花托肥大；果實球形、扁圓形、長橢圓形、西洋梨形、長柱形、圓筒形，果皮金黃色、米白色、綠黑色、棕褐色具斑紋；果肉金

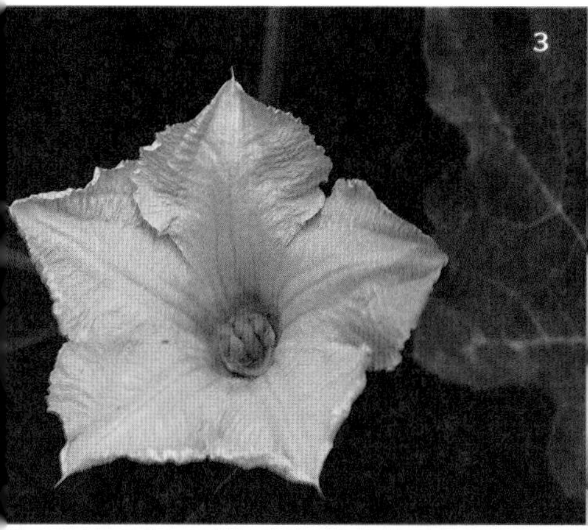
3.南瓜的雌花有6枚雌蕊。

4.觀賞用的南瓜讓人眼花撩亂。

南瓜

Cucurbita spp.

黃色、黃橙色；種子白色、褐色，扁平。花期 5~7 月，果期 7~8 月。英文名稱 Pumpkin ，別稱金瓜。

中國品種的南瓜原產於中國大陸、印度、北美洲、中南美洲等地，分布廣闊，是古老的作物之一，台灣在早期由先民從大陸引入栽培。西洋南瓜原產於祕魯及智利之間的高原地區，約在西元前 1200 年被發現而作為食用，西洋南瓜個兒較大，多呈球形或卵形，外皮較薄軟，以金黃色居多。

日本品種的南瓜原產於墨西哥北部，約在紀元前 4000 年被發現，日本在十六世紀中葉（天文十年）經由葡萄牙的船隻，引入豐後（現今大分縣）、長崎等地，當時由基督徒大名大友宗麟接受葡萄牙人贈送的南蠻土產後，親手灑下南瓜的種子，從此開啓日本的南瓜史。南瓜因生殖力強且收穫量多，又幾乎可隨地栽培，是第二次大戰時立了大功的救荒食物，戰後隨即被擴大栽培。日本南瓜多呈扁球型，外皮厚硬；色以濃綠色居多，果肉水分多而較無粘性。

《本草綱目》記載：南瓜種出南番，轉入閩浙，今燕京諸處亦有之矣。二月下種，宜沙沃地，四月生苗，引蔓甚繁，一蔓可延十餘丈，節節有根，近地即著；其莖中空，其葉如蜀葵，而大如荷葉， 8 、 9 月開花，如西瓜花。結瓜正圓，大如西瓜，皮上有稜，如甜瓜。一本可結數十顆，其色或綠或黃或紅，經霜收置暖處，可留至春。其子如冬瓜子，肉厚色黃。王禎所著之《農書》中提到南瓜的特點，認為南瓜具有治療鴉片癮的功效：「按南瓜向無入藥用者，近時治鴉片癮，用南瓜、白糖，燒酒煮服，可以斷癮。」

1.結果的南瓜植株。

2.南瓜園的景致。

南瓜含有β胡蘿蔔素、醣質，及豐富的維他命B、C，被稱為金色的蔬菜。β胡蘿蔔素在動物體內會轉換成維他命A，可預防感冒、防止眼睛疲勞，對於乾眼症、感冒、肺炎及呼吸系統疾病之預防，有極大的功效。南瓜子含有大量的亞麻油酸、蛋白質、脂肪及鐵質，更有豐富的維他命B1、B2，及維他命E等等，可預防動脈硬化及攝護腺肥大。前列腺肥大是一種老化現象，會引起排尿困難。由於南瓜子含豐富亞油酸，能消除前列腺淤血作用及預防動脈硬化，因此經常食用南瓜子能舒緩症狀。

【台灣這樣吃南瓜】

南瓜性喜日照，攀附於牆壁或屋頂生長，結果率極好，但若種在日陰下常常只長藤蔓不結果，日本用這句俗語：「日陰的南瓜」，比喻做事徒勞無功、白費心機。小時候外婆總是在冬至這天煮一大鍋南瓜湯叫我們吃，長大後才知道，受日本教育的她是沿用日本人的習慣，根據民間療法在冬至這天吃南瓜就不會中風。從營養學角度來看，南瓜含豐富維生素C和胡蘿蔔素，能增強身體的抵抗力，也因此能對抗嚴寒的冬天。南瓜湯要好喝，外婆有獨到的手法，煮南瓜濃湯加入一定比例的地瓜泥，並以奶油調和，這種濃湯的口味富有層次變化，豐腴的口感，餘韻悠長。

台灣人稱南瓜為「金瓜」，早期南瓜多半是自家產品，要不就是敦親睦鄰的禮物，所以南瓜有各式各樣的吃法。喜歡吃甜的，直接南瓜下鍋煮軟了調點二號砂糖，再加少許鹽就是了，夏天有時候改砂糖為黑糖，為的是可以解熱毒、預防中暑。南瓜煮湯時多數循傳統方式和排骨之類同煮，有時南瓜實在太多吃不完，就取代地瓜煮南瓜飯，經常吃到變成真正的「黃種人」，那是因為南瓜中的胡蘿蔔素尚未來得及轉化即由汗液排出的結果，所幸並不礙事，一陣時間不吃南瓜就自然痊癒了。

3.南瓜子。　4.南瓜子含豐富亞油酸，能消除前列腺淤血作用及預防動脈硬化。

花果菜類 07

南瓜

Cucurbita spp.

THE WONDERS OF VEGETABLES IN TAIWAN

南瓜有時候也取代芋頭做成南瓜丸子，油炸之後先供奉神明、祖先，拜拜之後就進了孩子們的肚子裡。南瓜發糕是外婆的拿手菜，將南瓜泥和酵粉、糖和勻後填入小碗中，水開後上蒸籠蒸個 15 分鐘，每個發粿都眉開眼笑地「發」得不得了！現代人學西方做蛋糕的方式用烤的，不過水蒸的食物通常比烤的要來的健康一些！西餐廳的南瓜湯一直是很受歡迎的湯點，乃至於烤南瓜、南瓜沙拉、南瓜派、南瓜麵包、南瓜布丁、南瓜冰淇淋等等，或是東洋的醃漬南瓜、天婦羅、燉南瓜等，南瓜的烹調已是不分國籍了。

南瓜最理想的食用方式是將南瓜泥與牛奶打汁飲用；牛奶含有多種營養素，但缺乏維生素 C 和食物纖維，而南瓜正好補足這項缺失，是理想的飲料，在早晨飲用，可以提供一天所需的維生素 B 群，若是想要充分利用胡蘿蔔素，烹煮南瓜的時候記得要加點油才行！

1

2

3

1.南瓜蔬菜湯。 2.南瓜松子湯。 3.烤過的南瓜子。 4.南瓜芝麻球。

4

觀賞用的南瓜是萬聖節的應景物。

花果菜類 08

冬瓜

Benincasa hispida

THE WONDERS OF VEGETABLES IN TAIWAN

■性味：性微寒味甘淡，入胃、脾、大小腸經，適合偏熱體質。

■成分：水分、纖維、葫蘆巴鹼、丙醇二酸、鉀、鈣、磷、鐵、鉀、鋅、鎂、蛋白質、胡蘿蔔素、維生素B1、B2、B6、C。

■功效：利尿消腫、清熱解毒、止咳化痰、消除青春痘、美肌嫩膚、活絡腎臟、生津止渴、解魚蟹毒。

【冬瓜的作用】

1. 冬瓜含大量鉀元素，對於小便不利、水腫、容易口乾舌燥的人，經常食用冬瓜，具有利尿、除小腹水脹、止渴等功效。
2. 夏日體力容易消耗過度產生疲倦感，經常食用冬瓜，具有消除疲勞、恢復體力的作用。
3. 冬瓜具有催乳的效果，適合缺乳的產婦食用，但涼性的冬瓜對於體質陰虛者則不宜食用；這類體質的人經常食用冬瓜容易導致腰背酸痛。
4. 冬瓜是低鈉性而且不含脂肪的食物，且富含葫蘆巴鹼和丙醇二酸。葫蘆巴鹼能幫助人體新陳代謝，丙醇二酸則能有效地阻止體內的醣類轉化為脂肪，能將體內廢物轉為尿液排出，並能有效地消耗掉體內脂肪，對於防治高血壓、動脈粥樣硬化、減肥都有良好的效果。
5. 冬瓜能有效抑制體內黑色素的積存，達到改善肌膚乾燥性及淡化斑點的作用，是天然美容佳品，經常食用能美化肌膚，具有柔肌潤膚，令膚色白皙的功能。
6. 女性因妊娠而有浮腫現象時，可利用冬瓜煎湯代茶飲用，具有良好的消腫效果。
7. 冬瓜含豐富維生素C，經高溫加熱後，約減少百分之二十左右，是攝取維生素C的最佳來源。
8. 冬瓜煎茶或經常以冬瓜入菜食用，能達到消腫、利尿的效果。
9. 取成熟的冬瓜子與貝母粉、冰糖及水梨同燉食用，能減輕咳嗽及多痰現象。
10. 冬瓜具整腸作用，經常食用能避免便秘現象。

1.近有小型冬瓜稱為「芋仔冬瓜」，取其體型小似芋頭而名。　2.台灣的冬瓜多為在來種，外形呈筒狀的淡綠色大果實。

11. 冬瓜子洗淨搗破，加冰糖燉服，能補中益氣，具有清熱利濕的效果。
12. 有肝硬化少量腹水的患者，可經常食用紅豆與冬瓜同煮服用。紅豆為冬瓜量的四分之一至五分之一左右。
13. 冬瓜因利尿、降血壓效果甚佳，對於低血壓患者不宜大量食用。
14. 冬瓜瓤搗泥取汁液塗抹，可淡化雀斑，具有潤膚效果。
15. 冬瓜 96 %為水分，是低卡洛里的食物，有利尿作用，冬瓜可以將體內的廢物化為尿液，迅速排出體外。炎熱的夏日流汗過多、容易疲倦、皮膚粗糙、不易上妝、經常長青春痘的人，時常食用冬瓜可改善這種惱人現象。

健康料理】杏桃冬瓜甜湯

◎材料：A. 小型冬瓜 一個（約 2 斤左右）
B. 薄荷葉數片、杏桃乾十個
C. 水 七杯、糖 一杯、杏子酒一杯、檸檬數片、八角數個

◎作法：1. 冬瓜從中間切除約長 8 公分寬 5 公分厚的皮作為外蓋，掏去裡面的子囊，並將瓜肉挖下。
2. 取一大鍋，將冬瓜肉及 C 項材料同煮，煮開後轉小火續三十分鐘
3. 煮好的冬瓜湯和杏桃乾放入冬瓜中，大火蒸五分鐘。
4. 等冬瓜涼透後，整個送入冰箱中冷藏。
5. 食用時，可添加一匙杏酒、檸檬片，並用薄荷葉裝飾。

◎養生功能：適合咳嗽、痰多者，具止咳化痰功效。

◎如何挑選冬瓜：冬瓜表面密被白色果粉、淡綠的色澤是優選。購買切片冬瓜時，可挑選瓜肉多汁及種籽淡黃色、大而厚者為佳，切面變黃、變軟的冬瓜則避免選購。

3.冬瓜的雌花。　4.冬瓜是一年生藤蔓性植物，莖株具有剛毛，莖蔓方形，具捲鬚，可藉它物攀爬。

【健康料理】**冬瓜紅豆湯**

◎材料：冬瓜 200 公克、紅豆 100 公克、冰糖少許。

◎作法：1. 紅豆泡水 3 小時，煮熟後加入冬瓜續煮。

2. 起鍋前加冰糖食用。

◎養生功能：利尿解毒，適合慢性腎炎患者。

【冬瓜紀事】

Benincasa hispida，葫蘆科（瓜科）一年生藤蔓性；莖株具有剛毛，莖蔓方形，具捲鬚，可藉它物攀爬；葉心形或掌狀淺裂；同株雌雄異花，花冠黃色，花瓣 5 枚；幼果密被絨毛，成長時逐漸減退，被蠟粉；果實圓球形、長橢圓形，果皮綠黃色，果肉白色多水分；種子白色，扁平。全年生產，夏秋季、冬季盛產。英文名稱 Wax gourd，別稱枕瓜。

冬瓜是夏季起即陸續上市的蔬菜，不過由於保存性高，若放置在通風良好的地方，可越冬保存，因此有「冬瓜」之名。台灣的冬瓜多為在來種，外形呈筒狀的淡綠色大果實，主要產地在彰化、雲林一帶，其它地區亦有零星栽培。冬瓜果實極大，市場販賣多切輪片出售，價格十分低廉，一片約在 200~300 公克之間，售價在 10~30 元不等，視市場供應量而定。近有小型冬瓜稱為「芋仔冬瓜」，取其體型小似芋頭而名，售價、口感均無特別，民眾仍多以切片的冬瓜為選購對象。

冬瓜原產於中國、印度、東南亞一帶，廣泛分布於亞洲熱帶及亞熱帶地區，是東方特有的作物。日本有早生種濃綠的長筒形或小型果，以沖繩縣琉球出產的冬瓜品質最佳。冬瓜之所以得名，是因為

1.冬瓜果實極大，市場販賣多切輪片出售，價格十分低廉。 2.製作冬瓜茶的副產品是冬瓜糖，是略呈透明狀的甜食。

各種瓜類都在春、夏、秋三季結果，只有冬瓜在冬天也能生長，所以被稱為「冬瓜」。冬瓜未成熟時外型濃綠色而密生白毛，因此日本人在平安時代稱之為「加毛宇利」。台灣在早期由先民自華南地區引入。

冬瓜古稱「白冬瓜」，見《農書》記載：冬瓜初生，正青綠，經霜則白如敷粉。其中肉及子俱白，故謂之白瓜。夫瓜種最多，獨此瓜耐久，經霜乃熟，藏之可彌年不壞。今人亦用為蜜餞，兼蔬果之用矣。根據《本草綱目》記載：冬瓜性涼微寒、味甘，有活絡腎臟的功能。不過由於性質寒涼，體質寒滯、胃腸虛弱、寒濕痢疾、大便泄瀉者，不宜長期食用。這類體質的人在食用冬瓜時，可添加薑或胡椒之類的熱性食用作為中和，特別是怕冷、低血壓的人。

冬瓜的由來有一段有趣的傳說：相傳當年神農氏發種人間作物，培育四種瓜品，謂之四方瓜，職司東、南、西、北四處。南瓜、北瓜、西瓜均無異議，唯獨東瓜不肯聽命，他嫌東方多雨、氣候不定，但也嫌南方潮濕、暑悶炎熱；西方風沙多而乾燥；北方冰天雪地、天氣酷寒。

東瓜挑不到一處滿意的地方，最後還是只能依照原來的規劃去了東方，不過他為了表示不滿，堅持要取名「冬瓜」，他說：「我是冬瓜，四海為家。」神農氏同意了，神農氏說：「好，冬季無瓜，爾為冬瓜，四海為家，初夏開花，冬天結瓜。」

【台灣這樣吃冬瓜】

現在的人吃冬瓜蛤蠣湯似乎是理所當然的方式，但在十幾年前就曾親耳聽到一位 80 多歲的老人家說：「冬瓜也可以這樣吃哦！」當時是相當震撼的，飲食文化的轉變如此快速，讓老人家有點不知所措！早年冬瓜多在早餐桌上出現，以醃冬瓜的方式：冬瓜去皮切小塊，薄鹽輕醃曬一天，再輕醃薄鹽

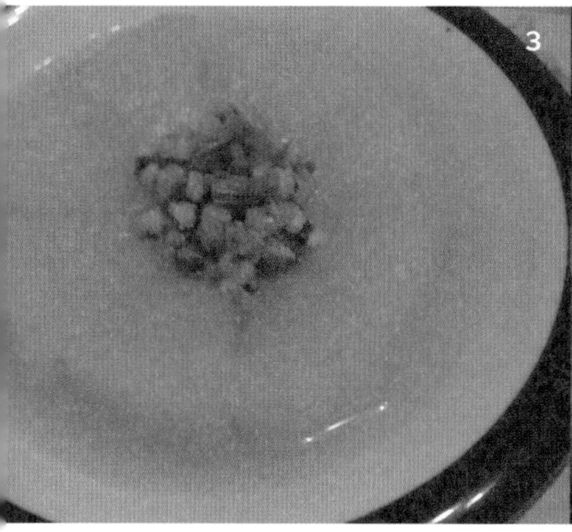

3.薏苡冬瓜湯。

4.醃冬瓜甘醇而美味。

，再曬一天，然後以米豆醬加糖、米酒醃2個月。這種醃冬瓜甘醇而美味、軟糊的口感很適合老人家已經略為疲憊的味覺，孩子們就比較不愛這種在口中吃不到「東西」的食物，這類醬菜常被視為老人菜。

休閒農業與旅遊風潮互為因果而興起，飲食文化的轉變也在這一波風潮之中。土雞城裡，除了各項山產與蔬菜之外，湯類多數承續著古老的風味，是尋常的台灣料理。醬冬瓜被取來與小母雞同煮，甘醇的湯汁很有古調的基理，是一種溫潤而紮實的味道，具有強烈的庶民風格，叫人輕易地鬆弛疲憊的身心。

冬瓜的另一種產品，就在暑日裡登場，成為大衆化的飲品。大約50~60年前，夏天賣冬瓜茶要推著小車沿街兜售。小手推車上置著大瓦缸，裡面擺滿了碎冰，一瓶瓶玻璃裝的冬瓜茶就在其中載浮載沉，一瓶5毛錢，約莫300C.C左右，冰得透心涼的冬瓜茶是炎夏裡最大的享受。製作冬瓜茶的副產品是冬瓜糖，切成條狀再裹糖粉，是略呈透明狀的甜食；雖然已沒有冬瓜的香味，但是價

冬瓜蛤蠣湯。

格低廉，過年時成為糖食的內容重心，除了供佛祭祖之外，也是用來招待走春親友們的零食。冬瓜糖另一個重要的用途是在結婚喜慶上。甜食是喜慶的等號，這類冬瓜糖擔任著重要角色，由於甜度很高，媒婆都會讓新娘吃冬瓜糖，然後說句好話：「吃甜甜，緊生厚生。」（取其韻腳，趕快生兒子的意思。）小小年紀裡心想，當新娘真好，有糖可以吃。冬瓜取出純露製成冬瓜茶之後，剩下的果肉除了製成冬瓜糖之外，也用來製成冬瓜醬。這種冬瓜醬多數供給麵包廠或台式餅店等作為餡料使用；例如鳳梨酥裡的果醬幾乎都是冬瓜醬而不是鳳梨醬。

真正令人驚喜的不是冬瓜茶，而是因冬瓜茶而來的食物，但市面上絕對找不到，吃過的人大概不多。學生家裡自營冬瓜茶工廠，有天帶來蜜番薯請大家吃。沒想到這種蜜番薯令大家驚叫不已；冬瓜茶特有的香氣從齒間蹦出，濃郁醇厚的口感顛覆了番薯的定義，細緻豐腴的味道叫人激發出一種崇敬，對這個味道的堅持，從此成為對美食的信仰。這種蜜番薯做法不難，難得的是材料。原來在大鍋熬煮冬瓜茶的過程中，將番薯或芋頭等切塊丟入鍋中一起熬煮，薯塊充分吸飽冬瓜茶的濃郁香氣，以及純糖的甘美香甜，所呈現的自然是無可比擬的人間至味，那種香氣與味道縹緲不定，難以捉摸，難以形容，不僅味覺得到撫慰，精神、感官都是至高無比的滿足，美食原來可以安頓靈魂，一群人對幸福重新定義。這樣的食物，其實極為儉約，然而，一般人家怎麼可能有這樣的設備與原料？這種職業特質帶來的美食，具有最令人魂縈夢繫的味道；此後，看見蜜番薯就想起那天品嚐冬瓜薯的幸福！

1.冬瓜的幼果。

2.用來雕刻的冬瓜。

花果菜類 09

扁蒲

Lagenaria sciceraria

THE WONDERS OF VEGETABLES IN TAIWAN

【扁蒲的作用】

1. 扁蒲含豐富礦物質，有強健骨骼的作用，適合發育期孩童食用。
2. 扁蒲含豐富維生素 B 群，具有消除疲勞、增進體力的功能。
3. 新鮮扁蒲切片，可用來塗擦患處，具有消除小疣的作用。

【健康料理】**扁蒲鹹粥**

◎材料：扁蒲 300 公克、白飯 2 碗、瘦肉 100 公克、香菇酌量。

◎作法：扁蒲切絲，與白飯、瘦肉、香菇一同熬煮。

◎養生功能：潤肺止咳、滑腸通便、生津利尿。

【健康料理】**扁蒲蜂蜜汁**

◎材料：扁蒲 300 公克、蜂蜜一匙。

◎作法：扁蒲絞汁，與蜂蜜調勻飲用。

◎養生功能：利尿排石，適合有膽結石症狀患者。

■性味：性涼味甘淡，入胃、肺、大腸經，適合偏熱體質。

■成分：蛋白質、脂肪、哆索戊糖、醣類、鈉、鋅、鈣、磷、鐵、鎂、胡蘿蔔素、維生素B1、B2、B6、C。

■功效：清熱除煩、利尿通淋。

【扁蒲紀事】

Lagenaria sciceraria，葫蘆科（瓜科），一年生蔓性草本；株體密生細毛，具捲鬚，能攀附他物生長或匍匐地面生長；葉互生，心形，葉緣細鋸齒波浪狀；雌雄同株異花，花冠白色，傍晚開花，翌晨凋謝；果實有各種外形，果色淡綠，綠體白色斑點者稱為花瓠，果皮被有白色絨毛。花期 5~7 月，果期 7~8 月。英文名稱 Bottle gourd，White-flowered gourd。別稱瓠瓜、瓠仔。

扁蒲有各種外形，兩頭大、中間細的稱為「葫蘆」，這種瓠瓜有一種特異的苦味，很少食用，多做為觀賞、容器、工藝品等用途。

1.市場裡的套袋扁蒲，以免果皮被碰傷，影響外觀。

2.扁蒲具捲鬚，能攀附他物生長或匍匐地面生長。

此外還有圓球形、橢圓形、長圓形及上端瘦長下端圓大等各種形狀。未熟的扁蒲細嫩可口，老熟後除了取種籽之外，乾硬的外殼可做為盛水的容器及其他用途。扁蒲是古老的蔬果之一，除了製成乾燥的瓢單用在日本料理上之外，並不出現在高級餐館中，即使是一般餐館也不多見，倒是自助餐館還算常見，顯見這種具有豐富營養的蔬果並不太受重視。

扁蒲以一顆一斤半左右的重量最美味，昂貴時一斤達 30~40 元之多，便宜時一顆一斤重的扁蒲 5~10 元就能買到。扁蒲全年都能供應，從 3 月份起一直到 10 月左右為盛產期，產地以雲林、嘉義、屏東等地產量最豐，一般民家也常栽種食用。

扁蒲原產於熱帶亞洲、印度、北非、南非等地，是世界上古老的作物之一，早在紀元前就有栽培紀錄。考古學家在南非發掘舊石器時代的遺跡中，發現瓠瓜類的炭化種子。中國的考古學家也分別在浙江餘姚縣河姆渡遺址中發掘距今 6000 多年的瓠瓜種子；江西的古墓中發現西晉時期的瓠瓜種子；湖北江陵、廣西貴縣羅伯灣和江蘇連雲港等地，也相繼發掘出西漢時期的葫蘆種子，說明了瓠瓜存在人類生活中的久遠歷史。

扁蒲是華南一帶極為普遍的作物，台灣在早期由先民從華南地區引入，目前已成為夏季主要蔬果之一。日本繩文時代的遺跡中發掘出扁蒲的炭化種子，顯見在日本亦是極古老的食用作物，現今栽培的瓠瓜類係由 16 世紀天文年間從中國傳入的品種，當時是珍貴的蔬果，只供王室、貴族、大藩食用。

蒲瓜分為四類：果實長的稱為「瓠」；圓的稱為「匏」；扁圓的稱為「扁蒲」；上下粗而中間細的稱為「葫蘆」。由於葫蘆與「福祿」諧音，加上果形奇特美麗，成為理想的工藝品，經過雕刻、彩繪，製成高貴雅緻的禮品，頗富中華民族的特色。

3.扁蒲多在傍晚時開花。

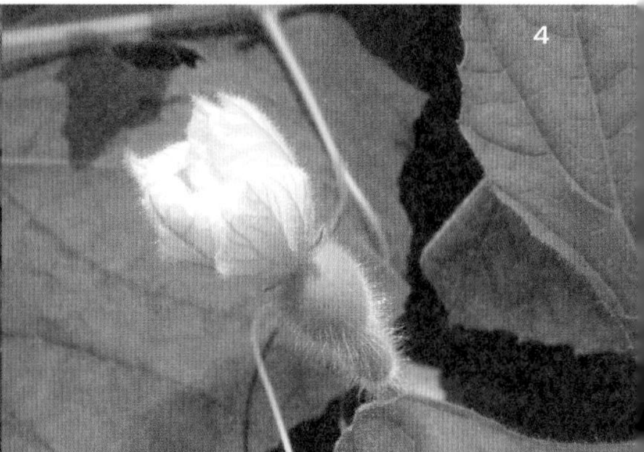
4.扁蒲的雌花與幼果。

花果菜類 09

扁蒲

Lagenaria siceraria

THE WONDERS OF VEGETABLES IN TAIWAN

《詩經》曰：「甘瓠纍之。又曰：幡幡瓠葉，采之亨之。」《爾雅》也記載：「瓠，匏之甘者。古者王政，瓜瓠果蔬，植於疆場。正月可種瓠，六月可蓄瓠，八月可斷瓠作蓄。」《鶡冠子》中提到葫蘆的妙用：「中流失船，一壺千金。壺即瓠也，其性浮，得之可以免沉溺，故當失船之際，其值千金也。此亦天竺涉水帶浮囊之類。」

台灣俗諺：「種蒲仔生菜瓜」，說的是百般算計卻徒勞無功或適得其反的意思。種蒲仔也許不能生菜瓜，但是蒲瓜的藤莖卻能讓西瓜的莖株不懼水、長得更強健；西瓜喜歡鬆軟的土壤，而且水源要充足，但是瓜藤卻懼水；夏季颱風經常帶來豪雨，瓜藤泡在水中就沒希望了，因此瓜農利用抗水性較高的蒲瓜藤（瓠瓜）嫁接在西瓜的植株上，提高西瓜的抗水性和抗蟲性。

扁蒲又稱瓠瓜，但是台灣人習慣稱為「蒲仔」，是一種極平常的蔬果，早年鄉下農家幾乎都會種上一兩棵，除了供自家食用之外，也用來做成生活器具。鮮嫩的瓠瓜長成後並不採食，任其在植株上成長老化，成熟的種子供下次播種使用，老硬的外殼鑿開用來製作水瓢。有時瓠瓜並不剖開，而是在頂端開一個口，掏出種子和乾癟的果肉之後，就是一個理想的容器，用來貯存細小的物品或食物，如種子、芝麻等等，早年時期小販店也用來做為計算的標準，販賣種子或香辛料如八角、花椒等。

【台灣這樣吃扁蒲】

扁蒲即是台灣話中的「蒲仔」，小時候家中種有扁蒲，因此幾乎餐餐有它。外婆為了不讓我們吃膩，經常變換著各種食法，吃剩的

1.扁蒲全年都能供應，從3月份起一直到10月左右為盛產期。

2.俗稱牛腿瓠的大型扁蒲。

扁蒲和一些白粥，再調上幾匙地瓜粉，拌勻成為粥糊，然後用油煎酥，成為很特別的「煎稀飯」，是我家經常食用的特別點心。扁蒲鹹粥則是典型的台灣式吃法，通常加了蝦皮清炒的扁蒲有時吃不完，剩下一些又不好處理，於是取來與剩飯熬粥，既有蔬菜的甜美，又有魚鮮的甘香，可以不需再加調味料而能食用的另一道飲食點心。

扁蒲產量很多時，外婆就會將之刨絲曬成「蒲仔乾」。扁蒲乾能貯放很長一段時日，在蔬菜稀少的季節或是節慶祭典時，用處很大。它不僅是做壽司的好食材，也是做酸菜肚片湯的食物之一；扁蒲乾剪成10公分左右的長度，泡軟了之後用來綁一小片豬肚、酸菜，煮湯後成為最道地的台灣湯飲，是古早時候辦桌經常出現的菜餚。扁蒲乾燉排骨，吃起來有木耳的脆感，這樣的食物不常出現在日常生活中，只有年節或客人來訪時才上桌。近幾十年來生活富裕了，這樣的料理還是不常出現在家庭餐桌上，或許作工費時的料理已經不符合快節奏的現代生活。

日本人也吃扁蒲，以扁蒲在傍晚開花而稱為「夕顏」，至於乾的瓠瓜條則稱為「干瓢」，是做壽司重要食材。干瓢使用前先泡水，然後用味醂、少許鹽、昆布高湯等煮軟，切成小段後，與蛋捲、小黃瓜或鰻魚之類的食材做成「花壽司」，是日本料理店常見的壽司飯食。至於葫蘆形的扁蒲稱為「瓢單」，這個品種的葫蘆蒲由於果肉苦澀乾硬並不食用，純粹取來作為容器或樂器之類的用途，在日本神話中，是水神的隨身寶物。

受日本教育的外婆偶而也改變烹調手法，用日本口味來料理，她將新鮮的瓠瓜、胡蘿蔔切小塊如乒乓球大小，用少許糖或是味醂、醬油、昆布高湯、雞肉煮開後加點蔥段勾芡食用，並用葫蘆瓠外殼做為容器，通常這道菜只用來招待客人，由於食器造型特殊美觀，也因而為料理大大加分，成了外婆的手藝菜。

3

4
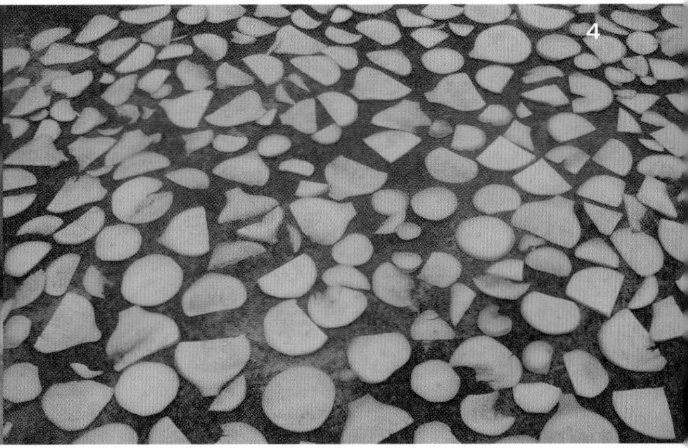

3.扁蒲的雄花。　4.扁蒲產量很多時，可以將其曬成「蒲仔乾」，扁蒲乾能貯放很長一段時日。

花果菜類 09

扁蒲

Lagenaria sciceraria

THE WONDERS OF VEGETABLES IN TAIWAN

採種用的大扁蒲。

扁蒲的種子是一種可以惡作劇的「玩具」；每當長輩準備晚餐時，孩子們總愛跟在旁邊轉繞，特別是知道有扁蒲的時候。將不食用的扁蒲種子捏住尖端，然後用手指一擠滑，彈射出去打人很痛。孩子們常收集這種「子彈」用來對付「敵人」。有時也捉弄討厭的大人，特別是胖嘟嘟的大人們；孩子們隨手彈擠出扁蒲的種子，然後裝著一副「純真」的模樣躲在一旁，假裝與同伴玩耍，卻又斜眼偷看胖子們齜牙裂嘴的疼痛表情。小小時候就得出胖子比較怕痛的結論！

1

2

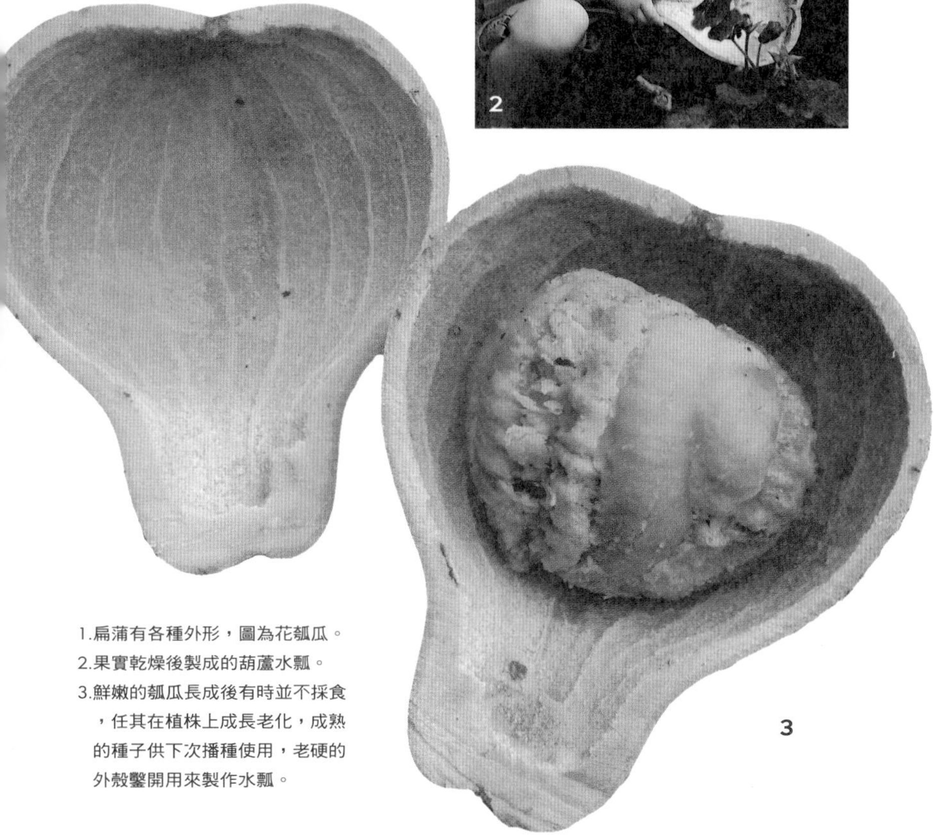

3

1.扁蒲有各種外形，圖為花瓠瓜。
2.果實乾燥後製成的葫蘆水瓢。
3.鮮嫩的瓠瓜長成後有時並不採食，任其在植株上成長老化，成熟的種子供下次播種使用，老硬的外殼鑿開用來製作水瓢。

越 瓜

Cucumis melo var. *conomon*

■性味：性寒味甘，入肺、胃、膀胱經，適合熱性體質。

■成分：蛋白質、醣類、纖維、鉀、鐵、磷、維生素C。

■功效：利尿除水腫、生津清熱、促進腸胃蠕動。

【越瓜的作用】

1. 越瓜性寒涼，具有清熱除煩的作用，腸胃弱者宜少食。
2. 越瓜具有涼血利尿的功能，適合夏季罹患浮腫症者食用。

【健康料理】**越瓜脯**

◎材料：越瓜 6 條、豆脯 4 碗、二號砂糖 3 碗、鹽 1 碗。

◎做法：1. 越瓜縱剖去籽，薄鹽輕醃，艷陽曝曬一天。
2. 豆脯和砂糖、鹽拌勻。
3. 取一只洗淨曬乾的玻璃瓶，經陽光消毒後，底部先鋪一層醬料，一層越瓜、一層醬料重複疊放。
4. 置於陰涼處貯藏。
5. 約一個月即可食用。

◎養生功能：增進食慾、開胃理腸。

【越瓜紀事】

Cucumis melo var. conomon，瓜科（葫蘆科），一年生蔓性草本；莖密生短絨毛，具捲鬚，莖斷面 4~5 角形；葉互生，密生絨毛，心形或掌狀缺刻，葉緣細鋸齒；花冠黃色，具 5 深裂；果實由子房與花托共同發育而成，具香氣，果面平滑稍有稜，圓筒形或長棒狀，果皮淡綠色或白綠色、綠色；種子扁平披針形，黃白色。花期 4~6 月，果期 6~8 月。英文名稱 Oriental pickling melon，別稱奄瓜、白瓜。

越瓜是見證過台灣經濟奇蹟的古老瓜果之一，樸實無華的外表，卻有著濃厚滋味的生活智慧。越瓜很少生食，多以鹽或米醬醃漬

1.越瓜的果實由子房與花托共同發育而成，具香氣。

2.越瓜是一年生蔓性草本植物，莖密生短絨毛，具捲鬚。

後，才成為日常食物。越瓜是典型的夏季蔬果，越瓜莖株極懼水分，常因遭逢颱風、大雨，一日之間讓菜農的心血付之東流，滿目瘡痍的田畦，儘是腐爛的越瓜。毫無怨懟，菜農吞下創傷，默默收拾起田園，再次播種，虔誠地祈禱老天爺，讓莊稼人能有一份豐收。

越瓜原產於東南亞、中國南方等地，白皮種越瓜從中國傳入日本，因果皮為青白色而得名，稱為「白瓜」。日本人種植越瓜最早的紀錄，記載於《本草和名》中，因此推定傳入時間大約在 6 世紀至 7 世紀之間。

《嘉祐本草》記載：越瓜味甘，性寒。利腸胃，止煩渴，不可多食。動氣，發諸瘡，令人虛弱，不能行，不益小兒。天行病後不可食，又不得與牛乳酪及酢同餐，及空心食，令人心痛。《本草拾遺》：越瓜大者色正白，越人當果食之，利小便，去煩熱，解酒毒，宣洩熱氣。

市面上販售越瓜多是已經醃漬的成品。夏季盛產時期，可以看見以薄鹽輕醃的越瓜，至於醬料醃漬品則一年四季都有。傳統市場裡，一桶桶的醬瓜陳列出來，總有一種時光停頓的感覺，或許營造這種古老食品的氛圍，也是催眠買者的手法之一。

【台灣這樣吃越瓜】

越瓜對絕大多數人而言或許是一個陌生的名詞，但是「醃瓜」則人人皆知。或許與越瓜的皮厚難以生食有關吧，很多人甚至以為「醃瓜」是以大黃瓜醃製而成的。對老一輩的人而言，越瓜是一種粗俗的食物，以致很少在市場上看到，直到最近十幾年才稍稍普遍些，儘管被視為廉價物，它卻是鄉下人家戶戶都有的醬缸食品。

醃漬過的越瓜出現在傳統市場上，風味依醃漬手法各有不同：紅糟醃漬的是爽脆、甘美，常是許多便當業者添附的開胃菜。豆醬醃漬的越瓜時間通

3.越瓜的雄花。　　4.醃漬過的越瓜出現在傳統市場上，風味依醃漬手法各有不同。

常久一些，所以瓜肉柔軟甘醇，老人家喜歡配上一碗溫熱的稀飯，滋味就像好茶一樣，「喉韻」極佳。另外一種單純用鹽輕醃的越瓜脯，青蘋果的顏色很討喜；年輕的女兒、媳婦，陪著母親、婆婆上市場購買，經過「私房」傳授，用豬油爆一點辣椒，然後將切成條狀的越瓜脯下鍋翻炒幾下就行了，不需要味精，滋味就好得叫人忍不住偷吃，用來佐粥、下飯，樣樣美味。至於超級市場賣的越瓜罐頭，瓜肉比較糜爛一些，很適合牙口不好的老人家，除了開罐即食之外，也取來與絞肉同燉，在容易疲憊的夏日，很有開胃、促進食慾的效果。

另有一種醃瓜脯，外形與蘿蔔乾相似，黃褐色的外表是醃過後再曬乾的製品，可以經年久放，這種醃製品多用來與肉類煮湯，滋味甘醇香美。越瓜是非常具有傳統風味的蔬果，很多蔬菜水果會隨著文化的演進而有不同的食用方式，唯獨越瓜始終保持著不沾一絲「塵味」的態度存在著！

飲食文化與地理環境有著深深的聯繫，儘管台灣不大，但是醃越瓜的手法卻各家秘方，自有珍味！用鹽糖醃、米醬醃、醬醃、鹽醃、豆脯醃、紅糟醃等等，而這些都是口耳相傳，母傳女、婆傳媳，一代代傳承下來，有時是新嫁娘帶來娘家的手藝，復又因地制宜揣摩出新的作法。

越瓜不去皮縱向剖開後，挖去種籽，灑上薄鹽，將瓜搓揉幾下，放在太陽下曝曬。夜間收放在有小孔的竹籩裡（以利鹽水排放），再輕灑一次薄鹽，用石頭重壓。第二天再曝曬於陽光下，呈稍有水分的越瓜脯。越瓜脯切薄片加一點辣椒，用豬油炒過即可，不需另外調味，用來配白飯、稀飯，都很對味，做為便當菜也很

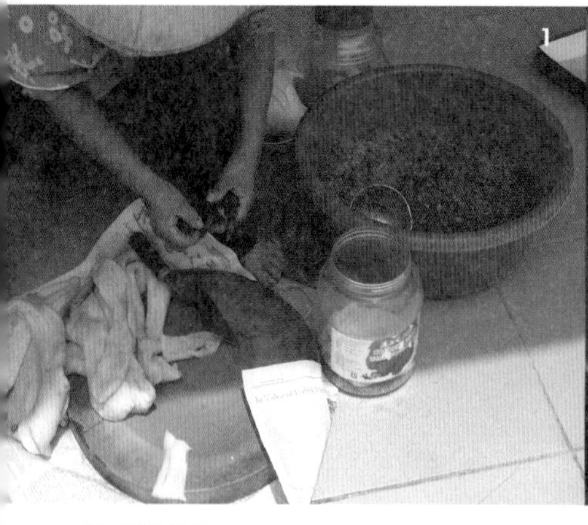

1.越瓜脯的醃漬。

2.醬漬越瓜。

開胃，而且不怕回蒸，越嚼越有滋味。也有人加一點糖炒，口感很特別，這是市面上最常見的「白醃」越瓜，只用鹽與陽光醃出來，也有以輪切取籽的方式醃漬，形狀不同，口味依然甘醇樸實。

日本人也吃越瓜，稱之為白瓜。「白醃」的越瓜他們稱為「雷瓜脯」，得名是因為切成輪狀醃曬的越瓜像雷神的鼓，而且醃漬的時間多在夏季，此時是午後雷雨最多的季節。另一個最普遍的手法是用味噌醃漬的風味，日本人沒有什麼不能拿來味噌醃漬，他們認為「不能用味噌醃漬的醬菜不叫醬菜」！

過去幾十年台灣曾經與日本文化緊緊糾結在一起，因此近代台灣醬菜的醃漬手法，受日本的影響很大，然而日本人獨特的味噌醃漬醬菜手法，卻幾乎不曾存在台灣的醬菜醃漬文化中，或許是因台灣氣候的緣故，很難手工製作味噌，因此罕見這種醃漬習慣的積存！

最上圖：蔭瓜是由越瓜製成的。
上圖：越瓜的幼果。

3.以紅糟醃漬的醬漬越瓜。

4.曝曬中的越瓜與蘿蔔。

花果菜類 11

四季豆

Phaseolus vulgaris

THE WONDERS OF VEGETABLES IN TAIWAN

【四季豆的作用】

1. 四季豆豆莢富含粗纖維，便秘患者多量食用，可促排便通暢。
2. 四季豆含大量的鐵質，具有造血、補血作用。炒煮時湯色常呈黑褐色，這是鐵質氧化現象，不宜捨棄。
3. 經常食用四季豆，具消腫效果。

【健康料理】**核桃四季豆**

◎材料：四季豆200公克、核桃50公克、醬油半匙、醋半匙、香油少許、鹽少許、糖少許。

◎作法：1. 四季豆燙熟備用。

2. 各項調味料拌勻後，澆淋在四季豆上，最後加上切碎的核桃。

◎養生功能：補血滋陰，適合缺鐵性貧血、便秘患者。

【健康料理】**味噌四季豆**

◎材料：四季豆200公克、味噌50公克、橄欖油少許、糖少許、杏仁片酌量。

◎作法：1. 四季豆燙熟備用。

2. 各項調味料拌勻後，澆淋在四季豆上，最後加上杏仁片

◎養生功能：潤肺平喘、調中理氣。

■性味：性平味甘，入脾、胃經，適合一般體質。

■成分：醣類、蛋白質、纖維、脂肪、鐵、磷、鈣、胡蘿蔔素、維生素B1、B2、C。

■功效：明目、助瀉、消水腫、造血補血。

【四季豆紀事】

Phaseolus vulgaris，豆科，1年生蔓性或矮性草本；矮性品種無須搭架即可生長，株高30~60公分，蔓性品種具纏繞性，左旋，

1.四季豆的葉互生，三出複葉，小葉闊卵形，先端尖。　2.四季豆的花腋生，2~4對，是典型的蝶形花冠。

有捲鬚；葉互生，三出複葉，小葉闊卵形，先端尖；花腋生，2~4對，花色淡紅、桃紅、白；莢果長條形，長約10~15公分，綠白色、紫紅色、花斑等因品種而異。英文名稱Snap bean，Kidney bean，String beans，French bean，別稱敏豆。

四季豆以四季可產而得名，盛產期在10月至翌年6月左右，夏季淡產，各地均有栽培，主要產地在中部的雲林、彰化地區，北部亦有零星栽培，也是農家最常栽植、自家食用的蔬果。台灣氣候雖然很適合四季豆的栽培，而且只要搭上支架就能栽種，採收期又長達2、3個月，按說應該是具經濟性的作物才是；然而由於豆莢成熟時間並不一致，過熟又成劣品，若非雇工採收很難成為規模性的栽培。因此早期多以自用或小規模的種植，但是經農業專家在1960年代引進矮性品種，可採用機械收成，使得四季豆商業價值提高，中南部農家已有具規模性的栽培。

四季豆原產於中南美洲，16世紀時傳入中國，17世紀時日本由中國傳入，將豆類引入日本的是當時知名的隱元禪師，因此日本人將豆類稱為隱元豆，四季豆稱為莢隱元。

根據記載，祕魯人在8000年前開始食用四季豆，墨西哥人亦在7000年前就有食用四季豆的紀錄，是人類食用甚早的古老蔬菜類植物。16世紀四季豆傳入歐洲，隨即成為歐洲人喜愛的日常食物之一，當時以義大利為中心，喜愛四季豆的歐洲人，以「豆食」而發展出豐富的四季豆食譜。如今世界上四季豆的品種已達150種之多，美國佛羅里達州是最主要的產地之一，加州與其他城市亦有很大的產量。各種豆類都屬於鹼性食物，其中以綠色豆子的鹼性最高，豐富的蛋白質，是素食者不可缺少的食物。

四季豆的豆莢可以降低血壓，調節血糖的新陳代謝，對糖尿病患有益。此外含有酵素抑制劑的豆莢還具有減肥效果，可以消除人體中不穩定的胰

3.四季豆的果莢。

4.四季豆的蔓性品種具纏繞性，左旋，有捲鬚，需立支架讓其攀緣而上。

四季豆

Phaseolus vulgaris

島素水平，有效減少脂肪的堆積，其高含量的纖維亦可促進腸胃的蠕動。以煮過四季豆的水可以用來清潔羊毛織品，有很好的效果。

許多豆類植物根部會長瘤，瘤中有一種細菌，稱為「根瘤菌」，能夠吸收空氣中氮氣，製造氮肥供給植物生長。每一畝豆科作物，一年能在空氣中吸收 7～27 公斤的氮肥，因此栽植豆類植物，不必多施氮肥。

【台灣這樣吃四季豆】

閩南語稱四季豆為「敏豆」，卻將豇豆稱為「菜豆」，甚是有趣。四季豆的礦物質、維生素等雖然並非很高，但營養卻十分均衡，很適合做為飯菜食用。名為四季豆，是因為四季可採而得名，台灣北、中、南部氣候各有不同，這種差異性正好為豆類、蔬果補足生產的豐歉，因此一年四季吃豆不困難。

台灣人吃四季豆很具鄉土特色，豪爽而不造做，一把下去清炒就是了，很少添加其他食材，連豬肉都不要，四季豆真是有獨特性格，單打獨鬥、豪氣十足。由於四季豆成熟度不同，雖然一個多月或二個月就能採收，但因每莢四季豆的成熟狀況不同，所以每天都可

杏仁雞絲四季豆。

以採摘最新鮮的豆莢食用。煮飯前到菜園子採一把菜下鍋，這種「氣派」真是羨煞多少想要自然風光的識者！

川菜館子裡的「乾煸四季豆」，算是外地人的吃法，但在台灣接受度還不錯，只是煸烤得不成豆形，很多人吃不出是什麼「豆豆」，常常認為是豇豆，大概是帶著肉莢的豆類一經過度烹調就走了樣，認不出來了。乾煸四季豆加上肉末、蔥末、蒜末一起炒酥，很能下飯；但是討厭的是，餐廳捨不得多花時間將豆莢的纖維除去，吃在口中總有一絲不快，絕不是一句「纖維質比較高」就能矇蔽過去了事！

近十年來，餐館裡加上薄餅供食客捲起乾煸四季豆食用，這倒是方便多了，因為豆子以外的蒜末、蔥末、肉末等除非用湯匙舀起，單用筷子夾不快也夾不多，捲在薄餅內食用，乾淨又優雅，是為女士們貼心的構想。

客家館子也替四季豆做了「化妝」，上桌的菜雖然依然稱為乾煸四季豆，卻不用肉末而用豬大腸，加上蒜末、蔥末、辣椒末與四季豆，調味用的是胡椒鹽，味覺又多了一項刺激，很符合客家菜的重口味原則，吃飯開心又有好味道！

1

2

3

1.四季豆以四季可產而得名，盛產期在10月至翌年6月左右。　2.乾煸四季豆。
3.核桃四季豆。

花果菜類 12

豌　豆

Pisum sativum

THE WONDERS OF VEGETABLES IN TAIWAN

■性味：性平味甘，入脾、胃經，適合一般體質。

■成分：蛋白質、醣類、纖維、灰分、脂肪、鈉、鉀、鋅、鎂、鐵、磷、鈣、胡蘿蔔素、維生素B1、B2、B6、C。

■功效：益氣和中、利尿利濕、潤膚養顏、強健脾胃、增強抵抗力。

【豌豆的作用】

1. 新鮮的豌豆含豐富的蛋白質與澱粉，具有鹼化體質的作用。
2. 豌豆含粗纖維具有促進腸胃蠕動功能，不過腸胃敏感或容易脹氣者不宜多食。
3. 豌豆莢含豐富礦物質、葉綠素、鐵和鈣質，如因過老無法食用，亦可以之用來煮水代茶飲用。
4. 豌豆含豐富維他命C，是骨骼有機質的合成作用中不可缺少的成分，可預防牙齦出血、感冒的效果，適合青春期孩童食用。

【健康料理】**豌豆炒花枝**

◎材料：豌豆300公克、花枝200公克、蒜頭5顆。

◎作法：1. 豌豆去除莢上的筋絡，蒜頭切片。

2. 油鍋燒熱後，爆香蒜末，先炒花枝再加入豌豆同炒。

3. 加入調味料、胡椒、少許酒即可起鍋。

◎養生功能：促進腸胃蠕動、鹼化體質，具利尿功效。

【豌豆紀事】

Pisum sativum，豆科，1~2年生蔓性草本；植株依品種而高度有所不同，矮性品種可直植於地面；莖具捲鬚，可藉它物攀爬；葉互生，羽狀複葉，被蠟質；花腋生，總狀花序，花冠蝶形，白色、粉紅色、紫紅色；莢果扁平形，內有種子數枚。英文名稱Sugar peas，別稱荷蘭豆、甜豌豆。

台灣以稱呼的不同，來區別豌豆的不同部位，連同幼嫩豆莢食用的稱為荷蘭豆，單取種仁食用的稱為豌豆。台灣在十七世紀中期

1.市場裡的豌豆。

2.豌豆的花腋生，總狀花序，花冠蝶形，有白色、粉紅色、紫紅色等。

由荷蘭人將豌豆攜入種植，因此稱為荷蘭豆；豌豆則因其苗柔婉而得名。

豌豆性喜冷涼，盛產期在11～3月，高冷地區的豌豆則供應夏季市場。主要產地在雲林縣的溪湖、永靖，南投縣、彰化縣一帶，其他地區亦有零星栽培。荷蘭豆價格平實，一斤大約在30～80元上下，依產量而定。豆苗一包200公克左右，售價80元上下，價格較高。至於新鮮的豌豆仁不如罐頭豌豆來得脆嫩可口，所以通常用來點綴菜色用於湯鍋，售價在60～100元之間。

豌豆被認為是張騫出使西域時攜回種植的豆類；日本在7～8世紀之間，由遣唐使從中國攜種而回。豌豆是一種史前時代即有栽培的作物，原產地已不可考，但一般相信地中海沿岸、中東一帶是最早種植豌豆的地區。

植物的品種是決定花色、高度和種子顏色的重要因素，豌豆亦然；生物學家孟德爾利用豌豆證實了遺傳學的理論，成為改變人類歷史的重要研究。豌豆種名sativum，在拉丁文中代表了「受栽培」的意思，說明了人類栽培的久遠歷史。考古學家在埃及金字塔中，發掘了拉姆垂二世的木乃伊，在諸多的陪葬品中發現了豌豆的化石，顯示了豌豆的珍貴性。4000年前，豌豆從希臘傳入義大利，受到極大的喜愛，人們開始大量種植，成為餐桌上的日常佳餚。

《本草綱目》中對豌豆有詳細的記載：「豌豆味甘平，無毒，主消渴。淡煮食之良。治寒熱，熱中，除吐逆，止泄痢澼下、利小便，腹脹滿，調營衛，益氣平中，煮食下乳汁，可做醬用，殺鬼毒心病，解乳石毒發，研末，塗癰腫，痘瘡，做澡豆，令人面光澤。出西胡，今北土甚多，八、九月下種，苗生柔弱而蔓，有鬚，葉似蒺藜，葉兩兩對生，嫩時可食，三、四月開小花如蛾形，淡紫色，結莢長寸許，子圓如藥丸，亦似甘草子，出胡地者，大如杏仁，煮炒皆佳，磨粉麵甚白細膩，百穀之中最為先登，又有野

3.豌豆植株依品種而高度有所不同，矮性品種可直植於地面。

4.濃湯裡的豌豆仁

花果菜類 12

豌 豆

Pisum sativum

THE WONDERS OF VEGETABLES IN TAIWAN

豌豆的莢果扁平形，內有種子數枚。

豌豆，磨粒小不堪，惟苗可茹，名翹搖。豌豆屬土，故其所主病，多係脾胃。元時飲膳，每用此豆，搗去皮，同羊肉治食，云補中益氣。」

《務本新書》：豌豆二、三月種，諸豆之中，豌豆最為耐久，又收多熟早。如近城郭，摘豆角賣，可先變物，舊時莊農，往往獻送此豆，以為嚐新，蓋一歲中，貴其先也。又熟時少有人馬傷踐，以此校之，甚宜多種。

【台灣這樣吃豌豆】

台灣話稱豌豆為「荷蘭豆」，因此經常有人分不清豌豆與荷蘭豆的區別。豌豆的食用原本只是單純的吃，頂多分為吃不吃豆莢而已，然而大概在 1980 年左右起，人們突然吃起它的嫩芽稱為「豆苗」，是一種新興的食用方式。直到現在，餐館中供應的大豆苗價位都很高，最便宜也要 180 元左右，高級的餐館賣 300 元以上也不稀奇。豆苗通常只是大火清炒，很少添加其他佐料，可是極受歡迎；不過有痛風傾向的人還是對它敬而遠之比較好。

豌豆很少列名餐館中的青菜類，主要是烹調不易入味，此外豆莢兩側的纖維不除去口感不好，要除去則耗費人工。家庭中豌豆的吃法就多樣化了，既可清炒，又可加入蝦仁、草菇等，也用來炒蛋，有時赫然發現它成為燴飯中點綴的菜色，倒也青翠可喜。

其實烹調豌豆並不難，事先用滾水加點鹽汆燙一下，再用豬油或奶油大火炒過，味道極是鮮美香醇。未成熟的豌豆仁嫩而可口，然而因量少取得不易，因此身價百倍，一般江浙館子出名的雞絲豌豆，一盤居然要價 480 元以上，卻極受歡迎，這大概是豌豆的最高身價了！

日式風味的筑前煮也少不了豌豆

花果菜類 13

豇 豆

Vigna sesquipedalis

THE WONDERS OF VEGETABLES IN TAIWAN

【豇豆的作用】

1. 豇豆含豐富的礦物質，是人類骨骼發育、造血不可缺的元素。
2. 豇豆未成熟時含豐富的胡蘿蔔素及食物纖維，成熟後的豇豆則富含維生素 B 群，具有增強體質、消除疲勞的功能。
3. 豇豆含豐富纖維質，能促進腸胃蠕動，具有預防便秘的功能。

【健康料理】 **甜煮豇豆**

◎材料：豇豆 300 公克、鹽 1 小匙、糖 1 大匙、水 2 杯。

◎作法：1. 撕去豇豆莢上的筋絡，摘取約 5 公分長一小段後洗淨。

2. 將水、鹽、糖及豆莢放入鍋中，煮開後轉小火續煮 30 分鐘，熄火燜 10 分鐘即可。

◎養生功能：補腎健脾、理中益氣。

■性味：性平味甘，入脾、胃經，適合一般體質。

■成分：蛋白質、脂肪、纖維、醣類、菸草酸、皂鹼、灰分、鈉、鉀、磷、鈣、鎂、鐵、鋅、胡蘿蔔素、維生素B1、B2、B6、C。

■功效：理中益氣、健脾養胃、益精補腎、補血造血、利尿通便。

【豇豆紀事】

Vigna sesquipedalis，豆科，1 年生蔓性草本；豇豆有蔓性、矮性等品種，依品種可直植地面或搭架供其攀爬，矮性株高 30~60 公分，蔓性種莖具纏繞性；葉互生，3 出複葉，小葉闊卵形，先端尖，全緣；花腋生，花冠蝶形，淡紫色、白色；莢果長圓條形，常兩兩對生，直徑 1 公分，長約 15~40 公分，紫紅色、淡綠色、白綠色等，果莢、種仁均可食用。英文名稱 Kidney bean，Cow peas，別稱菜豆、長豆。

豇豆原產於非洲中部及亞洲南部一帶，台灣在清朝時期由移民引入栽種，主要產地在彰化、嘉義、屏東等地，其他地區亦有零星栽培，農家每在田埂、空地上栽植供自家食用，是民間極常見的蔬果作

1.市場裡的豇豆。

2.豇豆的幼株。

物，盛產期在 3~10 月，由北部逐漸南移生長。

李時珍在《本草綱目》中記載：「豇豆味甘鹹，平，無毒。主理中益氣，補腎健脾，和五臟，調營衛，生精髓，止消渴，吐逆泄痢，小便頻數，解鼠莽毒。今處處三四月種之。一種蔓長丈餘；一種蔓短，其葉俱本大末尖，嫩時可茹。其花有紅、白二色，莢有白、紅、紫、赤、斑駁數色，長者至二尺。嫩時沖菜，老則收子。此豆可菜，可穀，備用最多，乃豆中之上品，而《本草》失收何哉？豇豆開花結莢，必兩兩並垂，有習坎之義。豆子微曲，如人腎形，所謂豆為腎穀者，宜以此當之。昔盧廉夫教人補腎氣，每日空心煮豇豆，入少鹽食之，蓋得此理。與諸疾無禁，但水腫忌，補腎不宜多食耳。」

《袖珍方》提到將豆可解鼠莽毒：「中鼠莽毒者，以豇豆煮汁飲即解。欲試者，先刈鼠莽苗，以汁潑之，便根爛不生，此則物理然也。」《救荒本草》：「豇豆苗今處處有之，人家田園多種。就地拖秧而生，亦沿籬落。葉似赤小豆葉而極長，鞘開淡紫粉花，結角長五六寸。其豆味甘，採葉煠熟，水浸淘淨，油鹽調食；及採取嫩角煠熟食亦可。其豆成熟時，打取豆食。又紫豇豆，苗人家園圃種之。莖葉與豇豆同，但結角色紫，長尺許，味微甜。採嫩苗葉煠熟，油鹽調食角嫩時，採角煮食，亦可做菜食。豆熟時，打豆食之。」

【台灣這樣吃豇豆】

豇豆對於老一輩的台灣人而言，是個陌生的名詞，有些老人家會糾正你說那叫「菜豆」。台灣人吃菜豆多採甜味的做法，甜味的確能掩飾菜豆濃厚的豆腥氣，那是許多孩子們排斥的味道，而且吃菜豆經常要從嘴裡拉出長長的纖維；豆莢兩側的維管束事先無法處理乾淨，煮熟了之後變硬，造成

3.台灣農家每在田埂、空地上栽植豇豆供自家食用，是民間極常見的蔬果作物。　4.豇豆的花腋生，花冠蝶形。

花果菜類 13

豇豆

Vigna sesquipedalis

THE WONDERS OF VEGETABLES IN TAIWAN

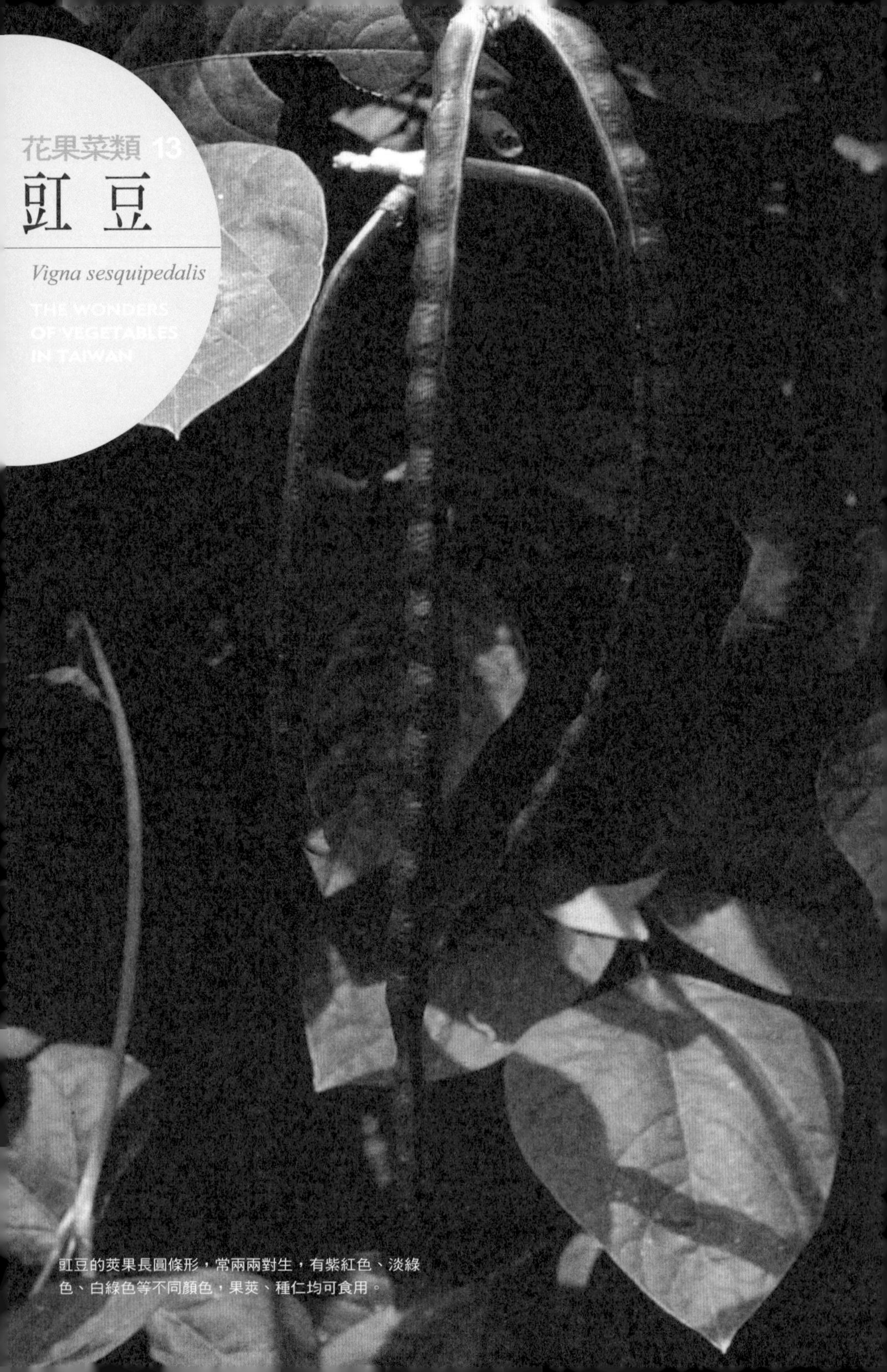

豇豆的莢果長圓條形，常兩兩對生，有紫紅色、淡綠色、白綠色等不同顏色，果莢、種仁均可食用。

粗糙的口感，雖然現代人將粗糙用「纖維」一詞美化，但是卻無論如何也難以用來形容菜豆的質感。或許正因如此，使得菜豆沒能發展成高級料理！

新鮮菜豆通常炒食，但豐收時菜豆吃不完，也有送不出去的時候，便取來在陽光下曝曬的極乾，這種菜豆乾黑得像粗線，但能夠貯藏很久的時間也不會腐壞。小時候很期待吃菜豆乾的日子來臨，那通常是颱風的季節，颱風來臨時，蔬菜被打壞，有時連門都出不了，這時候反倒是殺雞的日子，菜豆乾煮雞湯就成了我家特別的颱風菜。外婆煮菜豆乾很特別，先用溫水將菜豆乾泡開，然後再浸泡於溫熱的雞油裡，這種飽含鮮美雞油脂的菜豆炒來特別香腴。部分菜豆乾另外取來與麵粉調和炸成丸子，加上菜豆乾雞湯，雖然整桌都是菜豆，然而具有易牙之術的外婆就是能做出一桌不同的菜色。這種費工夫的手藝，除非是因颱風而無法作息，否則大人們是不會「浪費」時間來做這種「功夫菜」，也因此刮颱風成了我家小孩很期待的大事。

在陽光下曝曬成非常乾燥的菜豆乾。

近5~6年來，許多夜市裡出現了泰式小吃「拌青木瓜絲」，其做法係將金勾蝦、新鮮豇豆、蒜頭放入木缽中搗碎，再加入青木瓜絲、檸檬汁、酸橘汁、醬油、魚露等等，將豇豆變成一種可以生鮮食用的食物。由於調味料口味都很重，加上土壤變化的緣故，菜豆的豆腥味也不若以前重，這種口感略嫌粗糙的果菜，果然趕上時代潮流，以豐富纖維的姿態重新為自己定位。

豐收時豇豆吃不完，便取來在陽光下曝曬。

花果菜類 14

茄 子

Salanum melongena

THE WONDERS OF VEGETABLES IN TAIWAN

■性味：性涼寒味甘，入肺、大小腸經，適合偏熱體質。

■成分：水分、蛋白質、煙草酸、碳水化合物、脂肪、磷、鐵、鈣、膽鹼、多種生物鹼、腺素、色素茄色甙、胡蘿蔔素、維生素B1、B2、C、D、P。

■功效：清熱活血、消腫止痛、止血、利尿解毒、降血脂、降低膽固醇、風熱塊疹、外痣脫肛、疝氣、皮膚潰爛。

【茄子的作用】

1. 茄子維生素 D 的含量高居衆多蔬菜水果之冠，營養檢驗分析指出每 500 克的茄子維生素 D 的含量在 3500 毫克以上。
2. 茄子含維生素 P，具有強化毛細血管的功能。
3. 維生素 D 能增加人體細胞的黏著力，因而提高微細血管的彈性，並降低脆性及滲透性，可以減少皮下出血。
4. 茄子中纖維所含的皀甙素具有降低膽固醇的作用，與維生素 D 合併能協同作用，是心臟病及血管疾病患者的食療蔬菜。
5. 茄子具有龍葵鹼，是抗癌物質的成分之一，能抑制消化系統腫瘤的增殖，能舒緩直腸癌、大腸癌等症狀的發病率。
6. 茄子具散瘀作用，對於高血壓、動脈硬化症、紫斑症及壞血病等症狀，食用茄子具有輔助的治療作用。
7. 茄子具有誘發過敏原的作用，對食物過敏者或有蕁麻疹患者，不宜多食。
8. 茄子含龍葵鹼，對於支氣管不好或關節炎患者，會增強症狀，患者宜避免食用。
9. 茄子具振奮作用，對於容易緊張或情緒不安定的人，不宜大量食用。
10. 痛風是因嘌呤代謝失常所致，茄子為低嘌呤食物，適合痛風、尿酸偏高患者食用。
11. 新鮮的茄子剖開擦拭扁平疣，有微熱感後持續 5 分鐘，一天兩次，約 7~10 天即可去除，而且不留痕跡。

1.台灣地區普遍栽種的是長茄，長茄水分極多，但香氣較重，適合炒食。 2茄子的莖為紫黑色或綠色。

【健康料理】**味噌雞茄**

◎材料：日本大圓茄4個、雞絞肉150克。

◎調味料：黑味噌100克及醬油1匙、味醂1小匙、糖1匙、酒1/2匙、鹽1/4匙

◎作法：1. 將茄子一剖為二，用刀尖在剖面上劃格子斜線，再泡入鹽水中，油炸前取出拭乾。

2. 油炸茄子至軟取出瀝乾油。

3. 將絞肉連同調味料炒勻，可稍加些水同炒肉較容易炒散，不會黏結在一起。

4. 將炒好的肉盛放在炸好的茄子上，趁熱食用。

◎養生功能：預防動脈硬化及降低高血壓症狀。

【茄子紀事】

Salanum melongena，茄科，1~2年生草本；株高50~120公分，莖紫黑色、綠色；葉互生，葉被中肋被有硬刺，葉深紫色或綠色，卵形或橢圓形，葉緣不規則淺裂或深裂；花腋生，下垂性，紫色、淺紫色，星形，萼片宿存，漿果圓球形、橢圓形、圓柱形、長卵形，果實米白色、深紫色、淺紫色、紫黑色、米黃色、綠色。全年均可採收，5~12月為盛產期。英文名稱Eggplant，別稱茄仔。

世界上茄子的品種，約有一千五百種之多，原生種茄子體型似雞蛋大小，但現今改良種茄子已能長達15~20公分長，顏色有白色、淺紫色、粉紫色、紫紅色、深紫色等。台灣地區普遍栽種的是長茄，長茄水分極多，但香氣較重，適合炒食，另外較少見的燈泡茄及大圓茄，水分少、口感比較硬，適合油炸。日本較常見的是千成茄及米茄，米茄較胖較長，台灣進口

3.大圓茄的花朵。

4.觀賞用的蛋茄。

茄 子

Salanum melongena

的茄子以千成茄居多，另有賀茂茄，好像網球大小，圓滾滾地十分可愛，而民田茄則只有乒乓球一般大小，市面上較少見到。

茄子原產於印度，大約於三世紀時傳入中國，阿拉伯人於四世紀左右開始種植茄子，傳入日本則在七世紀後半至八世紀之間。十七世紀時英國商人從西非將其種子引進倫敦。中國在五代時期左右開始大量食用茄子，原名草鱉甲，隋煬帝因嗜食茄子而改稱其為「崑崙紫瓜」。後人讚其味美如「酥酪」，因此在《貽子錄》中，稱茄子為「落蘇」。

《嘉祐本草》記載：茄子味甘，寒。久冷人不可多食，損人，動氣，發瘡及痼疾。一名落蘇，處處有之。根及枯莖葉主凍腳瘡，可煮作湯，漬之良苦。茄樹小有刺，其子以醋摩療癰腫，根亦做浴湯，生嶺南。

《紅樓夢》第四十一回，賈太君設宴於大觀園中。劉姥姥初嚐茄鮝，王熙鳳說明茄鮝的做法：「將鮮採的茄子刨去外皮，將茄肉切成碎狀，以雞油炸香，再用雞脯子與香蕈、新筍、五香豆腐乾及各色乾果子切成丁，取上等雞湯煨了，拿香油一收，再以糟油拌勻，置於磁罐中密藏，食用時取出與炒過的雞瓜一拌就成。」劉姥姥一聽此言，不禁感嘆道：「原來須得十幾隻雞來配它，難怪是這種味兒！」

味噌雞茄。

風味獨具的茄子餅。

《紅樓夢》中的茄鯗是富貴人家將茄子素菜葷食的料理手法，平民之家亦有類似的手法烹調茄鯗，不同的是在素材上以常見的香辛料為主，仍是素菜的作法，是旅人遠行的路菜：「茄肉撕成條狀曬至極乾，烹調前取淡鹽水泡開，並以陳皮、甘草、蒔蘿、茴香、花椒、杏脯等以香油煸過，密藏於磁罐中，經月不壞。」

茄子含水量高達 93.8 %，以醣類為主，還有維他命 B1 、 B2 、 P 。若用鹽醃漬過，則鐵、磷、鈉、鈣等含量會增加。茄子性甘寒，有平血壓，防止血管破裂之作用。常吃茄子可以增強血管的抵抗力。茄子一般被認為是較「寒」性的食物，台灣人很懂得添加生薑或以麻油烹調，可調整食物屬性，並依據體質做不同的烹調手法。

【台灣這樣吃茄子】

台灣人吃茄子十分乾脆爽快，千篇一律的炒茄子，近些年來客家館子裡還能吃到加入大腸或絞肉紅煨的茄子煲。油亮香腴的九層塔炒茄子也是極下飯的菜餚，炒茄子要好吃沒訣竅，只要足夠的好油，燒熱了下鍋翻炒幾下就行了。魚香茄子也是絞肉與茄子的組合，多了辣椒更下飯，是一般館子裡都能吃到的料理，不過這類食物多屬館子菜，不是一般台灣家庭中會出現的家常菜。

涼拌茄子也是近幾年翻新的料理手法，或許與天氣熱度逐漸拉長有關，涼菜變成四季供應的小吃。涼拌茄子通常是單純的蒜泥醬油拌拌而成，有些

花果菜類 14

茄 子

Salanum melongena

THE WONDERS OF VEGETABLES IN TAIWAN

凌晨採收茄子可以充分享受茄子的美味和充足的養分。

館子則以芝麻醬調味，倒也風味獨特。不過芝麻醬拌茄子大概與麵食、餃子相搭，在吃飯的場合裡，很少出現作為菜餚食用，頂多做為餐前小菜。

茄子生長的範圍極廣，在中國從南到北均有栽植，不過北方人與南方人的吃法與時間不盡相同；北方從仲秋起食茄，南方人則在初夏品嚐鮮茄。因氣候關係，北方的茄子外皮比較厚，通常以紅燒或煨食入饌，近年則仿效日本人食茄的方法，以炭火烤過，撕去外皮，以香油、芝麻醬與撕成條狀的茄肉拌勻食用，是極受歡迎的食前小菜之一。南方人以嫩茄炒食，或涼拌，或蒸、炸，或乾煸等，烹調手法百樣翻新，美味如一。

茄子餅是我吃過最特別的茄子料理。山東地區的茄子皮很厚而且水分不多，或許是因應環境因素而產生的演化吧，吃這種茄子必須削去外皮，用來煮湯或是炒食。最特別的是將茄子去皮刨絲，與麵粉和勻油煎成餅，沾著糖粉食用。山東人吃這道甜食是做為菜餚上桌的，吃著大饅頭，以沾糖的茄子餅為菜餚，喝著又濃又鹹的羊肉湯，還有麻花拌黃瓜的小菜，這樣的飲食方式實在是極為特殊的經驗。

1.觀賞用的蛋茄花朵。 2.烤茄子。 3.素炒茄子。

花果菜類 15

甜 椒

Capsicam annuum var. grossum

THE WONDERS OF VEGETABLES IN TAIWAN

■性味：性平味甘，入脾、胃經，適合一般體質。

■成分：蛋白質、脂肪、醣類、纖維、灰分、煙草酸、磷、鐵、矽、鈉、鉀、鈣、鋅、鎂、胡蘿蔔素、維生素B1、B2、C。

■功效：淨化血液、降低膽固醇、預防感冒、健胃理腸。

【甜椒的作用】

1. 生食甜椒，有助於恢復精神、消除疲勞或緊張壓力，亦有預防便秘的效果。
2. 甜椒含豐富維生素C及矽元素，能活化細胞組織，促進新陳代謝，增強免疫系統。
3. 甜椒含有大量被稱為「美麗元素」的矽元素，可保持頭髮、皮膚、指甲和牙齒的健康和美麗。
4. 甜椒含辣椒黃素、玉米黃素，具有舒緩腎囊腫脹、手足無力、神經痛等症狀的功效。
5. 甜椒含豐富β胡蘿蔔素，經動物體吸收後能轉化成人體所需要的維他命A，可治療乾眼症或眼睛疲勞等症狀，還有預防感冒、病菌感染等功效。
6. 甜椒所含的辣椒鹼被用來治療帶狀疱疹，亦可預防老年致命性吞嚥困難。
7. 熱帶地區的居民，利用甜椒或辣椒的葉子搗碎外敷，用來治療潰瘍、疔瘡等症狀。
8. 甜椒的葉片搗敷或搓揉皮膚，可使局部發熱，達到按摩、消除風濕疼痛等症狀。

1.甜椒不僅真的有甜甜的滋味，而且還有各種顏色。

2青椒成熟後就轉成通紅的色彩。

【健康料理】**新香甜椒**

◎材料：各色甜椒 300 公克、昆布一大塊、醬油一匙、柴魚 10 公克。

◎做法：1. 昆布、醬油、柴魚、酒少許，浸泡一夜。

2. 甜椒切條狀，入滾水汆燙後去皮。

3. 浸泡於調味料中 2 小時即可食用。

◎養生功能：舒緩乾眼症、增強免疫系統的功能。

【健康料理】**醬漬甜椒**

◎材料：各色甜椒 300 公克、醬油 100C.C 、糖半匙、醋一匙、酒少許。

◎做法：1. 甜椒切成條狀，入調味料醃漬，置於冰箱冷藏。

2. 隔日即可食用，若要貯存，需將醬料瀝乾，以免過鹹、過軟。

3. 可先用滾水除去甜椒薄膜，醬汁更快入味，三小時即可食用。

◎養生功能：健脾開胃，舒緩眼部疲勞、酸澀等症狀。

【甜椒記事】

Capsicam annuum var.grossum ，茄科，多年生草本；株高 40~80 公分；葉互生，長卵形，先端尖，全緣；花腋生，小花淡紫色、白色；漿果多種形狀，如球形、長筒形、紡錘形、卵形等，果色有紅、緋紅、黃、綠、淡綠、橙、深紫等；種子黃白色。英文名稱 Bell pepper ， Sweet pepper ，別稱大同仔、青椒、彩椒。

甜椒全年均可生產，甜椒雖然原生在熱帶地區，但是卻不耐暑熱氣候，台灣夏季產品來自高冷地區，南投縣的仁愛鄉是最主要的產區，秋冬季甜椒來自中南部及東部，以彰化、雲林、嘉義及花蓮為主要產區。甜椒價格並

3.紫色甜椒十分少見。 4.甜椒為多年生草本，株高40~80公分，葉互生，長卵形，先端尖，全緣。

花果菜類 15

甜椒

Capsicam annuum var. *grossum*

THE WONDERS OF VEGETABLES IN TAIWAN

不昂貴，便宜的時候，一顆5元是傳統市場的售價；甜椒雖然便宜，但並不「廉價」，在許多餐館中，點一道青椒牛肉仍然要破費不少銀子。

甜椒是由原產於南美洲祕魯及中美洲墨西哥一帶的辣椒，經馴化後選育的品種，在園藝學上屬於自然變異種。1492年哥倫布發現新大陸之後，將它傳入西班牙和歐洲，再由歐洲傳入印度，明朝末年自印度及歐洲傳入中國，栽種歷史約有300多年，台灣一直到40年代才開始普遍種植。

青椒在法文中為Piment（Poivron），日文名稱由此音譯而來。日本在江戶時期開始栽培種植，一直到第二次世界大戰之後，由美國傳入改良品種，才廣為人知，成為日常食用蔬菜之一。甜椒的果實有空腔，成熟後會由綠轉紅，日本人因為甜椒的這種特性，於是拿來做為罵人的代名詞，意思當然就是罵人腦袋不靈光，笨得像「甜椒」一樣，空空如也！

【台灣這樣吃甜椒】

甜椒出現在台灣的時候，只有綠色甜椒，之所以稱為甜椒完全只是因為不辣而已，後來農業技術的精進，加上引入許多中南美洲品種逐漸改良後，不僅真的有甜甜的滋味，而且還有各種顏色如黃色

甜椒咖哩飯。

、金黃、紫色、深紫色、紅色等等，市場上有很多人已經不稱甜椒而改稱為「彩椒」了，紫色類的甜椒比較少見，而且加熱後會「恢復」綠色，非常有「創意」！

台灣人稱青椒為「大同仔」，由於有「青」味，很多人都排斥這種蔬菜。早期食用青椒，是長輩們沿用日式的醃漬方式，用米糠、味噌等醃漬，也會用醬油、糖醋等醃漬成即時可以食用的醬菜。

年輕人創意多，利用優酪乳含有的酵素「醃漬」甜椒，加點鹽後即可食用，擺脫了古老醬菜的鹹重，而具有輕度發酵的味道，那是西式料理特有的風味。甜椒由於組織嚴密，因此加熱後維生素 C 流失並不多，加上皮厚口感不好，通常都在滾水裡氽燙幾秒鐘，去除薄膜再醃漬，比較容易入味。

女性開始外出做事後，做家事的時間減少了，烹調餐食講求迅速，加上電器用品的改革研發，貯存食物越來越方便，於是醃漬醬菜的技藝越來越無傳人，雖然有創新的方式「醃漬」蔬果，但似乎很難定義為「醬菜」，或許人類對記憶中的味道永遠有著無法忘懷的情感。

除了醃漬之外，青椒改成炒食，搭配牛肉或豬肉，是小餐館都供應的青椒肉絲，也有用青椒填肉的方式烹調，就像苦瓜封、黃瓜鑲肉等做法一樣，一般而言，只要是蔬果中心可以挖空的就能以此法入菜。

烹調回鍋肉的蔬菜，除了高麗菜之外，就屬青椒最重要，與五花肉同炒，還要辣椒才夠味。奇怪的是，青椒也出現在燴飯中，無論是什錦燴飯、牛肉燴飯、蝦仁燴飯，好像都要青椒才能壓住陣腳一般，可能是青椒鮮度、色度都讓人有一點「大自然的健康」感覺吧！

1.新香甜椒。 2.甜椒優酪乳。 3.醬油漬甜椒。

花果菜類 16

黃秋葵

Abelmoschus esculentus

THE WONDERS OF VEGETABLES IN TAIWAN

■性味：鹼性，性寒味甘，入肺、大小腸、膀胱經，適合偏熱體質。

■成分：纖維、脂肪、醣類、膠質、纖維、蛋白質、菸草酸、鉀、鈣、磷、鐵、鉀、鋅、鎂、胡蘿蔔素、維生素B1、B2、B6、C。

■功效：利尿消腫、清熱解毒，止咳化痰、通血脈。

【黃秋葵的作用】

1. 黃秋葵為鹼性食物，含豐富的鈉元素及黏質。當腸道膜因為受到刺激而出現過敏現象時，可食用黃秋葵，具有安定腸道膜的功能，鈉元素具治療胃潰瘍的作用。
2. 經常食用黃秋葵，能保持關節的柔軟度，適合老年人食用。
3. 黃秋葵的鈣質含量為果菜類之冠，適合缺乏鈣質者食用。
4. 未成熟的秋葵種子，可做為調味料使用，具有勾芡的功能。
5. 烹煮秋葵避免使用銅、鐵或錫製的鍋子，以免秋葵因氧化變黑。
6. 黃秋葵含水溶性植物纖維，具有整腸作用，亦能治療下痢、便秘等症狀，還能降低膽固醇。
7. 黃秋葵除含有具黏性的水溶性纖維之外，尚有具黏性的膠質成分。膠質是含糖的複合蛋白質，其中存有分解蛋白質的酵素，可幫助其他種類蛋白質，如肉類、魚類等的蛋白質的消化。
8. 黃秋葵所含的纖維質及膠質等均為水溶性，因此不宜烹煮過度，避免營養成分流失。
9. 某些品種的黃秋葵莖株及果實的絨毛會引起紅腫、搔癢，過敏者須留意碰觸。
10. 黃秋葵成熟的種子可做為咖啡的代用品。

【健康料理】**黃秋葵沙拉**

◎材料：黃秋葵 100 公克、各式蔬菜酌量、橄欖油醋一匙、芝麻酌量。

◎做法：黃秋葵、茄子等以滾水汆燙，與各式蔬菜裝盤，食用時添加調味料。

1.黃秋葵是夏季常見的蔬果，拜傳播媒體之賜，黃秋葵漸為國人熟知而帶動食用風氣。　2.黃秋葵的花。

◎養生功能：健胃理腸、鹼化體質。

【黃秋葵紀事】

Abelmoschus esculentus，錦葵科，1~2年生草本；株高1公尺左右，直立性，有分枝，被有硬毛；葉互生，具長柄，3~5裂，葉緣有不規則鈍鋸齒；花黃色，中心紅褐色，小苞線狀，通常8枚，小於萼片；蒴果長圓形稍有稜，頂端尖，有黃色硬毛，果肉具黏液。花期5~8月，果期5~8月。英文名稱Okra，Lady's finger，別稱角豆、秋葵、黃蜀葵、黏角瓜，日本人稱為青納豆。

黃秋葵從4月起陸續生產上市，夏季盛產，春節前後月無鮮品上市，主要栽培地區在中南部，北部有零星栽培。黃秋葵是夏季常見的蔬果，拜傳播媒體之賜，黃秋葵漸為國人熟知而帶動食用風氣。

黃秋葵是原產於非洲東北部的熱帶性作物，但現在溫帶國家也能見到大規模種植黃秋葵的景象。埃及在2000多年前已有栽種食用的紀錄。18世紀時傳入美國的路易斯安那州，當時是法國的殖民地；之後傳入其他州地種植，成為重要的蔬果食物。日本在19世紀中期引入，台灣則在二十世紀初期引入栽培，不過其特殊的口感，使得黃秋葵的接受度很低，只有零星栽培。1970年代，從墨西哥、日本等地引進新品種，目前已成為普遍的夏季蔬菜。

《嘉祐本草》：黃蜀葵治小便淋及催生，又主諸惡瘡膿水久不差者，作末敷之，即癒。近到處處有之，春生苗葉與蜀葵頗相似，葉尖狹多刻缺。夏末開花，淺黃色。六七月採之，陰乾用。

《經驗後方》：黃蜀葵治臨產催產，以黃蜀葵子焙乾為末，井花水下三錢七。如無子，以根細切煎汁，令濃滑，待冷服。《本草衍義》：黃蜀葵花

3.黃秋葵的葉互生，具長柄，3~5裂，葉緣有不規則鈍鋸齒。　4.黃秋葵的蒴果長圓形稍有稜。

與蜀葵別種，非蜀葵中黃者也。葉心下有紫檀色，摘之剔為數處，就日乾之，不爾，即浥爛，瘡家為要藥。子臨產時取四十九粒研爛，用溫水調服，良久，產。

【台灣這樣吃黃秋葵】

開花後一星期左右的黃秋葵幼果最美味。它是一種新興的蔬果，藉著媒體文化傳播，快速地成為餐桌上的一員。台灣吃黃秋葵最常見的方法為涼拌，用滾水氽燙幾秒鐘後撈起，置入冰水中待涼，食用前拌點麻油、芝麻醬等，或是用日式的吃法加點柴魚片、醬油，當然也能用糖醋冰鎮過食用。黃秋葵因具有黏質，因此小朋友們多數排斥，但是很適合用來與勾芡的食物一起烹調，例如加入咖哩做為食材，就是一道美味的料理。

日本在 19 世紀就開始種植黃秋葵為食用蔬菜，他們習慣這種黏黏如納豆的食物，因此食用比例很高。有一年在日本鄉下地區做田野調查，與附近農家聊天，那位老奶奶請我喝「咖啡」，非常香醇濃郁，可是口感絕對不是咖啡。原來農家將成熟的黃秋葵種籽曬得極乾，煮成濃濃的茶飲，說是耐得住陽光曝曬，絕不會生病（中暑）。回來後如法泡製，並加上黑糖以解夏季熱毒，果然深受其用。

黃秋葵的另一個大用途並非入菜，而是插花界用來做為花材使用，以紅果秋葵最受歡迎，特殊的造型很能突顯立體感，觀賞期持久且價格又不高，是花市常見的材料。台灣有一種野生的香葵，與黃秋葵極類似，但全株被有細密的毛，碰觸稍有疼痛、搔癢的感覺，在平地、郊野常見，但不見用來入菜或做為花材使用。

黃秋葵沙拉。

黃秋葵從4月起陸續生產上市，夏季盛產，主要栽培地區在中南部。

花果菜類 17

菱角

Trapa bispinosa

THE WONDERS OF VEGETABLES IN TAIWAN

■性味：鹼性，性寒味甘，入肺、大小腸、膀胱經，適合偏熱體質。

■成分：纖維、脂肪、醣類、膠質、纖維、蛋白質、菸草酸、鉀、鈣、磷、鐵、鉀、鋅、鎂、胡蘿蔔素、維生素B1、B2、B6、C。

■功效：利尿消腫、清熱解毒，止咳化痰、通血脈。

【菱角的作用】

1. 菱角絞汁煮開後調黑糖飲服，能舒緩生理疼痛、月經過多症狀。
2. 菱角絞汁外用塗擦患部，能舒緩痔瘡疼痛現象。
3. 菱葉含豐富胡蘿蔔素，煎水代茶飲服，能舒緩視力老化的現象。
4. 菱葉煎水飲服能增強胡蘿蔔素的吸收，舒緩乾眼症現象。

【健康料理】**菱角糯米粥**

◎材料：菱角 30 公克、山藥 15 公克、大棗 15 公克、白芨 10 公克、糯米 100 公克、蜂蜜酌量。

◎做法：各項材料煮熟，食用前調入蜂蜜。

◎養生功能：補脾養胃，適合胃潰瘍患者。

【健康料理】**燴菱米**

◎材料：菱米 200 公克、甜椒 50 公克、小黃瓜、 50 公克

◎做法：1. 菱米燙熟備用。
2. 甜椒、小黃瓜炒熟，入醬油、高湯等調味料。
3. 加入菱米，起鍋前勾芡。

◎養生功能：益氣健脾、滋養五臟。

【菱角紀事】

Trapa bispinosa，柳葉菜科；一年生水生草本；莖株中空細長，延伸至地下軟泥中；莖節處長有鬚根，用以吸收水中養分；浮水葉簇生，菱形，上半部鋸齒緣，下半部全緣，葉柄中間膨大，具有氣室作用，葉面光滑，葉背和葉脈淡紫紅色，被生絨毛；小花腋生，

1.剛採收的菱角。　2.菱角是柳葉菜科一年生水生草本，莖株中空細長，延伸至地下軟泥中。

花冠白色或淡粉色；閉果（石果）堅硬，具 2~4 個尖銳突角或鈍圓角，成熟時紫黑色；種子含大量胚乳澱粉質，可食。花期 5~7 月，果期 9~12 月。英文名稱 Water caltrops ， Water chestnut ，別稱菱、芰、水栗、沙角。

秋風一起，天氣逐漸轉涼，台南縣官田鄉的菱角開始採收。採紅菱是江南特有的景觀，美麗的年輕女孩，坐在圓木桶中，以手代槳，逐一翻開簇生的菱葉採擷紅菱，是一幅詩情畫意的秋景。不過想看見歌謠中曼妙少女划著船兒採紅菱，那肯定會大失所望，因為採菱不僅不浪漫還非常辛苦，加上年輕人大多上都市工作去了，因此下水塘的都是一些老人家打零工，或是菱田的主人自己採收。菱田遼闊的農家常划著極簡陋的扁舟採收，有的則是穿著套身雨衣就下水塘收菱角。採過菱角後，塘水要放乾，並且要將塘底的爛泥翻過一遍，讓陽光充分曝曬，將這些泥土充分消毒過後，隔年春天再度種植菱角。

近些年來，官田鄉農業單位大力輔導農民，利用二期作水田種植菱角，使得年產量增加到 4000 公噸以上，官田成為菱角的故鄉，每年十月的菱角節更讓無數遊客蜂擁而至，菱角繼明清兩代成為貢品的美譽之後，再次聞名國內外。除了台南縣之外，高雄縣也是具規模性栽植菱角的地區，其他地區亦有零星栽培。

菱角原產於東半球暖熱地區，分布於中國、印度等地。中國人食用菱角有古老的歷史，《爾雅》即有種植菱角的記載；古名稱為芰、水菱、沙角等，因食用口味與栗子相似，又被稱為水栗。 1959 年春天考古學家在南湖附近發掘的一處新石器時代化的文化遺址中，其中有一只炭化的無角菱，這個發現證實了南湖菱的生長歷史超過一萬年以上。

《本草圖經》記載：「芰，菱實也。舊不著所出州土，今處處有之。葉浮水上，花黃白色，花落而實生，漸向水中，乃熟。實有二種，一種四角，

3.菱角的閉果堅硬，具2~4個尖銳突角或鈍圓角，成熟時紫黑色。 4.菱角的小花腋生，花冠白色或淡粉色。

菱角

Trapa bispinosa

一種兩角。兩角中又有嫩皮而紫色者，謂之浮菱，食之尤美。江、淮及山東人曝其實，人以為米。水果中此物最治病，解丹石毒，然性冷，不宜多食。」

李時珍在《本草綱目》中解釋了菱角得名之由來：其葉支散，故字從「支」；其角稜峭，故謂之「蔆」，而俗呼「菱角」也。昔人多不分別；惟王安貧在《武陵記》中以三角、四角為「芰」；兩角者為「菱」。

【台灣這樣吃菱角】

台灣吃菱角總在秋冬之際。傳統市場或是路邊流動的攤販，總會看見攤車上冒著熱氣，蓋在布巾下的是剛蒸熟的菱角，淡淡的香氣勾引著行人的食慾，花個幾十元，就能滿足口腹之欲，此時更覺得生活在台灣是多麼美好！

菱角在餐桌上總是被用來燉煮排骨，不知為何，台灣料理中排骨是用來搭配任何湯飲的好食材，似乎只要燉湯，排骨就能派上用途。同樣是肉類，菱角燉雞就顯得不太對味。菱角有時被放入佛跳牆中與芋頭搭配使用，不過總不似芋頭那麼容易吸收其他食材的豐腴，倒是湯點中加入幾枚紅棗，更能襯托菱角的清甜。

炒菱米。

小時候鄰家每每送來一堆吃不完的菱角時，外婆就會將菱角冷凍起來，時時取出加糯米用果汁機打碎後煮成漿湯食用，用來舒緩生理疼痛，對脾臟有很好的益處。或是用500C.C水與菱角打碎後，再加水煮成菱角飲料與黑糖水拌勻，民間療法中認為能調理肝臟、脾臟，滋潤皮膚具有美白效果。

一向不喜愛菱角的淡滋味，總覺得滿口沙粉，不甚出色。2004年夏季到山東進行考古研究，濟寧博物館館長請我們在微山湖的餐館吃飯，第一道上來的是狗肉，嚇得不知所措的我們，不知該如何拒絕提起筷子，所幸緊接著而來的第二道菜炒菱米，不僅替大家解了圍，也讓我初次體驗菱角的獨特風味。菱米鮮嫩爽脆，比花生清甜，比栗子酥軟，又不似吃荸薺有微微的細渣，這種特殊的江南風味著實令人迷戀！

1.販售中的菱角。 2.剝殼後的菱角，種子含大量胚乳澱粉質，可食。3.菱角燉湯。 4.燴菱米。

花果菜類 18

白果

Ginkgo biloba

THE WONDERS OF VEGETABLES IN TAIWAN

■性味：性平味甘，苦澀有小毒，入肺、心、腎經，適合一般體質。

■成分：蛋白質、脂肪、碳水化合物、銀杏酚、銀杏醇、氫化白果酸、精氨酸、磷、鈣、鐵、鈉、維生素B、C。

■功效：益氣定喘、滋陰補腎、潤肺止咳、抗結核、鎮靜安神。

【白果的作用】

1. 白果、蓮子燉烏骨雞，能改善婦女虛弱體質、白帶等症狀。
2. 白果含有銀杏酚，具宣肺止咳、平喘的功效，但不宜過量食用。
3. 精氨酸是精子形成的組要成份，白果含豐富精氨酸，具有增強精子活力的功能。
4. 白果具有溫暖身體及收斂的功效，對於頻尿、夜尿症狀有良好的舒緩作用。
5. 白果具有活潑肺部、呼吸系統功能的效果，能有效舒緩咳嗽現象及化痰作用。
6. 白果搗泥外敷患處，具有祛斑潤膚的功效。

【健康料理】**白果鰻魚飯**

◎材料：白果 100 公克、糯米 300 公克、鰻魚 300 公克。

◎做法：1. 糯米浸泡 3 小時後，蒸熟備用。
2. 白果煮熟去種皮。
3. 鰻魚煎熟後，以醬油、糖、酒調味。
4. 將煮熟糯米飯、白果與鰻魚拌勻，再次蒸過。

◎養生功能：補脾益腎、潤肺平喘，具有良好的補益食療作用。

【白果記事】

Ginkgo biloba，銀杏科，落葉喬木；株高可達 40 公尺；樹幹直立，樹皮灰白色，老幹黃褐色，枝有長短兩種；葉叢生於短枝頂端或互生於長枝上，扇形，鴨腳狀；雌雄異株，少有同株者，花單性；雄花為下垂的短葇荑花序，有花多數，花藥兩室；雌花 2~3 朵

1.白果是銀杏果實的種仁。　2.乾燥的白果通常需要用硫磺燻製，才能潤澤顏色及不受蟲蛀。

聚生；種子核果狀，成熟時淡黃或橙黃色。花期 3~5 月，果期 7~10 月。英文名稱 Ginkgo，別稱銀杏、公孫樹、鴨腳、鴨掌樹、飛蛾樹、京果樹。

銀杏盛產於中國南方、長江流域一帶，它由中國傳入朝鮮半島，再於日本的鎌倉時期（西元 1185~1333 年）傳入日本，銀杏的葉片呈扇形狀似鴨腳，因而得名，日文發音 Igiyo 是由宋音「鴨腳」轉化而來，以其外形而得名，白果則專指果實而言。《本草綱目》記載：「銀杏，原生江南，以萱城者為勝，樹高二三丈，葉薄，縱理儼，如鴨掌形，有刻缺，面綠背淡，二月開花成簇，青白色，二更開花，隨開即落，人罕見之。」

白果是銀杏所結的果實，中國人食用銀杏歷史悠久，左思在《吳都賦》中提到：果木中有「平仲果」其實如銀。銀杏在 1600 年前的魏晉時期列入典籍，卻直到宋朝才列為貢品。由於銀杏木質平順，經久不變形，古人取其木刻符印，今之毛巾廠則用此木作為板模，取其形質穩定不變，此為平仲之得名。日本的壽司業界很喜歡用銀杏木材製成砧板，取其木質堅硬，最不傷刀刃。

1896 年，東京帝國大學池野成一郎助教授發表了驚人的孑遺植物蘇鐵生態報告之後，他的助理平瀨作五郎氏在同年九月也發表了同樣震驚全球植物界的發現：銀杏樹具有特殊的繁殖生態，雄花粉會在空中漫遊，無論多遠，都能夠找到最近距離的雌花，然後藉著鞭毛的特殊構造，滑行至雌蕊柱頭處，靜靜等待，當雌蕊卵子成熟破裂後，雄花粉便進行交配，使雌花接受授粉而結實。這種如苔蘚類原始植物的生態行為，竟然存在於高等植物中，這個發現令舉世的植物界學者震驚不已。

屬於孑遺植物的銀杏是恐龍中生代最繁盛的植物，起源於泥盆紀（距今 4 億 800 萬 ~3 億 6000 萬年），歷經了數億年的地殼變動，它依然保持著原始風貌，被視為活化石植物。古代冰川時期以前，北半球到處生長著銀杏

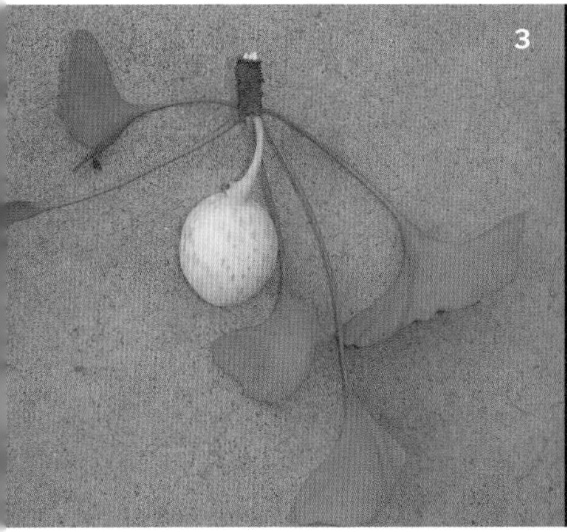

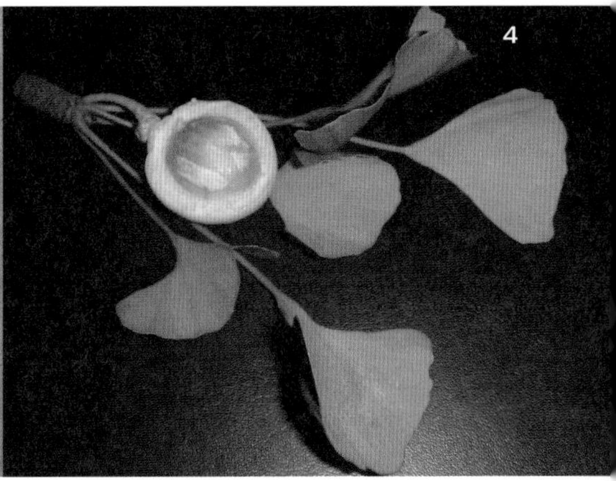

3.銀杏的果實與葉片。 4.將銀杏果實剖開，可清楚看到淡黃色的種仁，即我們食用的白果。

白果

Ginkgo biloba

樹，其同屬植物達 20 多屬，然而進入冰川時期後，大量的銀杏被冰雪毀滅，地球上的野生銀杏幾乎蕩然無存，銀杏綱唯一留存下來的就是現今的這一個品種，目前只在中國浙江天目山境內的高山尚有留存。歐洲、北美一帶少有高山大脈，因此許多植物在冰川肆虐下死亡滅絕。中國由於大山衆多，而且多為東西走向，層層屏障如天塹，有效地遏制了大冰川瘋狂南下的強勁力道，隔絕了冰川南侵，也保存了龐大森林的存在。銀杏強盛的生命力繁殖至今，已經開枝散葉，似乎沒有滅絕的威脅了；但是這些孑遺植物成了活化石，對於科學工作者而言，更重大的意義在於得以研究植物演化過程。

白果是銀杏果實的種仁，外面有一層果肉，腐蝕性強，汁液碰到皮膚容易起潰爛或搔癢，而且腐爛的味道很難聞，因此東京街頭的行道樹種的都是雄株，以避免污染環境。台灣溪頭風景區有一片茂密的銀杏林，每年都吸引了大批的遊客。近些年來，市面有大葉的銀杏盆栽，屬於不結果的樹種，但是優美的葉姿依然受到消費者的喜愛。

銀杏被稱為公孫樹，是因為從栽種到結果，需要二、三十年的時間，大量結果則要五、六十年以上，如此漫長的時間，人類可以孕育三代，所以被稱為公孫樹。銀杏的生命力很強，廣島經過原子彈的洗禮之後，第一棵發出新芽生長的植物就是銀杏，它的壽命非常長，一般可以存活一千多年，山東莒縣的浮來山，有一棵銀杏傳說是商朝種植的，現今仍然結實纍纍。在白果的故鄉天目山，也有一棵大銀杏，據說是冰河時期留下來的稀有的活化石，外國人稱銀杏為東方的聖樹。

日本淺草的雷門寺是很有名的觀光地區。第二次世界大戰的時候

1.銀杏要大量結果約需五、六十年以上。

2.銀杏是銀杏科落葉喬木，株高可達40公尺，又稱為公孫樹。

，有一天寺裡發生大火，在即將燒到正殿的時候，殿前所植的一排銀杏樹突然噴出水柱將火熄滅。居民認為是觀音顯聖，從此到雷門寺朝拜觀音的人絡繹不絕，至今仍然香火鼎盛。

科學家後來分析銀杏的奧秘，才發現原來在銀杏的葉片中，能夠貯藏大量的水分，達 94.8 ％之多，在高溫的環境中，水分會自葉片的毛孔中噴灑而出，這是植物自我保護的本能。從此日本政府便大量栽植銀杏做為行道樹，春天新綠婆娑，秋天黃葉燦爛，既美觀又兼具防火功能。一般行道樹以雄株居多，河川則以雌株為主，因為銀杏果實腐爛時很臭，因此在行人走動的地方以種植雄株為主。

日本醫學界發展出以銀杏葉提煉做為「血管擴張劑」，研究報告指出，從秋天的黃葉中抽取的 GBE 含維生素，能強化血管，減少破壞組織的游離基產生，其帖烯則能減少血小板凝集成塊，此外還具有改善腦功能和細胞活力的功效。

德國科學家證實銀杏葉能增強記憶力，有助於穩定「阿茲海默症」患者的病情，並改善症狀。德國醫學專家委員會曾訂定銀杏葉萃取物的標準，業者必須萃取銀杏葉濃縮比例為 35 比 1～67 比 1 ，並降低所含致敏物質，才能算是標準劑型的銀杏葉保健商品。美國草藥委員會表示：銀杏葉劑型商品必須符合標準要求，才能發揮理想的作用。因此到目前為止，科學文獻上並不認同其他未經適當加工，或是低濃度的銀杏葉保健商品具有醫學臨床上的用處。中國大陸也提煉出銀杏黃銅醇和銀杏內脂，製成口服液。

【台灣這樣吃白果】

白果在早期的台灣是高價的食物，富貴人家從中藥行買來乾品，經發泡後與芋泥製成甜品，或是做為佛跳牆的食材之一。由於乾燥的白果通常需要

白果鮮菇。

白果

Ginkgo biloba

用硫磺燻製，才能潤澤顏色及不受蟲蛀，但是這種乾貨很難將硫磺完全除盡，以致常有酸味。近年來有業者引進新鮮的白果供應市場，每逢冬季來臨，傳統市場裡就會開始販賣，價錢在220~300元之間，若是保存情況良好，可貯存於冷凍庫達半年之久。

白果在日本料理店中，經常點綴性地放個一顆在茶碗蒸（蒸蛋）、土瓶蒸（茶壺湯）、糯米蒸飯等料理中，由於口感不同於其他食物，因此被視為是經典組合，幾乎每家台式的日本料理店都這麼做，有若同出一個師門似地！至於高級的料理店或串燒店裡，白果的價錢非常昂貴，新鮮的白果十數顆，用松針串起並灑上岩鹽烤過，雖然裝飾擺盤十分精緻高雅，口感也清淡甜美，很有秋冬裡感受到的溫暖氣息，但是這樣一道小菜的價錢，可以買到3~5個雞腿便當，實在是相當驚人的價位。一般餐館裡也用白果入菜，用來烹煮蕈菇類的食材，是素食餐館裡常見的料理。白果雖然滋味平淡無奇，卻也適合與菜蔬搭配，是一種尋常的珍味！

烤白果是溫帶國家常有的街頭小吃，幾十年前曾在下著大雪的首爾（當時稱為漢城）街頭買過，那是生平首次品嚐白果，彈牙的口感，當時只能用口香糖來形容，寒天大雪中捧著熱呼呼的烤白果，那種滿足與溫暖就像小時候經常將烤地瓜揣在懷裡的幸福一樣，身體的溫暖加上味覺的滿足，對於異鄉的人而言是一種很大的安全感！

白果常出現在素菜料理中。

THE WONDERS OF
VEGETABLES IN TAIWAN

根莖菜類

TAIWAN

根莖菜類01

馬鈴薯

Solanum tuberosum

THE WONDERS OF VEGETABLES IN TAIWAN

■性味：酸性，性寒味甘，入肺、肝經，適合熱性體質。

■成分：蛋白質、脂肪、醣類、粗纖維、葉酸、泛酸、天門冬氨酸、穀氨酸、芸香_、甘露聚糖、鈣、氟、磷、鐵、矽、胡蘿蔔素、維生素B1、B2、C。

■功效：健脾益氣、滋陰潤燥、生津解渴、化痰止咳、解毒、強化血管、潔淨血液、降低血壓。

【馬鈴薯作用】

1. 馬鈴薯含豐富粗纖維，能促進胃腸蠕動，具有預防便秘之功效。
2. 馬鈴薯有豐富的鉀、鎂、鋅等元素，具有降低血壓、強化血管、心臟及穩定血壓之功能。
3. 馬鈴薯的芽眼發芽時，薯塊變綠，芽眼四周會產生一種龍葵鹼的有機性鹽基毒素，這種毒素加熱後亦無法分解。不慎食用後會產生嘔吐、腹瀉、噁心、喉嚨有灼熱感、全身無力，甚至呼吸困難。因此發芽的馬鈴薯即應捨棄，不要食用。
4. 馬鈴薯具消炎作用，去皮搗碎後可外敷燙傷、腮腺炎、關節疼痛、痔瘡腫痛等症狀。
5. 馬鈴薯汁可消除曬斑及軟化皮膚。
6. 馬鈴薯豐富的維他命Ｃ，即使經過加熱亦不減損。
7. 馬鈴薯含大量的鉀元素，可幫助排除體內的鹽分，對攝取食鹽過高的高血壓患者而言，是理想的食物，不過腎臟病患者不宜過量食用。
8. 馬鈴薯中所含的鉀元素鹼性極高，可促進肝臟機能，使細胞組織變得更具彈性，亦能使肌肉更加柔軟，是恢復活力和保持青春的元素。
9. 馬鈴薯所含的鉀元素，60％貯存在皮下部位，宜採取連皮蒸或煮的方式，之後再去皮，如此可降低營養成分的流失。
10. 煮過馬鈴薯的水可用來清洗銀器，並可恢復羊毛、皮革製品的光澤與柔軟，亦可用來擦拭玻璃、眼鏡，再用乾布擦過後，能防止產生霧氣，讓玻璃光可鑑人。

1.剛採收的馬鈴薯。　2.馬鈴薯的地下塊莖橢圓形、卵圓形或圓球形，含有大量澱粉質，採收期11~3月。

11. 冬季至春天是馬鈴薯容易發芽的季節，可以將馬鈴薯與蘋果、香蕉或香瓜等一同存放於袋中，封口保存，水果所特有的乙烯氣體可以抑制馬鈴薯發芽，延長保存時間。
12. 馬鈴薯與牛奶煮成濃湯食用，具治療痢疾效果。

【健康料理】馬鈴薯可樂餅

◎材料：馬鈴薯 600 公克、絞肉 200 公克、奶油 50 公克。

◎作法：1. 馬鈴薯蒸熟或煮熟，去皮搗碎，加入奶油及少許鹽調勻。

2. 絞肉炒熟，以胡椒、醬油等調味。
3. 馬鈴薯泥分成等份小團，以絞肉做為內餡。
4. 油溫 180℃炸熟，搭配生菜食用。

◎養生功能：粘膜炎、胃部機能失調、補充礦物質。

【健康料理】炒馬鈴薯

◎材料：馬鈴薯 200 公克，醋、胡椒、鹽、糖各少許。

◎作法：馬鈴薯洗淨切絲先浸泡於醋水中，炒過後調味。

◎養生功能：適合酸性體質、高血壓或經常食用速食食物者，具平衡體內酸鹼值作用。

【馬鈴薯紀事】

Solanum tuberosum ，茄科，多年生蔓性草本；株高 30~80 公分；葉互生，羽狀複葉，小葉橢圓形至卵形，全緣，先端尖；花頂生，聚繖花序，花冠白色、淡紫色或淡黃色；地下塊莖橢圓形、卵圓形或圓球形，有紫紅色、黃褐色、紫黑色等，含有大量澱粉質，可食。花期 5~6 月，採收期

3.馬鈴薯的芽眼發芽時，芽眼四周會產生一種龍葵鹼的有機性鹽基毒素。

4.馬鈴薯的花。

根莖菜類01

馬鈴薯

Solanum tuberosum

THE WONDERS OF VEGETABLES IN TAIWAN

11~3月。英文名稱 Potato ，別稱土豆、洋芋、洋薯。

馬鈴薯原產於中美洲至南美州的安地斯山脈，的的喀喀湖周圍的沿岸地區，是最早發現馬鈴薯地方，與小麥、稻米、蕃薯、玉米同為世界五大食用作物之一，世界各地培育的品種多達二千種以上。台灣在 2 、 3 月左右收成，產地集中在台中、豐原一帶。

植物在滿月時生長最茂盛，這個實驗經過科學家觀察馬鈴薯得到證實，十五滿月的時候是月亮引力最大的時候，能吸入最多的氧氣，植物的根莖就能有最大的活動力。月亮的圓缺不僅對潮汐、植物、動物的影響深遠，其未知的範圍仍有廣大的探討空間。

馬鈴薯為人類栽培的歷史久遠，考古學家在祕魯印地安人的古墓中發現大量鑲嵌馬鈴薯圖案的陶器殉葬品，以及馬鈴薯植株的化石，古植物學家推測最早在 4800 年前，已有人工栽培的馬鈴薯。馬鈴薯是次於小麥、稻米、玉米的世界第四大糧食，它是深具「群衆魅力」的食物，打破疆域性，深受各種不同文化的人歡迎。印地安

市場裡的馬鈴薯。

人以之作為主食，它更具有維繫安地斯文明的獨特力量，原因是強旺的生命力可在各種緯度生長，在 4500 公尺的高山依然存活，此外馬鈴薯具有豐富的營養成分，搭配牛奶飲食就能提供人體一切營養所需。

被德國人暱稱為「泥土中的蘋果」的馬鈴薯，是古代印加帝國極重要的糧食作物，西班牙人消滅印加帝國，將馬鈴薯帶回種植。16 世紀時末期，荷蘭的商船從雅加達將馬鈴薯引入日本，當時只作為觀賞植物用，直到 18 世紀中期，才作為食用作物栽培。由於馬鈴薯由雅加達引入，因此當時稱為「雅加達薯」，簡稱為「雅加薯」，其實就是印尼首都雅加達的荷蘭發音 Jakatra 而來。

18 世紀時，馬鈴薯隨著戰爭的動亂開始在德國、波蘭生根萌芽，拿破崙在戰役中以未能征服俄國為憾事，馬鈴薯卻輕鬆地代替法國大軍踏上這片遼闊的土地。在歐洲的戰爭史中，馬鈴薯有著獨特的地位，每一場戰役都讓馬鈴薯更深入當地，成為食物的重要來源。

馬鈴薯的葉互生，羽狀複葉，小葉橢圓形至卵形，全緣，是茄科的多年生草本植物。

根莖菜類01

馬鈴薯

Solanum tuberosum

THE WONDERS OF VEGETABLES IN TAIWAN

【台灣這樣吃馬鈴薯】

台灣人吃馬鈴薯的習慣並不普遍，直到西方速食文化的傳入，才如火燎原的漫燒到各地，然而飲食對象似乎集中在青少年、孩童身上，即使是現在，隨便找個人問馬鈴薯，所聯想到的一定是「薯條」。第二個找得到馬鈴薯的地方是「咖哩」料理，咖哩食品常以馬鈴薯增加濃稠度，香醇適口又充飢。第三個是沙拉，台灣人所謂的沙拉不是生菜沙拉，而是用馬鈴薯泥、胡蘿蔔塊、豌豆仁、火腿丁等拌合而成的「沙拉」，通常這種沙拉可以在賣黑輪的小店中吃到，用的是西方的名稱，賣的是台式口味的日本小吃，這是台灣飲食文化中非常「國際化」的特色。

馬鈴薯還在一個地方出現，而且經常被食用，但是它「改名換姓」用另一種身分出現。馬鈴薯由於價格比較便宜，因此蒸煮成泥後，摻和了色素、糖甚至香料，以豆沙的身分出現。有些業者也以煮熟去皮的馬鈴薯冒充中藥裡的「天痲」出售。

炒馬鈴薯具平衡體內酸鹼值作用。

馬鈴薯泥是許多餐點常見的配菜。

台灣吃馬鈴薯泥做成的可樂餅來自日本的影響，但是可樂餅真正的發源地卻是法國，可樂餅的日文發音正是由法文 Croquette 而來，意為「炸肉餅」，是一種由馬鈴薯泥摻和豬肉或牛肉的餅食。這些外來的飲食文化隨著傳媒的發達，逐漸交融涵化，在不同的環境中形成新的飲食特質。原本食物打破文化障礙，促成國際化的力量來自戰爭行為，但是在科技發達的新世紀裡，傳播媒體卻打破了這種文化藩籬，使得飲食文化成為一種流行的語言。

馬鈴薯是國際性的食物，食用的方式也差異不大，但是食物呈現的豐儉性就有很大的空間。某次應來自歐洲一個小國家巴斯克 (Basqu) 的同學邀約到她家聚餐，她宣稱要做巴斯克經典的家庭菜請我們品嚐。只見她將馬鈴薯去皮切絲，然後和蛋汁拌勻，用平底鍋煎熟，這是當天的主食，外加一大缽生菜沙拉，甜點則是冰淇淋。對於這樣的巴斯克料理，我和來自日本的同學最後以回家吃中國泡麵做結束。讓我深深體會中國料理烹飪手法之巧妙、豐富，單憑能將馬鈴薯變成「豆沙泥」的功力，號稱世界「料理之王」實不為過！

根莖菜類02

蘆　筍

Asparagus officinalis

THE WONDERS
OF VEGETABLES
IN TAIWAN

■性味：酸性，性寒味甘，入肺、肝經，適合熱性體質。

■成分：蛋白質、脂肪、醣類、粗纖維、葉酸、泛酸、天門冬氨酸、穀氨酸、芸香甙、甘露聚糖、鈣、氟、磷、鐵、矽、胡蘿蔔素、維生素B1、B2、C。

■功效：健脾益氣、滋陰潤燥、生津解渴、化痰止咳、解毒、強化血管、潔淨血液、降低血壓。

【蘆筍的作用】

1. 蘆筍含有天門冬醯，對人體有特殊的生理作用，能增強免疫力，完成體內的新陳代謝，使細胞恢復正常生理狀態。
2. 蘆筍所含的泛酸是代謝脂肪、糖分必要的成分，對於皮膚及毛髮有良好的修復功能。
3. 蘆筍含有的芸香甙是脂溶性物質，與油類一起烹調，容易被人體吸收，也是腦出血預防藥的主要成分。
4. 蘆筍所含豐富的組織蛋白，能有效地制細胞異常生長，使細胞正常化，減輕化學藥物治療和放射治療的副作用，使白血球上升。
5. 蘆筍富含葉綠素，具有良好的造血功能。
6. 蘆筍具有刺激腎臟活動的功能，能強化腎臟和膀胱的功能。但若食用過量或食用者有腎臟發炎症狀時，反而會造成腎臟過敏。
7. 蘆筍為酸性食物，尿酸偏高或痛風症患者避免大量食用。
8. 蘆筍含豐富的水分及粗纖維，適合便秘者食用。
9. 蘆筍含有氟元素，可促進骨骼生長、強健牙齦功能。
10. 蘆筍含豐富的碘元素為鈉的 27 倍之多，具有擴張血管、改善心肌收縮、加強利尿功能。
11. 蘆筍含天然蛋白質，能溶解肌肉中的乳酸，有消除疲勞的功效 。

【健康料理】蘆筍燴竹笙

◎材料：新鮮蘆筍 100 公克、竹笙數個、胡蘿蔔泥 50 公克。

◎作法：1. 蘆筍與竹笙分別煮熟後，將蘆筍套入竹笙中。

2. 胡蘿蔔泥與高湯煮開，調味後做為醬汁食用。

◎養生功能：具清熱利尿、降血壓，防止血管硬化之功效。

1.市場裡成把販售的蘆筍。

2.蘆筍植株莖節處著生薄膜狀的鱗片，擬葉針狀。

【健康料理】蘆筍胡蘿蔔汁

◎材料：新鮮蘆筍 100 公克、胡蘿蔔 100 公克。

◎作法：蘆筍與胡蘿蔔果菜機打碎取汁，調冰糖或果寡糖飲用。（亦可連渣食用）

◎養生功能：具利尿作用，能舒緩貧血、糖尿病、風濕症、神經痛等症狀。

【蘆筍紀事】

Asparagus officinalis，百合科，多年生宿根草本；株高 50～120 公分左右；叢生性，雌雄異株，亦有兩性株；植株莖節處著生薄膜狀的鱗片，擬葉針狀；花鐘形，淡黃色，極小；漿果圓球形，直徑約 0.7～1 公分，成熟時紅色；種子 3 枚。冠根生長的嫩莖為主要食用部位。夏季開花，採收期 4～10 月。英文名稱 Asparagus，別稱野天門冬。

蘆筍的生態極為特殊，株莖各節著生的薄膜狀「鱗片」，是植物學上所稱的「真葉」，一般稱為葉的羽狀物（針狀），是植物學上的葉狀枝，稱為「擬葉」。通常雄株產量較豐，雄花比雌花大而色深，然而幼株未開花前不易辨識。

台灣在 50 年代引入栽培，於 63 年時期達到外銷的最高峰。日本則在江戶時代中期（1780 年左右），由荷蘭人從長崎引入栽培，當時純粹做為觀賞植物而栽植，直到明治時期才廣為栽培做為食物。目前主要產地在嘉義、台南等地，各地亦有零星栽培。台灣的蘆筍非常廉價，雖然昂貴時可達數百元一斤，但盛產時 50 元可以買一把足供一家四口食用，這樣的平民食物，常讓歐洲來的朋友驚嘆不已！蘆筍原產於歐洲地中海沿岸至西亞一帶，古希臘、羅馬等地有紀元前即開始種植的紀錄，不過據傳最早是由腓尼基人將蘆筍帶入希臘和羅馬，兩地才開始認識這種美味的蔬菜。

3.蘆筍的花鐘形，淡黃色，極小。

4.蘆筍的漿果。

根莖菜類02

蘆　筍

Asparagus pfficinalis

THE WONDERS OF VEGETABLES IN TAIWAN

【台灣這樣吃蘆筍】

台灣早期普遍吃蘆筍的方式應該是「喝蘆筍汁」，罐裝飲料的蘆筍汁，用的是經軟化栽培的白蘆筍，添加一點人工香料和糖，讓飲用蘆筍汁的人相信「真的」能夠達到消除疲勞、強健美容的效果，幾十年前所風行的罐裝蘆筍汁，用的是體態輕盈苗條，穿著三點式泳裝的美女，這種行銷的模式，反映了社會文化的特質，是人類學家、經濟學家、社會學家等都極有興趣的課題。

近些年吃蘆筍依然是脫離不了煮湯和清炒的方式。粗大的綠蘆筍偶而被拿來煮湯，清炒的時候則和百合根、白果組合而成，顏色清新可喜，口感淡而少味，不過價錢並不便宜。纖細的蘆筍花其實是蘆筍的側枝，但因細而嫩，纖維不高，因此多在家庭餐桌出現，餐館用的大多是「正常」的蘆筍。高級餐館裡，吃蘆筍常採精緻的手法料理：用粉皮包捲鮮蝦、蘆筍，並用蟹黃作醬沾食。也以蘆筍、白果、百合炒食，是一道極清淡的蔬菜，然而索價昂貴，不見於庶民飲食中。

在義大利吃蘆筍是一件慎重的大事，能夠被義大利朋友請吃蘆筍，是很榮幸的事情，足以證明交情的深度。肥厚的蘆筍售價極其昂貴，用奶油煎過後上桌，是美味的餐前菜，有時灑點檸檬汁或岩鹽食用。地中海氣候種植出來的蘆筍，多汁鮮嫩而可口，歐洲的美女們經常用來作為節食的食物。

蘆筍燴竹笙。

受到西方文化的薰陶，日本人更著迷於蘆筍的魅力。他們講究地將蘆筍分成兩段式烹煮：水滾後，將底部的粗大莖先燙 1 分鐘，然後再整株燙熟，並迅速放入冰水中待涼，以保持鮮嫩與脆度。台灣的西式餐廳也發展出用鋁箔紙包裹蘆筍，加一點奶油烤過食用；這樣的做法雖然簡捷而美味，但講求健康意識的食客卻驚恐鋁箔帶來的後遺症，一般家庭並不採用這樣的烹調手法。

烹煮蘆筍宜以不鏽鋼或陶鍋小火煮熟，可以保持蘆筍柔軟的口感，而且還可保存更多的維生素。綠蘆筍的尖端部分含豐富的胡蘿蔔素，但白蘆筍因未曾經過光合作用，因此幾乎不含胡蘿蔔素。蘆筍含有許多建構肝臟、腎臟、皮膚及骨骼的重要元素，對於製造紅血球亦有極大的幫助，是良好的蔬菜之一。美國醫學界將蘆筍與百合根、奇異果並列為三大抗癌蔬果之一。

蘆筍羽狀的擬葉莖在早期有一項重要的功能，是種植蘆筍的另外收穫：姿態優雅清柔的蘆筍「葉」，被用來做為新娘捧花的裝飾，頗有「蕾絲」清柔的效果，在 20~30 年前是重要的插花材料。不過這些羽狀物乾燥或落葉後到處飛揚，不僅形成污染而且打掃不易，當環保、健康意識逐漸抬頭的同時，蘆筍的另一項用途也慢慢消失了！

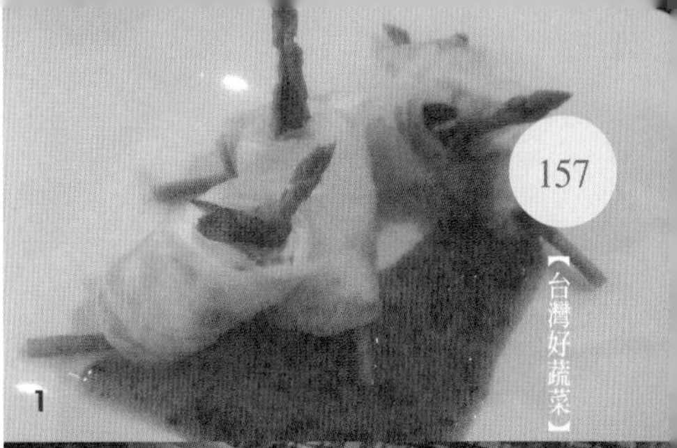
1

2

3

4

1.蘆筍粉皮蝦。 2.白蘆筍的價位較高。
3.由冠根生長出來的嫩莖即是我們食用的蘆筍。
4.蘆筍汁曾是台灣風行一時的飲料。

根莖菜類03

茭白筍

Zizania aquatica

THE WONDERS OF VEGETABLES IN TAIWAN

■性味：性寒味甘，入脾、胃、膽經，適合偏熱體質。

■成分：蛋白質、脂肪、醣類、鞣質、纖維、尼克酸、菸草酸、鈣、磷、鐵、維生素B1、B2、C。

■功效：清熱涼血、除煩消渴、利尿通便、降壓解毒。

【茭白筍的作用】

1. 茭白筍含有核黃素，能促進生長發育、強壯體質。
2. 茭白筍含有菸草酸，具有組成輔酶的作用，能促進消化功能，減少脂肪在體內沉積。
3. 茭白筍含有鞣質成分，與豆類等加工食品同食容易形成草酸鈣，不易在體內溶解而形成結石，結石、痛風患者應避免大量食用。

【健康料理】油燜茭白筍

◎材料：茭白筍 300 公克、麻油少許、醬油少許。

◎作法：茭白筍切小段，麻油炒熟後加醬油調味。

◎養生功能：清熱、整腸，適合便秘患者食用。

【茭白筍紀事】

Zizania aquatica，禾本科，一年生水生，株高 1~3 公尺；劍形葉互生，短莖由莖基生之葉鞘包被，莖芽發育後為菰黑穗菌寄生成為肥大的病態莖，菰黑穗菌成熟後產生孢子囊群，形成黑色斑；雌雄同株，花淡紫色；穎果含澱粉質，可食。英文名稱 Water rice，Wild rice，Edible grass-stem，別稱美人腿。

清明節過後不久，茭白筍就會陸續上市，一直到中秋節過後，市面上都還能有茭白筍的蹤跡，只不過價錢會隨著產量多寡而增減，最便宜的夏季都還能賣到一斤 40 元左右，是屬於中等價位的蔬菜。產地以南投縣埔里鎮最具知名度、產量也最多，此外台北縣三芝鄉的「美人腿」也有很好的口碑，品質可媲美埔里；近年來宜蘭礁溪也有溫泉茭白筍的生產，與溫泉空心菜有著同樣的特殊風味。

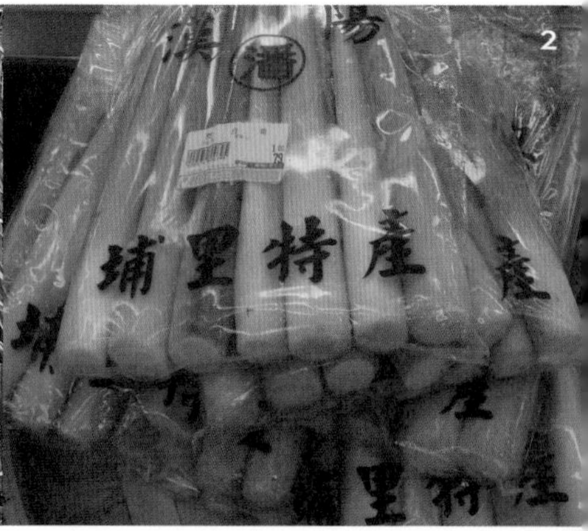

1.茭白筍原產於東南亞一帶的沼澤、水塘等地方，是中國古老的蔬菜之一。 2.茭白筍產地以南投縣埔里鎮最具知名度

茭白原產於東南亞一帶的沼澤、水塘等地方，是中國古老的蔬菜之一，古稱「菰」，亦稱「菰米」，日本人稱為「真菰」。古書《別錄》中的分類尚有茭、蔣，中心薹謂之菰首，俗呼茭白，亦曰茭瓜等稱呼。《湘陰志》記載：茭草吐穗，開小黃花，實結莖端，細子相膠，大如指，色黑。小兒剝出，煨熟食之，味亦香美，謂之茭杷，即菰米也。《救荒本草》亦說明菰根謂之茭筍，今京師所謂之茭耳菜也。

詩人張結形容茭白筍曰：「金風送爽坼碧璽，玉圭千本水中奇；問君胸懷何所思，墨痕點點心中泣。」這首詩說明了文人觀察植物蔬菜的細微；我們所吃的茭白「筍」，實際上是一種由菰黑穗菌寄生而產生的病態莖。當採收到過熟的茭白筍時，會發現中心處有黑點，那是菰黑穗菌所形成的孢子囊群，使茭白筍的內部產生黑色斑點而老化。沒有菌絲寄生的植株則會抽穗開花不生筍，即是所謂的「雄株」。這種菰黑穗菌侵入茭白的莖部，刺激莖內的細胞膨脹，形成所謂的「茭白筍」。茭白的花是淡紫色，雌雄同株，但近代以來栽植茭白筍是為了食用它的嫩莖，一般栽植很少讓它開花。

最嫩的茭白筍幾乎看不出莖中有「黑斑」，但是只要過個兩、三天，菰黑穗菌會逐漸增生，使得黑點不斷擴大、明顯，雖然不好看，但是對於食用並無妨礙。茭白筍在水田中，若是天氣太熱，使得田水溫度太高，會令菰黑穗菌的孢粉「溶解」在水中，讓田水變成「墨汁」，那麼菜農的辛勞可就白費工夫了；水溫，特別是早晚溫差極大的氣候，是種植茭白筍最大的剋星。

茭白自古以來一直是普遍的日常食物，只不過隨著生產領域及飲食文化的轉變，食用的部位和方式也有了極大的差異。古代吃茭白食用的部位是種籽；茭白抽穗、開花、然後結實，去殼後種籽與米相似，俗稱「菰米」。宋朝之後菰米的食用日益沒落，或許是菰米成熟期不一致，種實容易脫落，收穫量不穩定；也或許是人類掌握了更好的栽培技術，轉而食用被菰黑穗菌寄生

3.菰黑穗菌侵入茭白的莖部，刺激莖內的細胞膨脹，形成所謂的「茭白筍」。　4.油燜茭白筍。

的肥大莖部。同樣的食物卻在千年之間轉變了不同風貌，飲食文化其實是不斷地隨著不同空間與時間而轉進。

雕葫飯是周秦至唐宋時期，雖非日常食膳卻頗具特色的食物。雕葫即是菰，也就是茭白，它的種實稱為雕葫米。楚國宋玉在《諷賦》中曰：「主人之女為巨，炊雕葫之飯。」杜甫的詩句有：「波翻菰米沉勻黑」。說的都是以茭白的種實炊飯而食。《齊民要術》中記載了如何椿雕葫的做法：「將菰的種實，盛在熟皮口袋裡，把菰米椿碎，但不椿成粉末，亦放在口袋中，裝滿後繫緊袋口，取袋在板上反覆搓揉，以使穀殼脫落。」雕葫飯的芳香甘美，以皮日休的詩最令人嚮往：「雕葫飯熟醍醐軟，不步高人不合嘗。」李白曰：「跪進雕葫飯，月光明素盤。」陸游更有對雕葫的讚美：「二升菰米晨炊飯，一碗松燈夜讀書。」對陸游而言，讀書是心理的最高享受，菰米飯則是生理的最大滿足。

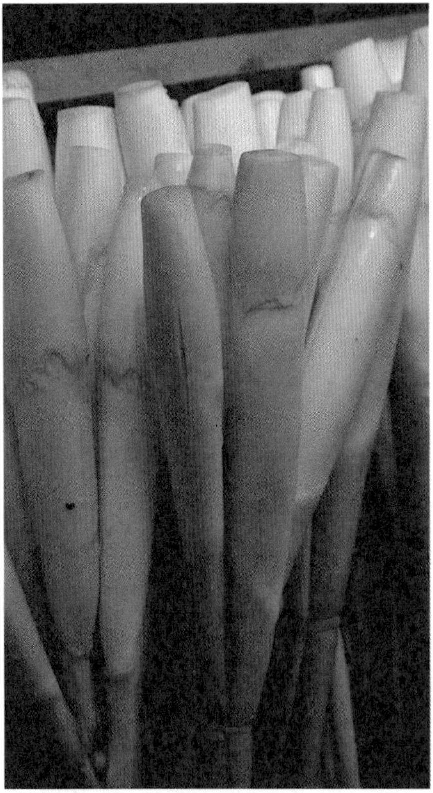

清明節過後不久，茭白筍就會陸續上市，一直到中秋節過後，市面上都還能有茭白筍的蹤跡。

【台灣這樣吃茭白筍】

台灣人稱茭白筍為「腳白筍」，說它像女人的腳一樣白皙，又有一個令人遐思的名稱「美人腿」，因為莖的末端細細地，整支像似豐腴的美人腿。台灣的茭白筍口碑很好，國外的觀光客，尤其是日本人常驚艷它的鮮嫩清爽，認為是台灣得天獨厚的蔬菜，日本雖然也有茭白筍，但質地粗糙，不甚具有滋味，不若台灣的茭白清甜甘美。

早期台灣人吃茭白筍很乾脆，就是白炒或是加點肉絲一起烹調。10多年前開始有了一些變化：滾水白煮後，置於冰箱涼透，取出切薄片沾美乃滋、醬油，或是山葵醬調蜂蜜食用，是夏季很受歡迎的蔬菜。年輕人吃茭白大多是在烤肉的時候，將茭白筍用鋁箔紙包好，烤熟了沾點烤肉醬吃，或是「白吃」，吃它平淡中的甘甜滋味，正好能夠中和一下烤肉的油膩。

其實，利用檸檬香茅、香蒲或是幾枝迷迭香等香草與茭白筍一同水煮，讓香味滲入茭白筍，吃起來別有一番風味！

茭白為禾本科一年生水生植物，株高1～3公尺；
劍形葉互生，短莖由莖基生之葉鞘包被。

根莖菜類04

竹　筍

Bambusa oldhami

THE WONDERS OF VEGETABLES IN TAIWAN

■性味：中性，性寒味甘，入胃、肺經，適合熱性體質。

■成分：多纖維素、蛋白質、碳水化合物、菸草酸、氨基酸、色氨酸、蘇氨酸、賴氨酸、鈣、磷、鐵、維生素B、C。

■功效：消食健胃、清肺化痰、清熱消炎、益氣利膈、消痰消渴、利尿消腫、抗癌、降血糖熱咳痰多、口乾便秘、久瀉久痢、浮腫腹水、瘡瘍。

【竹筍的作用】

1. 竹筍性質寒涼，含多量的粗纖維和不易溶解的草酸鈣，對於胃潰瘍、胃痛劇烈、胃出血、腎炎和尿路結石、肝硬化、食道下端靜脈曲張以及久瀉虛脫的患者，應謹慎食用。
2. 竹筍含有大量草酸鈣，會影響人體鈣質的吸收，生長發育時期的孩童不宜多食；草酸鈣不容易溶解，與豆腐類同食，容易產生結石現象，有痛風或尿酸偏高者，應特別留意。
3. 竹筍具有高蛋白、低脂肪、低澱粉、多纖維的特點，經常食用可減少體內脂肪之積蓄，促進食物發酵，幫助消化及腸胃的蠕動。
4. 鮮筍煮鯉魚湯，是早年用來治療小兒痲疹、風疹及水痘初起時的食膳療法。
5. 鮮筍與大米煮粥食用，對於久瀉、久痢的人極為合適。
6. 筍為發物，毛筍尤甚，凡病中、病初癒、產後、潰瘍初癒者或過敏體質者，以不食為佳。

【健康料理】海帶芽竹筍

◎材料：竹筍300公克、海帶芽50公克。

◎調味料：醬油一大匙、糖一小茶匙、鹽一小茶匙、香油半匙

◎作法：1. 竹筍用足量的水，連殼大火煮透。
2. 撈起煮透的竹筍迅速放入大量冰水中。
3. 將涼透的竹筍去殼，切滾刀塊備用。
4. 海帶芽用滾水泡開膨脹後撈起，充分去除水分。
5. 竹筍與海帶芽及調味料拌勻。

◎養生功能：適合腸胃蠕動不佳者，有清熱解毒、涼血利尿功能。

1.綠竹的竹林。

2.採收箭竹筍。

【竹筍紀事】

Bambusa oldhami ，禾本科，多年生常綠性；株高 4~8 公尺；稈徑 5~7 公分，稈皮與葉皆為綠色，竹稈中空有節，內層有白色膜，節間 25~40 公分；地下莖合軸叢生，側面萌生嫩芽，未出土前採收，為新鮮竹筍，筍形呈牛角彎曲狀，筍身籜葉俗稱筍殼，略金黃色微棕色，光滑無毛，重約 0.2~0.8 公斤。夏季盛產，英文名稱 Green bamboo shoot ，別稱綠竹筍、筍仔、綠竹仔。

竹筍產期依品種各有不同，麻竹筍、綠竹筍、箭竹、桂竹等都在春夏季上市，孟宗竹冬筍在 11 月至翌年 2 月，春筍在 2 月至 5 月之間。竹是中國特有的植物，已有久遠的栽培歷史，竹類品種繁多，本省常見的有包籜箭竹、綠竹、麻竹、黃金竹、稚子竹、葫蘆竹、孟宗竹、觀音竹等。竹與松、梅並稱歲寒三友，由於其莖桿中空有節，被視為具有「謙虛」的美德，是中國人心目中謙謙君子的象徵。

竹子和篁竹經常被混為一談，一般而言，大形為竹，小形為篁，是粗略的辨識法，此外成長後脫皮者為竹，不脫皮者為篁，亦是簡易辨識法。英文 Bamboo 經常被翻譯成竹子，事實上竹子並不等同於 Bamboo 。 Bamboo 沒有地下莖，而且叢生如芒草，竹的同類有竹、篁和 Bamboo 三種。竹子科名 Bambusa 為東印度的通稱語，概括多屬的科名。

青鬱挺直、樸實無華的竹子，與漆、桐、樟、梓等同是中國重要的五大經濟林木。竹類植物在全世界約有 120 屬， 1000 餘種，中國有 37 屬， 400 多種，約佔全世界竹種三分之一強。竹類生於熱帶及亞熱帶地區，尤以季候風盛行的地方為多，但也有一些種類可分布到溫寒地帶以及海拔 4500 公尺以上的山區。全世界以亞洲和拉丁美洲最多，其次是非洲，北美洲與大洋州更次之，歐洲則無鄉土竹種。竹類常與其他植物相伴生，散生竹常形成純林。

3.美味的箭竹筍。

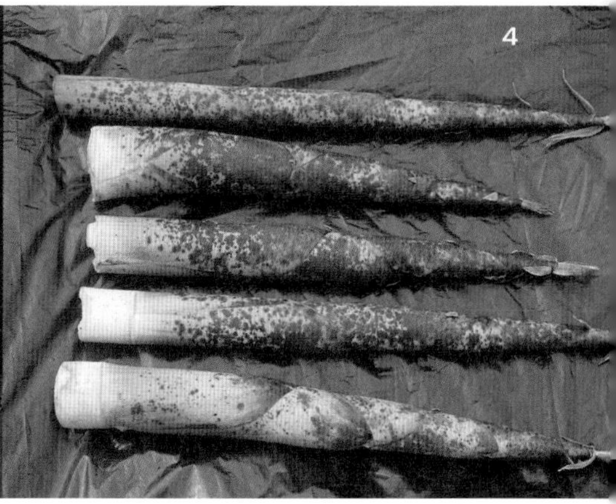

4.剛採收的桂竹筍。

根莖菜類04

竹 筍

Bambusa oldhami

THE WONDERS OF VEGETABLES IN TAIWAN

中國現存最早的《竹譜》，是晉朝戴凱之所撰寫，書成於五世紀中期。至於有關竹子的歷史，則在《山海經》、《易經》、《詩經》、《禮記》、《周禮》等書中，早有竹子與人類生活的相關記載。明、清時代，種竹、用竹極盛，而且逐漸北移。除了與民生息息相關之外，竹林也逐漸成為生活情趣的重心；為了皇親貴族欣賞，以竹營造庭園，達到頂峰。這些規模龐大的皇家園林，不僅無園不竹，而且面積廣闊，例如明代武清侯李傳的李園、米萬鐘的勺園；清代的圓明園、清漪園、靜明園、靜宜園等。

竹是多年生木質化植物，具有地上和地下的軸器官，軸具節，各節生芽。地下軸各節的芽，可萌發成地中橫走的竹鞭和地面稈。新稈的生長有季節性，在溫帶氣候下，一般開始於春季或秋季；在熱帶氣候下，則是從雨季來臨時開始生長；在溫暖而全年常有間歇性降雨的地區，通常多連續生長。

竹類的葉器官有兩種，一為莖生葉，生於軸器官之各節，其鞘部通稱為「籜鞘」，鞘部的先端或具葉片，通稱籜片（籜葉），無柄，或因葉片退化呈小尖頭或芒狀。另一種為營養葉，與莖生葉明顯不同，有葉鞘、葉片與葉柄，葉片有明顯的中脈與平行的次脈和再次脈、小橫脈。葉鞘頂端有葉舌，葉舌明顯高出或很低矮至看不見，在葉片基部兩側有或無明顯的葉耳，耳緣有或無剛毛。

竹花由鱗被（漿片）、雌蕊、雄蕊組成，鱗被通常3枚，罕為不存在；雄蕊通常為3~6枚，常做為分屬特徵，雌蕊由子房、花柱及柱頭三部份組成，竹花外包有外稃、內稃和帶有小穗軸節間一段，構成小花。

竹類的果實大都為穎果，果皮緊貼種皮，但有些竹類的果可為囊

1.夏天是挖綠竹筍的季節，從3月份起一直到6~7月都能進行。

2.綠竹的竹葉是包粽子的材料。

果、堅果或梨果，正常情況下只含一粒種子而不開裂。梨竹（*Melocanna baccifera*）的梨果呈卵形至球形，胚成活期明顯短於禾草，其果實因呈梨型而得名，可食用。在某些種類中，胚無休眠期，梨竹的果實甚至有胎生現象，即果實在落地之前以在母株萌芽。

許多人認為竹子開花是不常見的事情，有人因此害怕竹子開花，他們認為竹子開花是不吉利的現象。其實，植物開花結果是傳種接代的一種方法。桃樹的一生可以開花結果許多年，小麥的一生卻只能開一次花、結一次果，就完成了生命週期。至於馬鈴薯則用另外一種方法來傳種接代；馬鈴薯的塊莖上有許多芽眼，每一個芽眼種在地裡就會成長萌芽，成為新的植株。

竹子則是利用地下莖來繁衍下一代，它的地下莖就是在地底下橫著生長的竹鞭。竹鞭一節一節地橫生著，節上的鬚狀物就是根，每個節上還有一、二個幼芽，有的幼芽會長成筍鑽出地面來，長大成竹子，有的幼芽會長成新的竹鞭。人們要移栽竹子，常常是把竹子連地下的竹鞭一起挖出來，再將其種下地。有了竹鞭，竹鞭上的芽就會長成筍和新的竹鞭，不需幾年，就會長成一片竹林。竹子主要是用地下莖繁殖，所以一般不常見到它開花結果。但是，靠塊莖和地下莖繁殖的植物，並不是永遠不開花結果的，馬鈴薯就常常開花結果；竹子在特殊的情況下，也會開花結果。

竹子喜歡生長在肥沃、濕潤、疏鬆的土壤。在這樣的土壤裡，它可以吸收到足夠的養料和水分，竹鞭才能自由伸展，不斷地長出新的竹筍和竹鞭來。可是有些竹林年代久了，竹鞭長得又多又老，擠在一起，使土壤變得硬而結實，土壤不再有足夠的營養供給，竹鞭因此無法繼續生長，竹子逐漸衰老，葉子發黃，枝端長出花芽，然後開花結果。竹子在開花結果的時候，將植株裡的養分耗費殆盡，所以開花結果以後，這片竹林就枯黃死去了。

竹子大多生長在熱帶和亞熱帶，喜歡溫暖潮濕，如果天氣突然變冷或者碰

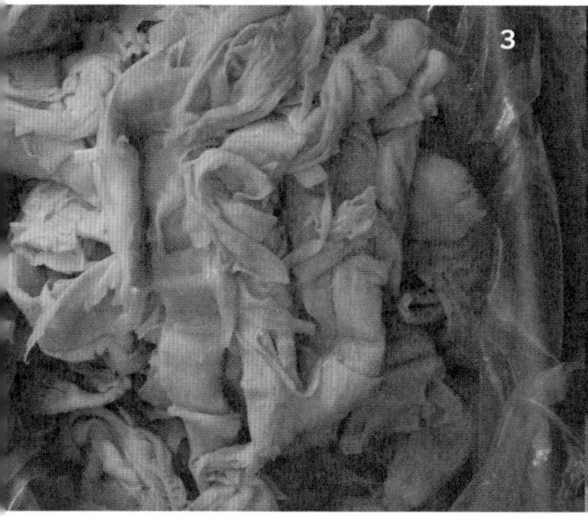

3.筍乾。

4.鹹菜筍絲是家常的台灣小菜。

到大旱，許多竹林也會同時開花結果而死去。因此竹子開花結果，是由於衰老或者生長條件不適合，不得不以另一種方法傳種接代，並無奇怪或不幸的預兆可言！

由於農業、園藝技術的精進，已然揭開竹子開花的秘密，只要經常將竹林鬆土，挖掉一些過老的竹鞭，及時施肥澆水，就可以防止竹子開花。當然，也不是所有的竹子一開花就會全部死亡；有些竹子，像籊竹和箭竹，每年都會開花；思簩竹，每三年開一次花；牡竹，每七年、十五年或二十至二十五年開一次花，它們常常不是開了一次花就會枯死殆盡的！

竹子的花很像麥穗，沒有鮮艷的花朵，與麥同為禾本科家族的竹子，其果實也很像麥粒，先民經常取來作為糧食食用，稱為「竹米」。有些竹子的果實很堅硬，像花生米，還有些竹子的果實有很多的汁液，這些果實煮熟了都可以食用。竹子結的種子播灑在地上，能長出小竹苗來，只是不如用竹鞭繁殖來得迅速，因此人們極少使用播種的方式來栽種竹子。

人們形容某種事物快速、蓬勃地發展，喜歡用「雨後春筍」這句成語來形容。為什麼下雨之後，春筍長得特別快呢？原來，竹子是一種屬於禾本科的常綠植物，它的地下莖是橫著長的，中間空心，和地上的竹子一樣有著節，在節上長著許多鬚根及新芽。如果新芽得到了充分的營養，便會萌發成為竹子。有時芽並不長出地面，只在土壤裡成長，當它還幼嫩的時候，挖出來食用，稱為「邊筍」；在秋冬時養分充足，芽常常在土壤裡生長，外面包著筍殼，不露出地面，這就是「冬筍」。冬筍等到新春來臨，漸漸升出地面，生長許多幼根，呈嫩綠色，行家稱為「筍奶」。

1.竹子的籜葉。

2.水煮桂竹筍。

邊筍、冬筍、筍奶都是長得比較緩慢的，可是地下莖節上的芽到了春天就不同了。在春天，芽得到了足夠的養分和水分後，便會升出地面，其外有殼，稱為「春筍」，春筍味道鮮美，是美食家的最愛。一般竹子在冬季時得到充足的養分，到了春季氣候轉趨暖和時，便開始萌發，這時候常常因土壤還比較乾燥，水分不夠，所以芽暫時窩在土壤裡，好像箭在弓上尚未發射出去一般。待得一陣春雨滋潤之後，土壤中水分一飽足，春筍就如同箭被射出一樣，紛紛竄出土面。因為春天溫度比冬天高得多，春筍也就比冬筍長得快；所以挖春筍要及時，動作慢了，春筍就長成竹子了！

許多樹木都會越長越粗，許多木本植物更是粗壯到令人難以置信的地步。中國的北方有些梨樹長了幾百年，需要幾個壯漢牽手接起來，才能把它的莖幹圍抱起來！還有些植物，例如世界爺杉，樹幹非常龐大，把它的樹幹挖通了，可以容許一輛汽車行駛通過。

竹子就大不相同，竹子也能生長許多年，但是它的莖長到一定的程度後，就不再長粗了，年齡再大，也只能長到一定的程度。一般樹木大多是雙子葉植物，不過竹子卻是單子葉植物；單子葉植物莖的構造和雙子葉植物有很大的區別，最主要的區別就是單子葉植物莖的維管束中沒有形成層。如果把雙子葉植物的莖切成很薄的薄片，放在顯微鏡下面觀察，可以看一個一個的維管束，維管束的外層是韌皮部，內層是木質部，在韌皮部與木質部之間夾著一層薄薄的形成層。不要輕忽了這層薄薄的形成層，樹木能夠長得如此粗壯，可都全靠了它才能形成。形成層是最活躍的，每年都會進行細胞分裂，產生新的韌皮部和木質部，於是莖部就會一年一年粗壯起來。若是將單子葉植物的莖切成薄片放在顯微鏡下面觀察，也可以看到一個一個的維管束，維管束的外層同樣是韌皮部，內層是木質部，但是韌皮部與木質部之間，並沒有一層活躍的形成層。所以單子葉植物的莖，只有在開始長出來的時候能夠長

3.滷桂竹筍。

4.日式拉麵少不了的筍乾。

粗，到一定程度後，就不會長粗了。除了竹子以外，小麥、水稻、高粱、玉米等都是單子葉植物，所以它們的莖並不會越長越粗。

竹子一身是寶，它的質地堅韌而富彈性，剛柔並濟，用途十分廣泛。宋朝的大文學家蘇東坡先生，一生愛竹成痴，他說：「居無竹，令人俗。食無肉，令人瘦。若要不俗又不瘦，每餐還須筍炒肉。」蘇軾種竹三千，經常用竹籜來做為鞋子的襯底。認為人類食衣住行皆離不開竹子：「食者竹筍，庇者竹瓦，載者竹筏，履者竹鞋，衣者竹皮，書者竹紙，真可謂一日不可無此君也。」

喜歡吃竹筍的除了東坡先生之外，還有大詩人白居易，他如此地形容食筍的情境：「置之炊甑中，與飯同時服。紫籜坼故錦，素肌擘新玉。每日遂加餐，經時不思肉。久為京洛客，此味常不足。且食勿躑躅，南風吹作竹。」宋朝揚萬里更別出心裁地寫了一首煮筍詩：「嶺南市裡筍如酥，筍味清絕酥不如。帶雨冗來和籜煮，中含柘漿新甘露。可齏可燴最可羹，繞齒蔌蔌冰雪聲。不須冗筍莫成竹，頓頓食筍莫食肉。」明代高啓亦起而效尤地做了一首燒筍詩：「幽然嗜燒筍，出土不容長：林下孤煙起，風吹似竹香。」字裡行間，令人對田園生活起了無限嚮往。

【台灣這樣吃竹筍】

台灣人吃竹筍，可算是功力高深。由於環境因素所致，生產竹筍的季節從夏到冬都有；筍農更培育出溫熱法，在冬天以草、竹葉厚厚覆蓋於竹幹根部，讓產生的熱氣循環，有利促進竹筍的生長，如

海帶竹筍。

此幾乎整年都能採收麻筍。麻竹是大型竹筍，通常用來製作筍乾、筍片等，每年換取相當的外匯，日本人最喜愛台灣的筍乾製品，是他們烹調拉麵不可或缺的食材。

筍乾作成的料理很多，常見於筍絲鹹菜以雞皮或雞油等滷煮，風味獨特，是吃滷肉飯時最佳的小菜，這道菜也能在賣烤雞、油雞的專賣店買到。至於另一種酸筍片、酸筍絲，則是煮湯的最佳食材，取來煮排骨或雞湯特別開胃，也具有醒酒的功效，在非產季的季節裡，酸筍經常被取代使用。

夏天是挖綠竹筍的季節，從3月份起一直到6~7月都能進行。趁著晨間天色尚未明亮、露水未乾之際，在竹下找到略有裂縫的地方，鋤頭下去就能挖到鮮美肥嫩的竹筍。採收的竹筍即使離了土壤依舊會老化、纖維粗糙，如何保存竹筍的鮮美幼嫩是一項大學問；外婆的家傳秘方是灑些鹽在鮮挖的筍身上，並放入冰箱中冷藏，如此可保持竹筍鮮嫩可口。如此處理，即使是上班族也不擔心早上買的竹筍到了晚上變成「竹子」。綠竹筍是滋味最甜的一種筍，因此最受歡迎的吃法是白水煮開，沾醬油或美乃滋做為涼菜；煮排骨湯也很對味，綠竹筍本身特有的鮮美，是不需任何手藝都能嚐到新鮮的珍味。小時候每當家裡煮筍，孩子們就會跟在後面等著收「筍針」，取來玩家家酒，是醫生注射病人的「針」。

親戚是「做山」的，因此家裡常收到一簍簍的麻筍，吃不完亦無浪費的道理，於是跟著外婆製作醬筍；一斤麻竹筍以二兩鹽、四兩糖、一兩豆脯的比例，將竹筍切塊放入玻璃罐中，再放入拌勻的醬料，放在陰涼處，醃漬大約四個月左右即可食用。這種醬筍越陳越香，麻筍軟糜甘醇，除了用來佐粥之外，年節時期也用來煮雞湯等。將醬筍與糖及酒調勻，用來塗抹雞胸肉，置放數小時待之入味，然後用大火蒸熟，這種醬筍雞脯冷熱食用風味均佳，客人來時常用來招呼下酒，風味獨特，是外婆的拿手菜餚。

筍的美味來自於構成蛋白質的氨基酸，竹筍獨特的酸甜味，是蓚酸等酸質成分所產生的結果，這種酸質會使鈣變得沉重，而容易成為結石的原因，所以竹筍應先去除苦澀味再行烹煮。去其苦澀味，可在外皮縱向切入，然後以洗米水和1、2條辣椒同煮一小時後，以冰水沖涼，再剝去外皮烹調。

竹葉與竹籜是包粽子的重要材料，但我家有一道獨特的手法使用竹葉；將竹葉包裹五花肉，用炭爐小火慢燉紅燒，這種紅燒肉香氣濃馥，不僅有竹葉的清香，還有肉類獨特的香膩，叫人沉酖於滿足的喜悅。大片的竹葉有各種用途，除了吃，也被外婆拿來做為枕蕊；最愛偷睡這種竹葉枕，清香的氣味不僅消去火氣，也有著催眠作用，深吸一口的竹葉香還沒傳達到腦中，睡蟲就已經先報到了。細小的竹葉經過曬乾後，也是夏日青草茶中的一味，喝上一碗竹葉清茶，夏日的暑氣完全受到撫慰，再也無法囂張肆虐。

竹筍雖然營養價值不高，但是含有豐富的纖維，對於便秘的消除很有幫助，由於熱量極低，常被用來作為減肥的食品。

根莖菜類05

蘿蔔

Raphanus sativus

THE WONDERS OF VEGETABLES IN TAIWAN

■性味：鹼性，性平涼味甘辛，入胃、肺、膀胱經，適合偏熱體質。

■成分：木質素、萊菔腦、澱粉酶、消化酶、芥子油、菸草酸、鈉、鈣、磷、鐵、胡蘿蔔素、維生素B1、B2、C。

■功效：消積滯、清熱生津、寬中下氣、潤肺止渴、活血化瘀、健脾止瀉。

【蘿蔔的作用】

1. 蘿蔔含有一種醣化酵素，能完全分解食物中致癌物質亞硝胺鹽。
2. 蘿蔔含多量木質素，具有抑制癌細胞活化的作用。
3. 蘿蔔含有芥子油，具有促進腸胃蠕動的功能，能分解脂肪的堆積、排除體內宿便，預防膀胱結石。
4. 蘿蔔含有澱粉酶、氧化酶，具有幫助消化、促進食慾的功能。
5. 蘿蔔含有粗纖維，能促進腸蠕動、排除脹氣，使宿便通暢，並將大便中的有毒物質排出體外。
6. 蘿蔔的綠葉含豐富鈣質，榨汁飲服，能抑制癌細胞的生長，並具有舒緩眼出血、牙齦出血、喉嚨痛等症狀的功能。
7. 蘿蔔葉曬乾後，用來煮水泡浴，具有溫暖身體的效果。
8. 蘿蔔為低嘌呤食物，適合痛風、尿酸偏高患者食用。

【健康料理】蘿蔔橄欖茶

◎材料：蘿蔔600公克、橄欖100公克、水1600C.C。

◎作法：蘿蔔洗淨不去皮，切小塊與橄欖及水同煮代茶飲用。

◎養生功能：舒緩咽喉炎、扁桃腺炎、支氣管炎、消化不良等症狀

【健康料理】蘿蔔養氣湯

◎材料：大型蘿蔔一條、干貝5顆、鮑魚罐頭一罐、水600C.C。

◎做法：1. 干貝先用熱水浸泡一夜，再蒸30分鐘。

2. 將蘿蔔與干貝及鮑魚湯汁、水燉煮30分鐘。

3. 加入鮑魚片同煮，待湯汁再次煮開即可。

◎養生功能：滋陰養氣、寬中止渴之功效，糖尿病患者不加干貝。

1.剛採收的本地蘿蔔。

2.蘿蔔的葉片呈梅花羽狀裂片，葉梗頭端小葉，主葉脈一根。

【健康料理】麥芽蘿蔔汁

◎材料：蘿蔔一條、麥芽 100 公克。

◎作法：蘿蔔洗淨榨汁，調和麥芽糖溫飲。

◎養生功能：祛風邪、咳嗽、頭痛及聲音沙啞。

【健康料理】蘿蔔甘蔗汁

◎材料：生蘿蔔汁 1 杯、甘蔗汁 1 杯。

◎作法：兩汁調勻飲用

◎養生功能：具清熱、解毒、化痰功效，適合急性扁桃腺炎患者。

【蘿蔔紀事】

Raphanus sativus ，十字花科， 1~2 年生草本；株高 40~80 公分；葉片呈梅花羽狀裂片，葉梗頭端小葉，主葉脈一根；小花白色、淡黃色、紫色，花瓣 4 枚，十字對生；塊根圓柱狀、橢圓形、長筒形、細長形、圓錐形、紡錘形等。英文名稱 Radish ，別稱菜頭、萊菔。

蘿蔔於冬季開始上市，春節前後最是美味。台灣種植蘿蔔最少有百年之久，最初由大陸移民引入栽培，很快地就成為台灣具代表性的蔬果之一，各地都有栽培，彰化、南投、雲林、台南等地都有專業栽培。蘿蔔是大宗的冬季蔬果，價格低廉，傳統市場的菜販總是將一簍簍的蘿蔔倒在地上，一條 10 元，任君挑選。

根據記載，蘿蔔最早出現在 5000 年前的地中海沿岸、高加索地區與巴勒斯坦等地，是建築埃及金字塔的工人們最常食用的食物之一。從埃及傳入中國之後，迅速地被廣為栽植。歐洲地區希臘遲至 15 世紀，法國在 16 世紀才有

3.蘿蔔的花是典型的十字花科特徵。

4.蘿蔔的角果。

根莖菜類05

蘿　蔔

Raphanus sativus

THE WONDERS OF VEGETABLES IN TAIWAN

栽培的紀錄。蘿蔔是印歐語系的漢音直譯，由於傳入地區有別，而分為華南與華北品系，傳入日本的蘿蔔以華南品系居多。

蘿蔔有許多舊稱，根據《爾雅翼》記載：葖、蘆萉。《爾雅》釋曰：紫花菘也。俗呼溫菘，似蕪菁，大根，一名葖，俗呼雹葖，一名蘆菔，今謂之蘿蔔。《東坡雜記》中記載了王安石治療偏頭痛的藥方，云是禁中秘方：「用生蘿蔔汁一蜆殼，注鼻中，左痛注右，右痛注左，或兩鼻皆注亦可，雖數十年患，皆一注而愈。」

蘿蔔含有豐富的維他命C與澱粉分解酵素的澱粉　。澱粉　以生食效果最佳，具有幫助消化的作用。燒烤物容易有致癌物質酶而蘿蔔泥中的澱粉　有防止油脂酸化的作用，這些作用正可抵抗致癌物質，因此日本人將蘿蔔泥與燒烤食物一起食用，含有極深的飲食意義。由於蘿蔔磨成泥後，30分鐘後會流失20％的維他命C，因此食用前才處理蘿蔔較為理想。蘿蔔的前端含有辛辣味的硫化合物，不過加熱後會轉為可口的甘香。

蘿蔔葉含豐富的維他命C、鈣與胡蘿蔔素，在《素女經》中記載著素女因經常食用蘿蔔葉飯因此長命百歲，身體健康輕盈，容貌依舊青春美貌。在民間療法中，蘿蔔葉用來入浴，也具有預防罹患婦女疾病的效果。

蘿蔔與胡蘿蔔同煮，是很多餐館的習慣，事實上胡蘿蔔含有破壞維生素C的酵素，如果兩者同煮，胡蘿蔔正好將蘿蔔的消化酶及維生素C破壞殆盡。宜將兩者分別煮熟後再同煮，或於煮胡蘿蔔時加入一些食用醋，如此能將胡蘿蔔的抗壞血酸酶作用降至最低。

吃蘿蔔還有一個忌諱，蘿蔔這一類的十字花科蔬果，會產生一種

1.紅心綠皮的蘿蔔被稱為「心裡美」。

2.綠色的蘿蔔。

硫氫酸鹽的物質，在體內代謝成抗甲狀腺的物質「硫氫酸」。由於柑橘的類黃酮素在腸道被細菌分解成苯甲酸，會抑制甲狀腺的功能，因此蘿蔔若與柑橘類同時食用，往往會誘發甲狀腺的腫大。

【台灣這樣吃蘿蔔】

「菜頭」是台灣對蘿蔔的稱呼，食用的歷史悠久，是生活中重要的蔬果之一。蘿蔔在冬季最甜美，用來煮湯可搭配各種材料，葷素不拘。許多自助餐館裡，喝湯免錢，大多送的是蘿蔔湯，偌大的桶子裡擱兩塊豬大骨，熬出來的蘿蔔湯卻是美味有加，老闆的愛心讓遊子、學生、勞動階層都能享受一份溫暖。蘿蔔皮也是珍貴的食材，取來與頂端的莖葉一起切細，用輕鹽醃個幾分鐘，然後擰去澀水，並以豬油炒熟，不夠鹹的話就加一點兒醬油，連味精都省了，是一道美味的小菜，用來作為便當的配菜適合極了！

很懷念吃蘿蔔沾醬油的日子！小時候看廟會演戲，在戲棚子下方會有賣蘿蔔湯的小販，五毛錢可以買到 3 塊蘿蔔和兩顆比彈珠大一些的小魚丸，還有一小碗湯可以喝，那時候還不流行加一點兒芹菜珠或香菜之類的香料物，但是單純的食物反而更令人懷念。小時候每逢廟會時期，心心念念的不是看戲，而是非常期待、開心地享受那種蹲坐在戲棚下吃蘿蔔湯的氣氛；耳邊亂哄哄的鑼鼓聲、吆喝聲、嬉鬧聲，小孩子的情緒可以 High 到極點，那就是台灣人說的「鬧熱」。蘿蔔沾醬油的滋味真是美妙，長大後蘿蔔魚丸湯成了懷念看戲日子的最美回憶！

除了湯，蘿蔔最大的貢獻就是被曬乾做成各種程度的蘿蔔乾，有整顆、條狀、粒狀，還有曬得極乾的「菜脯米」。保存良好的老蘿蔔乾用來煮雞湯成為保養元氣的補品，一般的菜脯則切細了調和蛋汁油煎，就是「菜脯蛋」，不管大小館子都吃得到，只是五星級飯店的台菜餐廳大概會多上 3~6 倍的錢

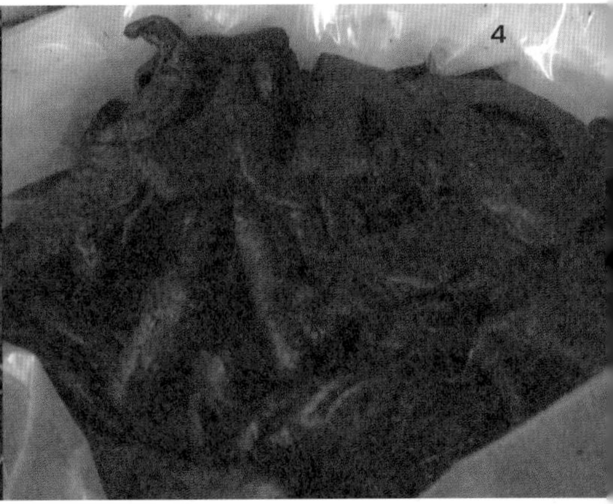

3.紅皮白心的蘿蔔。

4.儲存15年的老菜脯是煮湯的好材料。

左右。小館子炒飯，也用切碎的蘿蔔乾同炒；包粽子若是加入少許炒過的蘿蔔乾，米飯就會具有一種特殊的香氣與口感，令人食慾大增。

北部人包粽子先將糯米蒸熟，餡料炒過後撈起，剩餘的湯汁加上切碎的菜脯，倒入糯米中拌勻，再取來包成粽子，菜脯的香、口感都是吃粽子的大享受，調和了糯米的膩，也中和了餡料的油，這真是奇妙的創意。求學時吃不慣學校的食堂飯，因此經常在宿舍用菜脯炒飯帶便當，即使不蒸依然美味（後來發現豆漿店賣的鹹糯米糰，除了油條、肉鬆之外，放的也是菜脯。）。晚上下課回到宿舍，用大同電鍋的外鍋加熱後先煎「菜脯蛋」，再煮一鍋蘿蔔湯，配的還是菜脯炒飯，同學們聚在一起「打牙祭」，吃的都是蘿蔔，而且是山下農家送的免費菜，真是懷念吃蘿蔔的日子！菜脯米則細得像魚線，必須先泡水一段時間，然後擰乾了切碎，與蝦皮同炒，再以鹽、胡椒、少許糖，也許加一點兒醬油調色，炒香了之後，用來做為草粿的餡料，極受歡迎。

吃生魚片的時候就會想到蘿蔔絲，吃「天婦羅」的時候，也要有生蘿蔔泥調和。生蘿蔔泥含有豐富消化酶，能抑制致癌細胞的生成；而油炸、燒烤正是容易產生致癌分子的食物，吃烤肉、烤魚、油炸食物的時候，多多食用生蘿蔔泥，不僅對味也是健康概念。這樣

蘿蔔絲搭配生魚片。

的吃法雖然是道地的日本料理，但在台灣行之已久，已「歸化」台灣，成為飲食文化的一環了！

1950 年以前出生的人大多經歷過一段「菜脯根」配稀飯的日子，「菜脯根」指的是將收成後的蘿蔔田再翻一次地，挖出來發育不良、被淘汰的小蘿蔔，珍惜物資的人家取回去，用鹽重重醃漬後，取來佐粥之用。在小館子吃滷肉飯時，老闆都會貼心地給兩片黃蘿蔔「配鹹」，這種黃蘿蔔沿用日文發音稱為「takuan」，日文的漢字寫成「澤庵」，係在醃漬過程中加入梔子花的果實染色，現今多用食用色素，因此口感上很容易分辨。

以前蘿蔔是窮人的食物，如今身價不同；醃在角落無人聞問的蘿蔔醬缸，被尋找出來，漆黑如墨、甘香味醇的老蘿蔔乾用來燉煮雞湯，頓時變成滋補養氣的好食材，一鍋陳年老菜脯雞湯，等閒不易品嚐，通常是結伴到好朋友鄉下老家中，才會讓老母親端出這道菜來。

「煙台蘋果萊陽梨，比不上濰汸的蘿蔔皮。」一直不懂中國大陸這句順口溜；吃過煙台的蘋果也吃過萊陽的梨，覺得滋味確實是沒話說，但常想濰汸蘿蔔到底有什麼好吃？前幾年暑假到山東進行考古工作，路過濰汸，在休息站看見人手一隻蘿蔔白啃著，大是好奇，一嚐之下卻是十分失望，無滋無味水分亦不飽滿，比小黃瓜還遜色。觀看當地人連小黃瓜也是被當成水果一樣食用，不知道濰汸的蘿蔔為何有此盛名？小時候看鄰家眷村的爺爺吃饅頭，總拿著一根大白蘿蔔配著吃；或許人人都有心裡最美味的食物，那就是「鄉愁」！

1.吃滷肉飯時，老闆都會貼心地給兩片黃蘿蔔「配鹹」。2.蘿蔔皮也是珍貴的食材，取來與頂端的莖葉一起炒熟就成了美味的小菜。 3.醃漬新鮮蘿蔔。 4.蘿蔔魚丸湯。

根莖菜類06

櫻桃蘿蔔

Raphanus sativus var. *radicula*

THE WONDERS OF VEGETABLES IN TAIWAN

■性味：性寒味甘辛，入脾、肝、膀胱經，適合偏熱體質。

■成分：蛋白質、醣類、纖維、灰分、芥子油、木質素、澱粉酶、鈣、磷、鋅、鐵、鎂、鈣、磷、胡蘿蔔素、維生素B1、B2、B6、C。

■功效：消積滯、清熱生津、寬中下氣、潤肺止渴、健脾止瀉、利大小便。

【櫻桃蘿蔔的作用】

1.櫻桃蘿蔔含有澱粉分解酶，能促進消化、降血壓，具有預防動脈硬化的功效。

2.櫻桃蘿蔔含高量纖維，能促進腸胃蠕動，適合便秘患者食用。

3.櫻桃蘿蔔紅色的外皮，可萃取色料，做為食品添加劑。

【健康料理】糖醋櫻桃蘿蔔

◎材料：櫻桃蘿蔔300公克、醋1杯、糖100公克、鹽1小匙。

◎作法：1.櫻桃蘿蔔切薄片，用少許鹽醃漬10分鐘。

2.糖與醋充分調勻，放入醃漬過的櫻桃蘿蔔浸泡一晚上。

◎養生功能：開胃健脾、促進消化。

【櫻桃蘿蔔紀事】

Raphanus sativus var. radicula，十字花科，一年生草本：莖短縮；軸根為圓形貯藏根，外皮鮮桃紅色，內部白色；根生葉羽狀缺裂，鋸齒緣；根部抽出花莖，花冠白色或淡粉紅色，十字形；蒴果開裂；種子灰白色，小球狀。英文名稱Radicula Radish。

櫻桃蘿蔔是蘿蔔的近緣植物，原產於歐洲，是生長快速的作物，從播種到採收約20～25天，栽種期間從9月起～3月間均可，冬季為盛產期。種子有嫌光性，播種須覆蓋泥土以促進發芽。櫻桃蘿蔔在台灣是一種新興的蔬果，在冬季盛產上市，售價並不昂貴，一斤售價總在60～80元左右，不僅超級市場有，連傳統市場亦頗多見。

1.櫻桃蘿蔔的葉片。

2.剛收成的櫻桃蘿蔔。

【台灣這樣吃櫻桃蘿蔔】

第一次吃櫻桃蘿蔔是在法國同學家作客。對於法國人請客，常有吃不飽的心理準備：6點鐘赴宴，9點能吃到飯菜是很了不起的事情。因此出發前先到中國餐館吃了一些春捲，避免空腹喝酒傷身體。孰料主人深諳東方人的飲食習慣，喝了氣泡酒之後，麵包、熱湯都上桌了，讓我們很後悔吃了半飽才來。在主菜上來之前，主人端上一個很大型的水晶碗，四周放各式生菜，中央另放一個小豆盤，櫻桃蘿蔔很亮麗地擺在上端，繽紛色彩十分賞心悅目。

主人示範吃櫻桃蘿蔔的方式，將連著葉子的櫻桃蘿蔔，由尾端縱切一刀，夾一片冰奶油，手持葉片生吃，是餐前極開胃的小吃。櫻桃蘿蔔爽脆而多汁，和奶油豐腴的口感十分相合，搭著酸香的白葡萄酒，那一餐浪漫而風雅，櫻桃蘿蔔具有神奇的前奏催眠作用。美國人也經常食用櫻桃蘿蔔，在聖誕大餐中，火雞肚子填滿了核桃、香草、米飯與葡萄乾，而調和烤火雞的沙拉通常是櫻桃蘿蔔、秋葵、柳橙、朝鮮薊等乾拌沙拉，沾著酸奶油食用，是一種絕妙的味覺平衡，美國菜餚是融合各種文化孕育而成的新飲食美學。

櫻桃蘿蔔鮮紅亮麗、小巧細緻，十分討喜，國內食用風氣並不十分流行，由於多在冬季上市，傳統市場不難尋覓，但若問前來選購的主婦或販售的小販，手法亦不外乎炒食或涼拌等，用途最廣的地方以西式餐廳為主。一般人家多取來作為裝飾盆景或供奉佛前，花藝工作者則取來做為蔬果花材使用，是櫻桃蘿蔔在台灣的有趣發展。依台灣人的烹調手法，櫻桃蘿蔔的確不適合入菜，因為外皮的顏色會脫落而影響其他配菜，加上櫻桃蘿蔔的桃紅色一向不是料理的「正色」，所以接受度遲遲不曾打開。人類不僅有惰性，連味覺也有依賴性，往往食用自己熟悉的口味，這也是許多人偏食的原因之一；因為味蕾會排斥不熟悉的味道，也排斥不熟悉的食材色彩及樣態。翻閱史料發現，這是民族文化的特質，古代民族多數存有對外來食物及飲食意義的輕視或是畏懼！

3.酸甜櫻桃蘿蔔。

4.櫻桃蘿蔔漬。

根莖菜類07

胡蘿蔔

Darcus carota var. *sativa*

THE WONDERS OF VEGETABLES IN TAIWAN

■性味：鹼性，性平味甘、無毒，入肺、脾、肝經，適合一般體質。

■成分：澱粉、羥基苯甲酸、木質素、槲皮素、山奈酚、琥珀酸、鉀鹽、鈣、磷、鐵、胡蘿蔔素、維生素B、C。

■功效：補中行氣、健脾消食、潤皮膚、潤腸、幫助人體排汞、舒緩血壓、養肝明目、強化黏膜。

【胡蘿蔔的作用】

1. 胡蘿蔔含有豐富β胡蘿蔔素，為脂溶性維生素，以外皮含量最高，若與肉類共煮或加油炒食，食後易在肝臟和腸壁所含胡蘿蔔酶的作用下轉換成維生素A，而完全被人體吸收利用。
2. 胡蘿蔔含有琥珀甲鹽酸，具有降低血壓的功用。
3. 胡蘿蔔所含槲皮素、山奈酚等元素，可促進冠狀動脈血液流量。
4. 胡蘿蔔具有促進體內汞離子排泄作用，能調整體質與腸胃功能。
5. 胡蘿蔔的木質素，能加強新陳代謝和分解體內脂肪的堆積。
6. 胡蘿蔔含有胡蘿蔔素，能增進人體的免疫功能，對於夜盲症患者有良好的改善效果。
7. 胡蘿蔔含豐富果膠，能吸附腸道細菌和毒素，隨宿便順利排出；還能改變胰島素分泌量，使血糖降低，適合糖尿病患食用。
8. 胡蘿蔔與蘋果打汁，加蜂蜜調服，可改善貧血、手腳虛冷體質。
9. 胡蘿蔔與荸薺煎湯飲用，具有清熱化濕的功效，適合夏季容易長痱子、汗瀉不暢的症狀。

【健康料理】胡蘿蔔排骨湯

◎材料：胡蘿蔔、薏仁、排骨、薑數片。

◎作法：1. 排骨事先汆燙除去血水。
2. 薏仁浸泡三小時備用。
3. 將排骨、薏仁、薑片一起放入鍋中煮開後，轉小火續燜煮一個小時後即可食用。

◎養生功能：視力減退、筋骨關節酸痛、利尿、退水腫。

1.市場裡的胡蘿蔔鮮豔動人。

2.胡蘿蔔的瘦果。

【健康料理】胡蘿蔔泡菜

◎材料：胡蘿蔔、白蘿蔔、小黃瓜、糖各 300 公克，醋 200C.C 、鹽適量。

◎作法：1. 胡蘿蔔、白蘿蔔、小黃瓜切成滾刀或條狀加少許鹽醃漬 30 分鐘

2. 糖、醋調成泡菜醬汁。

3. 胡蘿蔔、白蘿蔔、小黃瓜放入醬汁中醃漬一夜即可食用。

◎養生功能：調整身體酸鹼值、促進食慾、幫助消化。

【胡蘿蔔紀事】

Darcus carota var.sativa ，繖形花科， 1~2 年生草本；株高 20~50 公分，地下有肥大的直根，可食；根生葉，羽狀複葉，小葉細裂成針狀；花頂生，繖形花序，小花白色，聚生成團狀；瘦果具絨毛。花期 5~6 月，果期 5~6 月；採收期 12~4 月。英文名稱 Carrot ，別稱紅蘿蔔、紅菜頭、人參。

胡蘿蔔在台灣是常見的蔬果作物，鄉下人家常隨意在屋角闢開一地，隨意播灑種子後，等待氣候轉涼、冬季來臨，就有肥大甜美的胡蘿蔔可以採收。早年胡蘿蔔最大的產地在台南縣將軍鄉，那裡同時也是出產瓜子西瓜的產地，最近幾年許多地方都有專業性栽培，如彰化、雲林等，各地亦有零星栽培，是台灣重要的蔬果作物之一。

胡蘿蔔原產於阿富汗的喜馬拉雅山脈與興都庫什山脈交會的山麓地帶，是胡蘿蔔首次被發現的產地。 10 世紀時，胡蘿蔔分化為兩大系列，東洋系列傳入中東一帶；西洋品種在 12~13 世紀時傳入歐美各國， 15 世紀時荷蘭育種成功的橙色系列胡蘿蔔，是現在各類品種的母種；原來的野生種胡蘿蔔為黑紫色、紅紫色、黃色、白色等。 13 世紀時東洋品種的胡蘿蔔傳入中國，以華北為中心分向各地栽植；16 世紀時日本經由中國引入栽種，台灣在西元 1927 年由日本引入栽種。

3.胡蘿蔔的根生葉，呈漂亮的羽狀複葉，小葉細裂成針狀。

4.胡蘿蔔的花頂生，繖形花序，聚生成團狀。

根莖菜類07

胡蘿蔔

Darcus carota
var. *sativa*

THE WONDERS OF VEGETABLES IN TAIWAN

胡蘿蔔英文名稱為Carrot ，是由胡蘿蔔素的英文名稱Carotene而來，其胡蘿蔔素含量豐富，每100公克含有7300毫克之多，雖然略遜於青紫蘇與水芹菜，但是青紫蘇與水芹無法一次大量食用，而胡蘿蔔卻能利用各種烹調方式大量攝取。

在漢醫學裡，胡蘿蔔被認為有下氣補中、調整腸胃、安養五臟的功效，其中所含大量的維生素A原，被暱稱為美化膚顏的元素，還可以增強視神經發育，具有改善視力的作用；β胡蘿蔔素更被醫學界證明具有防癌、抗癌的效果。由於胡蘿蔔素屬於脂溶性的物質，因此最好與油性食物一起烹調食用，才能被充分吸收利用。

胡蘿蔔含有酸化維他命C的酵素，加熱時並不會產生影響，但這種酵素在空氣中會產生作用，因此將胡蘿蔔磨成泥或打成果汁時，很容易減損其維他命C的含量。正因為胡蘿蔔含有這種破壞維生素C的酵素，因此若與蘿蔔同煮，會破壞蘿蔔的維生素成分。不過這種酵素遇到酸醋時，其作用會銳減，在烹調胡蘿蔔時，加入一些食用醋同煮，可以令維生素C的損失降至最低。

胡蘿蔔的紅色是因為它含有紅色的胡蘿蔔素，胡蘿蔔素是常見的有機色素；杏子及其他一些水果、花朵的紅色，便是由於含有它的緣故，另外在一些動物的乳汁和脂肪裡，也含有這種有機色素。1831年，人們第一次從胡蘿蔔裡提取出純淨的胡蘿蔔素結晶體，具有強烈的紫蘿蘭般的香味；由於人類從胡蘿蔔中首次發現這種元素，於是便以它命名。

胡蘿蔔素的分子非常龐大，含有四十個碳原子與五十六個氫原子，差不多是維生素A分子的兩倍 。在動物的肝臟裡，胡蘿蔔素的

右頁圖：剛收成的胡蘿蔔，食用的部位即肥大的直根。

下圖：胡蘿蔔泡菜。

分子可以分裂成兩個維生素 A 的分子。因此，胡蘿蔔素不光是色素，而且還是候補的維生素！至於黃色的胡蘿蔔，是因為含有較多葉黃素的緣故。

挑選胡蘿蔔要選蒂頭（長葉處）越小越好，外皮有鬚根的地方，凹洞也越小越好，因為纖維會從凹洞處開始老化，此外胡蘿蔔中間橘黃色蕊心部份，越紅表示越甜而多汁。

【台灣這樣吃胡蘿蔔】

以色辨物，台灣稱胡蘿蔔為「紅菜頭」，有些地方沿用日據時代的稱呼，用日文稱為「人參」，胡蘿蔔是非常普遍的根莖類蔬菜，不過由於特殊的氣味，並不很受歡迎，即使知道它的好處也不會大量食用，幸好只要大約 50 公克左右的胡蘿蔔，就能滿足人體一天所需的維生素 A，對於不喜歡它的味道的人而言，算是個好消息吧！

胡蘿蔔開始被放入知識領域中，大概都是與兔子配套的，其實愛吃胡蘿蔔的是馬，但是不知道為何大家都說兔子愛吃胡蘿蔔，每個小朋友都曾經被迫當成小兔子養，被媽媽逼著吃胡蘿蔔，因為大人總愛說對身體很好。胡蘿蔔被「嫌棄」，除了氣味、口感不佳之外，還有就是料理不太有變化，除了炒蛋，要不就是和白蘿蔔一起煮排骨湯。後來才知道這兩個「蘿蔔」是死對頭，放在一起會打架、兩敗俱傷，吃的人得不到任何好處。

咖哩料理漸受歡迎，胡蘿蔔也成了寵兒，它的蔬菜甜味能中和、提升辛香料的特性，又因為胡蘿蔔素的重要性逐漸被重視，於是人們開始注意食用，也才有了胡蘿蔔麵包、胡蘿蔔酥餅等等，夜市裡也有愛美人士最喜歡的蔬果汁，其中胡蘿蔔變成主角，搭配各種蔬果，由於其他蔬果的香氣或甜味的掩飾、淡化，這種果菜汁很受歡迎，飲料業者也做成各種罐頭果汁，供忙碌的人士選購，具有龐大的消費市場。

胡蘿蔔由於質地脆軟，食材取得容易，因此是製作泡菜的首選：台式泡菜有各種選材，如胡蘿蔔、蘿蔔、小黃瓜、高麗菜等，彼此摻和一起醃漬。前三種蔬果由於色彩協調，口感相去不遠，是最常使用的組合，這種泡菜經常出現在自助餐小吃店及清粥小館中，有時也用來做為外賣便當的配菜，清爽的味道具有很好的開胃效果。

根莖菜類08

大頭菜

Brassica oleracea var. *caulorapa*

THE WONDERS OF VEGETABLES IN TAIWAN

■性味：鹼性，性平涼味甘辛，入胃、大腸經，適合偏熱體質。

■成分：蛋白質、醣類、粗纖維、澱粉酶、核黃素、鈣、鐵、鉀、胡蘿蔔素、維生素B1、B2、C。

■功效：清熱解毒，涼血通淋、強壯骨骼和牙齒、鎮咳祛痰。

【大頭菜的作用】

1. 大頭菜含豐富的維他命C，具有強化消化系統及淋巴系統功能。
2. 大頭菜豐富的的鈣質，能強壯骨骼與牙齒，預防骨質疏鬆症。
3. 大頭菜的綠葉含豐富胡蘿蔔素和鉀元素，能降低血壓、舒緩動脈硬化症狀。
4. 大頭菜塊莖含大量澱粉酶，能幫助澱粉質的消化，並強化內臟活動，增強免疫功能。

【健康料理】優酪乳大頭菜

◎材料：大頭菜一個、優酪乳一匙。

◎作法：1.大頭菜去皮切小塊，少許鹽輕醃。
2.與優酪乳一起置於罐中，加上蓋子，輕搖30秒左右。
3.室溫靜置一夜。
4.乳酸菌作用讓蔬菜變成美味醬菜。

◎養生功能：促進腸胃蠕動、強健消化系統。

【大頭菜紀事】

Brassica oleracea var. caulorapa，十字花科，一年生草本；株高30～45公分；全株被有蠟粉；莖端肥大呈球體，有白綠色、灰綠色、灰藍色、紫紅色等；葉灰綠色，橢圓狀披針形，葉柄硬直狹長，連接莖球體上，約10～12枚，葉緣縮皺呈波浪狀；花白色，小型。採收期11月～4月。英文名稱Kohlrabi，別稱結頭菜、菜叩、蕪菁蕓薹、苤藍、球莖甘藍。

台灣種植大頭菜大致分布在中南部，不過它卻是喜愛冷涼環境的

1.大頭菜的正式名稱應為球莖甘藍。

2.紅色大頭菜的植株。

蔬果，每年在 11 月左右上市，一直供應至 3~4 月左右，夏季就比較少見了。近 10 年來，有一種紅色的大頭菜，由於顏色討喜，被取來做為年節的裝飾品，稱為「好彩頭」，業者將紅色大頭菜浮種在小花盆中，露出一節紅色的球莖，再繫上紅絲帶，可以賣到 150~800 元左右，由於觀賞期很長，有時竟可以擺上一個月的時間，在春節時期很受歡迎，有時也用來祝賀開幕等特別活動，是極具地方特色的社會文化。

俗稱大頭菜的苤藍，中文名稱為球莖甘藍，是高麗菜的變種，經常被誤認為蕪菁；蕪菁外型、口感都與蘿蔔較類似，與大頭菜的爽脆有明顯的差距。球莖甘藍據傳原產於歐洲， 1554 年歐洲文獻首次提及球莖甘藍， 16 世紀末，球莖甘藍成為德國、英國、西班牙、義大利及地中海東岸的主要農作物， Kohlrabi 這個名稱來自德語， Koh 是甘藍之意， Irabi 是球莖的意思。遲至 1900 年，美國文獻才首次提到這種蔬菜。台灣在二十世紀初期引入栽種，各地都有零星栽培，主要產地在彰化、雲林、嘉義、台南、高雄、屏東等地，台北近郊亦有農家少量培植。

大頭菜真正的名稱叫苤藍，可是幾乎沒有人知道，連另一個舊稱球莖甘藍也很少人知道；「大頭菜」是台灣新竹、苗栗地區的稱呼，台北、基隆一帶呼之為「菜叩」，南部則稱為「結頭菜」，地區不同，名稱也各異，不過買菜時雖然各自表述，但是卻都知道對方在說什麼！

【台灣這樣吃大頭菜】

外表皮厚粗硬、內心卻柔軟甜美的大頭菜，是冬天應景的蔬菜，不過吃大頭菜除了偶而拿來煮湯之外，通常都拿鹽輕醃，加點麻油、蒜末或薑末、味精下飯食用，也會加些辣椒更開胃些。至於切絲拌些糖醋的做法，是麵食館中給客人配餃子、麵食的暢銷小菜。大頭菜細膩的纖維，咀嚼起來很

3

4

3.醃漬大頭菜是非常受歡迎的小菜。

4.近年來有一種紅色的大頭菜，被取來做為年節的裝飾品，

根莖菜類08

大頭菜

Brassica oleracea var. *caulorapa*

THE WONDERS OF VEGETABLES IN TAIWAN

有韻律感，餐桌上很少有吃不完的大頭菜。它是一種沒有個性、隨和的蔬果，無論放在哪一種主食前，都不會降低其接受度；稀飯、乾飯、粽子、油飯、水餃、麵食，都可以用大頭菜來佐餐。

小時候家裡海鮮四季不缺，外婆又是做草粿的高手，家裡吃的東西都是些不易消化的食物，因此大頭菜在我家扮演了重要的角色。大頭菜磨泥，3碗左右可以煮一隻大章魚，不要多久章魚就柔軟易食、美味又可口！將章魚切薄片，沾醬還是醬油裡調和著大頭菜泥。有時候草粿、油飯和粽子等吃多了泛胃酸，此時就會被外婆強迫吃一碗大頭菜泥，帶點蔬菜甜味並不難吃，重要的是很快就能舒緩胃部的不舒服。後來才知道是大頭菜的根莖含有澱粉酶，能促進澱粉質的消化，長輩們的經驗印證了科學分析的數據結果！

優酪乳大頭菜。

市場裡堆積如山的大頭菜，是冬季的常見蔬菜。

根莖菜類 09

牛 蒡

Arctium lappa

THE WONDERS OF VEGETABLES IN TAIWAN

■性味：性寒味甘，入肺、大小腸經、膀胱經，適合熱性體質。

■成分：蛋白質、脂肪、醣類、纖維、木質素、鈣、鐵、鈉、鋅、鎂、鉀、磷、維生素B1、B2、B6、C。

■功效：消炎利水、發汗袪風、利咽、補腎壯陽、通便、強化新陳代謝。

【牛蒡的作用】

1. 牛蒡的葉子可治療瘀傷、皮膚病，以新鮮葉汁按摩頭皮，具有防止落髮的功效。
2. 牛蒡的種子具有止咳、解毒、利尿、消腫等功能。
3. 牛蒡含豐富的食物纖維，具有消除便秘、促進血液循環、強化新陳代謝的功能。
4. 牛蒡具有祛除淤血的作用，亦能降低血糖，適合糖尿病患者。
5. 牛蒡具有降低膽固醇、預防腦溢血的功能。
6. 牛蒡的種子在中醫上稱為「牛蒡子」，煮水飲用可治療咽喉腫痛、感冒傷風、痲疹出疹、腮腺炎等症狀。
7. 牛蒡含有旋複花粉的成分，能使排尿順暢、強健腎臟的功能。
8. 牛蒡富含不溶於水的木質纖維素，能使腸胃蠕動活潑化，具有消除便秘的作用。

【健康料理】 牛蒡湯

◎材料：牛蒡 200 公克、胡蘿蔔 100 公克、山藥 100 公克、排骨 200 公克。

◎作法：各項材料切小塊，加水一同燉煮 1 小時。

◎養生功能：調中理氣、促進腸胃蠕動。

【健康料理】 素燒牛蒡

◎材料：牛蒡 200 公克、醬油一匙、糖少許、醋少許。

◎作法：牛蒡炒熟後，各項調味料加入調和。

◎養生功能：活潑腸的作用、強健腎臟。

1.市場裡出售的牛蒡。

2.牛蒡的根生葉，葉呈寬大心臟形，波浪緣。

【健康料理】 牛蒡沙拉

◎材料：牛蒡 200 公克、醬油、昆布高湯酌量、海苔粉少許、芝麻少許。
◎作法：牛蒡燙熟後切條狀，拌調味料做為涼菜食用。
◎養生功能：健胃整腸、消除宿便。

【牛蒡紀事】

Arctium lappa，菊科，二年生草本；株高60～150公分；根生葉，葉呈寬大心臟形，波浪緣，葉柄長，具縱溝，葉背被有絨毛；頭狀花序，球形，淡紫色或白色，總苞針刺狀；瘦果長橢圓形；種子長紡錘形，灰黑色；地下根極長，約40～180公分長，形似牛尾。花期5～6月，果期7～8月，採收期2～4月。英文名稱Horse radish，Gobo，Burdock，別稱惡實、吳某、蒡翁菜。

牛蒡在台灣的產地分布於宜蘭、彰化、台南、屏東等地，其他各地亦有零星栽培，每年春節過後是牛蒡的盛產期，經低溫冷藏處理可貯藏2個月，因此牛蒡的市場價格穩定、波動不大。牛蒡原產於歐洲北部、西伯利亞、中國東北部等地。以藥用植物傳入日本，直到平安時代才被以食用植物大量栽培，台灣在日據時代引入栽植。

牛蒡古稱「惡實」，《別錄》記載：惡實味辛，平，主明目，補中，除風傷。根莖療傷寒，寒熱，汗出，中風，面腫，消渴，熱中，逐水。久服輕身耐老。《圖經本草》說：惡實即牛蒡子也，生魯山平澤，今處處有之。又《救荒本草》中提到：牛蒡子俗名夜叉頭，根謂之牛菜。苗高二三尺，葉如芋葉，長大而澀，花淡紫色。實如蘿蔔(《圖經》謂實似葡萄核)而褐色，外殼如栗梂，小而多刺。鼠過之則綴惹不可脫，故謂之「鼠黏子」，亦如羊帶來之比。根有極大者，作菜茹尤益人。

3.牛蒡的種子長紡錘形，灰黑色。　4.牛蒡的球狀頭狀花序，成熟後結滿長橢圓形的瘦果。

根莖菜類09

牛蒡

Arctium lappa

THE WONDERS OF VEGETABLES IN TAIWAN

《山家清供》中提到食用牛蒡的方法：「牛蒡脯，孟冬後採根去皮，淨洗煮，毋失之過，槌扁壓，以鹽、醬、茴、蘿、薑、椒、熟油諸料，研細一兩，火焙乾，食之如肉脯之味。」

牛蒡營養特殊，內含豐富的菊糖，最適合糖尿病患者食用，並且能降膽固醇、提高免疫力，防止癌症的發生。牛蒡所含的纖維是纖維素、半纖維素、木質素等不溶於水的食物纖維。由於牛蒡含高量的木質素，而這些成分無法被吸收，在飲用大量水分之後，會使腸子的蠕動活潑化，因此具有解除便秘的作用。

二次世界大戰時，日軍擄獲幾名美國戰俘，日方給這些戰俘吃牛蒡。日本戰敗投降後，這些戰俘被釋放返回美國，這些人向人權協會控訴日軍虐待戰俘，給他們吃樹根。文化的差異，加上不起眼的外觀，令牛蒡不易討喜，不過纖維豐富的它，其實是極佳的蔬菜。

【台灣這樣吃牛蒡】

台灣人稱牛蒡為「吳某」，是日語的發音，漢字牛蒡的得名來自其外型與牛尾相似，牛尾在牛之傍，中國命名方式依草本而分類，故

右上圖：素燒牛蒡。

下圖：牛蒡沙拉。

蒡字加草頭成為「牛蒡」，許多人不識其字，稱為牛旁，依然「芝麻」可以開門。

台灣吃牛蒡最初盛行在台式的日本料理店，以清炒或加豬肉、牛肉等熱炒的方式，臨上桌前灑一把芝麻，這種吃法流行至今，並無多大改變。倒是近幾年來多了煮湯的手法，與排骨、胡蘿蔔、山藥等煮成所謂的「養生湯」。

牛蒡還有一種吃法很令人喜愛，將牛蒡削成薄片，泡在糖水中，撈起後瀝乾，沾點薄粉油炸，有點甜味的香酥脆，吃起來很有音響效果，口感也極佳。啤酒屋、台式日本料理店、台菜餐廳都吃得到這道菜，唯一可惜的是，這些牛蒡都泡水過度而犧牲了鐵質；牛蒡含高量的鐵質，遇到空氣氧化變黑，即使扔在水裡，鐵質也會溶解在水中讓水變黑，不斷換水的結果就是鐵質不斷流失。

牛蒡含有單寧成分，具有消炎、止血、收斂抗菌的作用，用牛蒡水漱口，可舒緩牙齦出血症狀。牛蒡以食用地下根為主，但近年來牛蒡的嫩葉亦是餐桌上的新興食物，芳香的口味頗受歡迎。牛蒡葉子和山葵類似，但體型較大，將葉片放入口中咀嚼，山葵會有清香的辣味，牛蒡葉則無辣味，兩者不難辨別。

大約在8、9年前，台灣一度流行喝牛蒡茶，各地特產店都強力推銷，將牛蒡茶說成治百病的良方，300公克的牛蒡茶售價1000元，不過不知是事實經不起時間的考驗，或是消費者好奇心減退，如今牛蒡茶消聲匿跡，淪落到乏人問津的地步！

1

2

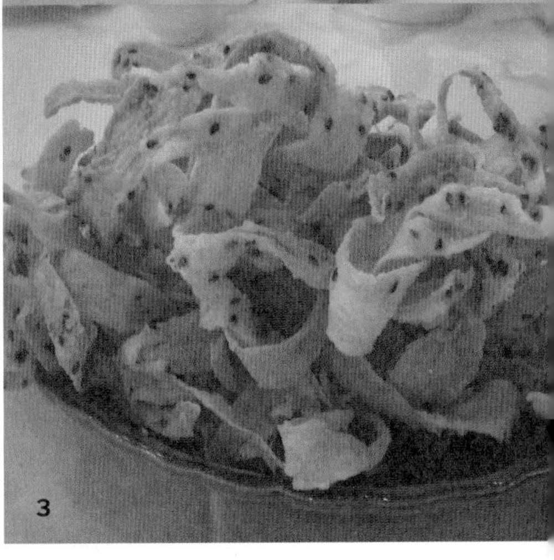
3

1.牛蒡小菜。 2.炒牛蒡。 3.炸牛蒡。

根莖菜類10

洋　蔥

Allium cepa

THE WONDERS OF VEGETABLES IN TAIWAN

■性味：酸性，性溫涼味甘辛，入脾、胃經，適合寒性體質。

■成分：蛋白質、半膚氨酸、前列腺素A、硫醇、咖啡酸、槲黃素、菸草酸、鈣、磷、硒、硫、鐵、胡蘿蔔素、維生素B1、B2、C。

■功效：潤肺化痰、促進發汗、增強溶血、清潔血液、袪痰。

【洋蔥的作用】

1. 洋蔥是唯一含有前列素A的蔬果，具有舒張血管、降低血壓和血液黏稠度、防止冠心病的作用。
2. 洋蔥含豐富的半膚氨酸，是一種抗衰老的物質，能延遲細胞衰老，使人延年益壽。
3. 洋蔥含有礦物質矽元素，能使人體產生大量的穀胱甘甙，具有抗氧化及運輸氧氣供細胞呼吸的功能，抑制癌細胞的生長。
4. 洋蔥內含二烯丙基二硫化合物和含硫胺酸等物質，有顯著降血脂的功用，能防治心臟血管病變。
5. 洋蔥中的槲皮苦黃素，在人體黃酮醇的誘導下形成一種配醣體，具有強力的利尿作用，可輔助治療腎臟炎水腫症狀。
6. 洋蔥所含的槲黃素可排除血液中的鉛元素，具有抑制高血壓形成的作用。
7. 洋蔥能促進醣類的代謝，能消除疲勞物質乳酸的沉積，可恢復體力並舒緩情緒焦躁的症狀。
8. 洋蔥含多種氨基酸、多糖A、多糖B等，能抑制高脂肪膳食引起的血漿膽固醇增加，並使纖維蛋白質溶解性下降，能輔助治療動脈硬化症狀。
9. 洋蔥含有激活血溶纖維蛋白活性的成分，能防止血栓的形成，可舒張血管、減少外周血管和心冠狀動脈血栓的形成。

【健康料理】油醋洋蔥

◎材料：洋蔥一個、橄欖油一匙、葡萄酒醋一匙、糖半匙、鹽少許、芝麻少許。

1.紫色洋蔥是近年來的新品種，味道較甘甜而不辣。

2.洋蔥是蔥科多年生草本，株高20～40公分。

◎做法：洋蔥切絲，與調味醬拌勻，置冰箱冷藏半小時，上桌前灑上芝麻食用。

◎養生功能：消除夏日疲勞、促進食慾，增強免疫功能。

【健康料理】洋蔥蒸魚

◎材料：洋蔥一個、鮮魚一條、蔥絲一匙、胡蘿蔔絲一匙。

◎做法：1.洋蔥切細絲，和蔥絲、胡蘿蔔絲放在魚身上。
2.調味料酒一匙、醬油一匙、胡椒少許，與鮮魚大火蒸熟。

◎養生功能：鎮靜安神、舒緩焦躁壓力、消除疲勞。

【洋蔥紀事】

Allium cepa，蔥科，多年生草本；株高20～40公分；葉鞘基部有圓形肥大鱗莖；葉圓筒形，中空，先端漸尖；繖形花序，小花星狀，聚生成圓形大花序，白色。英文名稱Onion，別稱蔥頭。

洋蔥最有名的生產地在屏東的車城、恆春等地，每逢採收洋蔥時，一落落的洋蔥墩非常壯觀美麗，盛產期從12月起至翌年的4月份左右，只要冷凍庫中的溫度、溼度控制得宜，一年之間都能有洋蔥上市。價格大致平穩，有時論個計價，一個在10元左右，鄉下地區和中南部更便宜，洋蔥上市時，一袋20～30個洋蔥只要50元，超市裡的洋蔥價格就比較貴些，多數是進口貨品，也是全年供應。

洋蔥原產於中亞至地中海沿岸一帶，而後推廣至葡萄牙、歐洲等地，都有大量的栽培。日本在1770年由葡萄牙的商船攜入，在長崎開始種植；中國則晚自19世紀清朝末年時，才自歐洲引入。洋蔥是極古老的食用性植物之一，5000多年前，埃及人就給建造金字塔的人吃洋蔥以增加體力，也用洋

3.洋蔥的種類繁多，世界各地都有。

4.洋蔥的白色小花星狀，聚生成圓形大花序。

洋　蔥

Allium cepa

蔥做為祭祀的用品，法老王的墓碑上刻有洋蔥的圖案，羅馬軍隊的士兵也吃洋蔥來增加作戰的勇氣，說明了洋蔥是極珍貴的食物。

洋蔥鱗莖的結構一層又一層，古代的哲學家曾在課堂上把洋蔥切開，對學生們解釋地球的構造，當時的學術已經能夠確切地掌握地球是一層層堅硬的地殼構成的，利用洋蔥的結構來解釋地球的形成，貼切且容易明瞭。

洋蔥生長的故鄉是又旱又熱的沙漠，在水比黃金還要寶貴的地方，為了能夠在這樣乾旱的氣候中生活下去，洋蔥非常珍惜自己獲得的一點點水分，於是用一層又一層的鱗片緊緊地包裹起來，為的是不讓水分輕易地蒸發。洋蔥保存水分的本領很驚人，薄而緊密的多層的鱗片，足以使它在一年內不致乾枯，甚至貯藏在燥熱的爐灶旁也是一樣。所以農家常常把洋蔥晒乾了貯藏起來，到了第二年，洋蔥依然還能發芽生根，重新開始新的生命。

【台灣這樣吃洋蔥】

洋蔥炒蛋是最普遍的吃法，怪的是這麼一道營養豐富的菜，居然只在家庭餐桌出現，還有自助餐廳會供應，此外大小餐館好像都不會將它列上去，要吃只能回家自己煮。台灣人吃洋蔥除了炒，就以煮咖哩時用量最多，基本上台灣菜吃洋蔥的變化並不多，用洋蔥蒸魚，味道十分鮮美、甘甜，是新調的飲食方式。

露出土面的洋蔥。

清甜的烤洋蔥。

根莖菜類10

洋蔥

Allium cepa

THE WONDERS OF VEGETABLES IN TAIWAN

西餐廳洋蔥最有名的是洋蔥湯，偶而沙拉吧會提供生食，或是在主菜旁看到洋蔥委屈的被切成薄片，烤了或煎了送上來，某些五星級飯店裡的沙拉吧中，洋蔥縱切後烤香，用來做為熟食的前菜食用，十分清甜。至於炸洋蔥圈，大概只有夜店裡供應最周全，那是用來下酒的小菜，吃法是很西式的沾番茄醬。另一個出現洋蔥的地方就是鐵板燒，高級的鐵板燒餐廳，供應的沾醬裡必定有泡過水的洋蔥末，雖然生吃符合營養原則，但是泡過水不辣的洋蔥就談不上營養作用了！

台灣人說的「蔥頭」，指的是洋蔥，至於油蔥則是「紅蔥仔頭」。切洋蔥是主婦們最大的苦惱，因此各種切洋蔥的秘方就遊走於各姊妹、朋友、烹飪節目之間，每個人都有秘訣，例如將洋蔥放入冷凍庫30秒再切就沒問題，或在水裡切也能避免流淚，問題是在水裡怎麼切呢？何況洋蔥一泡水，幾乎所有營養全溶解了。洋蔥所散發刺激性的香味，其成分是硫化丙烯基，當硫化丙烯基受到破壞或壓迫時，會有崩壞現象，因而造成流淚不止。硫化丙烯基能使胃的消化液分泌活潑化，繼而增進食慾，它還能夠幫助維他命B1的吸收。

日本靜岡縣有一位農業專家，用茶葉作成有機肥料種植洋蔥，切這種洋蔥時不會流淚，不但可以生吃而且甜美多汁，充分達到營養不流失的功效。其實切洋蔥時如果刀子夠薄夠利，一刀下去遊走於油分子之間，就不太會流淚了。

洋蔥是西餐料理不可或缺的配菜。

最上圖：油醋洋蔥。　下圖：甜美清爽的洋蔥蒸魚。

根莖菜類11

芹 菜

Apium graveolens var. *dulce*

THE WONDERS OF VEGETABLES IN TAIWAN

■性味：鹹性，性涼味甘、微苦，入胃、肝經，適合熱性體質。

■成分：蛋白質、脂肪、醣類、纖維、灰分、芫荽甙、甘露醇、菸酸、蛋氨酸、鈉、鉀、鈣、鎂、磷、鐵、鋅、胡蘿蔔素、維生素B2、B6、C、P。

■功效：清潔血液、潤膚美顏、祛風去濕、平肝清熱、安神去煩、健胃利尿、強化肝臟。

【芹菜的作用】

1.芹菜芳香的氣味來自甘露醇，可刺激腦部、穩定情緒，調理胃腸、促進食慾。

2.芹菜葉所含精油具發汗作用，對於解除宿醉或解熱有極佳效果。

3.芹菜含有蛋氨酸，具有強化肝臟的作用。

4.芹菜含大量的鎂、鐵、鉀等礦物質，鎂和鐵能改善缺鐵性貧血、月經不順、更年期障礙等症狀。鉀元素能強化血管、排除血液中的鈉而降低血壓，並增強胰臟的功能。

5.芹菜屬於感光類植物，因此長期大量攝食，並曝曬於烈日之下，皮膚容易產生黑斑。

6.芹菜含大量的硫質，能延遲皮膚老化現象，硫是一種強烈的胃腸清潔劑，但宜與其他生鮮蔬果配合食用，例如萵苣、菠菜、蘋果、高麗菜、胡蘿蔔等，有益血液再生。

7.芹菜含豐富的纖維質，具有軟化糞便的功能，適合有習慣性便秘的人食用。

8.芹菜連梗帶葉洗淨，加少許鹽蒸熟食用，能舒緩咳嗽症狀。

9.芹菜含維生素P，具有保護血管和降血壓的作用。

10.芹菜含豐富礦物質，能強化腺系統功能，分解沉積體內脂肪。

11.芹菜具有良好降血壓功能，低血壓患者避免大量食用。

12.芹菜含豐富鈣質、色氨酸，能振奮精神與思考能力，色氨酸太少會造成大腦神經傳遞素的下降，從而產生憂鬱現象。

13.芹菜含有β胡蘿蔔素，具有抗癌作用，能阻隔致癌細胞的生長與繁殖。

1.市場裡的本地種芹菜。

2.芹菜的幼苗。

【健康料理】芹菜炒鱔魚

◎材料：鱔魚一尾、芹菜100公克。

◎作法：1.鱔魚取肉去骨，切成寬0.5公分，長約3公分的長條。

2.芹菜葉切碎，葉梗切小段。

3.油鍋稍熱後，先將鱔魚入油鍋至七分熟，撈起備用。

4.鍋中流少許熱油，炒香芹菜葉後，下芹菜梗與鱔魚同炒。

5.調味後，即可起鍋食用。

◎養生功能：適合糖尿病、小腹冷痛、風濕性關節炎患者，並可預防血糖升高。

【健康料理】芹菜魚子

◎材料：芹菜50公克、魚子200公克。

◎作法：1.芹菜連葉帶梗洗淨切末備用。

2.魚子炒熟，調味後熄火，加入芹菜末拌勻。

3.以潤餅或薄餅捲食。

4.依愛好加入少許辣椒

◎養生功能：強化肝臟功能，增強免疫力。

【芹菜紀事】

Apium graveolens var. dulce，繖形花科，1～2生草本，株高20～60公分；莖部短而有節，中空；葉柄發達，2回羽狀複葉，小葉2～3對，卵圓形，鋸齒，葉柄互抱成束狀；複繖形花序，花冠白色。英文名稱Celery，別稱旱芹、藥芹。

台灣的芹菜有青梗、白梗及西洋芹菜，本地芹菜香氣濃馥，質地細緻鮮嫩

3.芹菜的複繖形花序，花冠白色。

4.芹菜的葉柄發達，2回羽狀複葉，葉柄互抱成束狀。

芹菜

Apium graveolens var. *dulce*

；西洋芹菜莖部退化，葉柄肥大多肉質，可多達30枚以上，纖維較粗，香氣也比較淡。芹菜以彰化、雲林為最大生產地，雖然全年均有生產，但盛產期在10月至翌年的4月左右，夏季因氣候高溫炎熱，品質不佳，產量亦少。芹菜原產於中國南方、歐洲南部、埃及、印度等地。芹菜是喜歡生長在溼地的植物，古代東方人用芹菜來治療胃病或當作一般補品食用。1623年法國開始種植芹菜，1776年芹菜傳入英國，1880年之後美國才開始具規模性栽培芹菜。

日本人在春天來臨時，習慣吃「七草粥」。一月七日為「人日」，日本人習俗在「人日」這天食用春之七草所煮的粥食，祈求新的一年無病痛災難。依醫學觀點而言，是為了補足冬日期間所缺乏的維他命與礦物質。春之七草以芹菜為始，依序為薺菜、鼠麴草、繁縷、佛座草、蕪菁、蘿蔔。

《爾雅》中提及：芹菜古稱「楚葵」，是南方特有的菜蔬。《救荒本草》記載：「水芹發英時採之，煠熟食。芹有兩種，荻芹取根，白色，赤芹取莖葉，並堪食。又有渣芹，可為生菜食之。野芹須取嫩白者為佳，輕鹽一二日，湯焯過曬，須一日乾方妙。」

《呂氏春秋》中，伊尹曾對湯曰：「菜之美者，雲夢之芹。」雲夢為楚澤，芹生水涯。又《小雅箋》說，芹菜也，可以為菹。《爾雅翼》曰：「水芹二月，三月作英時可做菹，及熟瀹食之。葉似芎藭，花白色而無實，根赤白。《周禮》醢人，加豆之實用水草，則有芹菹、深蒲；其朝事之豆，則有昌本、茆菹。」

《食療本草》謂曰：水芹寒，養神益力，殺藥毒，置酒醬中香美。又和醋食之，損齒生黑。滑地名曰水芹，食之不如高田者宜人。餘中皆諸蟲子在其葉下，視之不見，食之與人為患。高田者名白芹。

1.本地芹菜香氣濃馥，質地細緻鮮嫩，盛產期在10月至翌年的4月左右。　2.芹菜魚丸湯。

《金匱方》記載：春秋二時，龍帶精入芹菜中，人遇食之為病，發時手青，肚痛不可忍。作蛟龍病。服硬糖三二升，日三度。

根據泰國的科學家研究指出，讓健康的年輕人連續兩週每天吃75公克的芹菜之後，其體內每一毫升精液所含的精子數，從正常人的一億個以上，下降為三千萬個，停止食用芹菜後又恢復正常數量。由於男性精子數低於每毫升三千萬的話，女性就很難受孕，因此芹菜被認為具有避孕的作用。

【台灣這樣吃芹菜】

台灣的芹菜有兩種，一種為本地種，中空的莖部及葉柄都柔軟細嫩，纖維質比較少，香氣濃郁，用來炒食、煮湯，做香料配用。另一種是西洋種，葉柄粗大，纖維質高，大多生食做為沙拉等餐前生菜，亦可炒食、入湯。

芹菜最經典的料理當然是芹菜炒牛肉、芹菜魷魚、芹菜花枝等，台南人吃芹菜則用來炒鱔魚，而且是甜的。也有人吃芹菜炒豆乾，比較怪異的是芹菜炒蛋，如果是葉子炒蛋的話，就是一道具有香氣的料理。芹菜葉通常都被捨棄，不過從小吃葉子的機會比別人多，除了葉子油炸成天婦羅沾醬油膏食用之外，外婆還將芹菜葉子剁碎了，用來炒蓮藕片，臨上桌時灑一點芝麻，味道清香、口感香脆，是家人很喜歡的菜餚。

此外，芹菜葉放入熱水沐浴，可改善手腳冰冷的症狀，如果芹菜葉很多，還可以洗淨瀝乾水分後，泡在醬油中，用這種充滿蔬菜甜味的醬油煮五花肉、紅燒魚，完全不需要放味精，除了芹菜葉，同時可以放進綠色的蔥管、胡蘿蔔皮、高麗菜梗等一般蔬菜不吃的部位，放入冰箱的冷凍庫，隨時都能用。芹菜與香菜一樣，是台灣人煮湯時不可或缺的配料，特別是魚丸湯，若沒有加一把「芹菜珠仔」，那麼這道湯其實只完成一半，在台灣料理中，蔥花、芹菜珠、香菜等這些配料是等同主菜的手腳一般，缺一不可！

3.芹葉藕片。

4.芹菜魚子。

根莖菜類12

芋 頭

Colocasia esculenta

THE WONDERS OF VEGETABLES IN TAIWAN

■性味：性平味甘辛，入胃、大腸經，適合一般體質。

■成分：蛋白質、碳水化合物、脂肪、醣類、生物鹼、皂甙、鈣、磷、鐵、胡蘿蔔素、維生素B1、B2、C。

■功效：補氣益腎、破血散瘀、消炎祛腫、開胃生津。

【芋頭的作用】

1.芋頭含豐富維生素，具有促進骨骼發育、增強體力的作用。

2.芋頭含有豐富的氟元素，對預防齲齒有良好的功效。

3.芋頭研泥外敷，具有消炎、消腫、鎮痛等功效，易過敏者可摻和麵粉或白飯拌勻外敷患處。

4.煮芋頭時加一些醋，可讓芋頭保持完整不散開。

5.芋梗搗碎外敷患處，可舒緩蜂螫、毒蟲叮咬的腫痛及搔癢。

【健康料理】香炊芋

◎材料：里芋數個、芝麻少許。

◎做法：里芋洗淨不去皮，蒸熟後沾優質細鹽、芝麻食用。

◎養生功能：養胃生津、調中補虛、強健牙齦。

【健康料理】芋頭糕（芋粿）

◎材料：芋頭600公克、地瓜粉(糯米粉)100公克、絞肉100公克、五香粉和白胡椒酌量、鹽和糖少許。

◎做法：1.絞肉加油蔥炒熟撈起備用。

2.芋頭去皮切絲，與五香粉、胡椒、鹽、糖拌勻後，再加入地瓜粉拌勻， 可酌量加少許水。

3.拌勻的芋頭絲放入容器中壓緊，上面鋪放絞肉。

4.水開後大火蒸20分鐘左右，依量而定。

◎養生功能：滋養五臟、調中益氣、預防蛀牙。

1.芋頭的地下球莖肥大成橢圓形或球形，外皮密生輪環。

2.芋頭的葉鼻紫斑越大則越美味。

【芋頭紀事】

Colocasia esculenta，天南星科，多年生宿根性草本；株高可達2公尺；葉簇生莖頂，盾形，葉柄綠色或紫紅色；肉穗花序，佛焰苞淡黃色，開花率極低；地下球莖肥大成橢圓形或球形，外皮密生輪環，莖肉白色、淡紫色，帶有紫色斑點，具黏性澱粉質，煮熟後可食。花期7月，秋冬盛產。英文名稱 Taro，Dasheen，別稱芋仔、芋艿。

芋頭是台灣人極為喜愛的澱粉類食物之一，主要的幾個品種都有專業栽培；麵芋是最大型的球形芋頭，外皮淡黑褐色，芋肉灰白色或極淡的米紫色，質地細緻無纖維，口感綿密多黏質，多用來加工製成芋頭冰或芋泥之類的產品。另一種是里芋，俗稱小芋頭，亦是麵芋的一種，但體型不大，直徑約5公分，長6~7公分，香氣淡而少滋味，多在春節時期上市。檳榔心芋是最受喜愛、最具代表性的芋頭品種，香氣十足、鬆軟可口，外皮黃褐色，淡紫色的芋肉帶有紫紅色斑紋，一個的重量約在200~900公克之間。由於檳榔心芋售價好，因此農家採取很特別的採收方式，每次挖取上市的部分，其餘的將地上莖梗切除，塊莖仍留在田中做長時間的貯藏，可持續供應市場的需要。

芋頭原產於印度、南洋諸島等地，根據《種樹書》的記載，證明中國在西漢時期即有栽培的紀錄，但卻沒有足夠的記載說明芋頭來自何處；不過中國西南方一帶有野生的山芋，植物學家認為很可能是由原住民將這些野芋進行栽植而來！人類種植芋頭的歷史十分久遠，考古學家在新幾內亞的庫克溼地，發現了9000年前人類為了種植芋頭所挖掘的排水道及溝渠，印度洋和大西洋的居民也在大約7000年前就廣泛種植芋頭為食。

開花結實，種子成熟後落地繁衍下一代，是植物典型的生命週期；不過芋頭以主莖做為母芋繁殖，因此芋頭的開花結子與否就變得不重要，在演化

3.芋頭的芋梗也很美味。

4.芋頭是天南星科多年生宿根性草本，株高可達2公尺。

上芋頭的這項功能也因而逐漸退化了，成為無性繁殖的作物。但是這並不表示芋頭就不會開花，只是芋頭開花需要嚴苛的條件：除了溼度在95%以上，還要配合高溫才能讓芋頭開花，花期可以持續一星期左右。中美洲的原住民多以這種天南星科植物的花苞為美食，不過生長環境不同，體質也各異，加上天南星科植物具有強烈生物鹼，容易引起過敏等中毒現象，不宜輕易食用。

日本人將芋頭稱為里芋，里芋是山芋(番薯)的對稱。里芋因品種、外形的差別，而有不同的名稱，有多頭的八芋，就是台灣人所稱的抱子芋；有點像蝦子的蝦芋；還有竹筍芋、田芋、石川小芋、土垂芋等。直至今日，芋頭廣泛分佈於印度、東南亞、大洋洲等地，多數的地區以之為重要的副糧食。

芋頭的糖質含量高，其主要成分「澱粉」不同於穀類的澱粉，可以在腸內很快地被吸收，對於幼兒或老人都是理想的食物。雖然芋頭有如此良好的飲食條件，但是無法成為主食的最大因素在於無法久放，不符合長期保鮮的要求；在早期農業社會中做為主食的條件特徵必須是經得起長期貯存，才能因應社會食物分配的功能。

芋頭自古即有「芋藥」的稱呼；《夢溪筆談》記載：「處士劉易隱居王屋山，嘗於齊中見一大蜂，位於蛛網，蛛搏之，為蜂所螫，墜地，俄頃蛛鼓腹欲裂；徐徐行入草，嚙芋梗，微破，以瘡就嚙處磨之，良久，腹漸消，輕躁如故。自後有為蜂螫者，採芋梗敷之則愈。」

民間流傳著各種芋藥的療法，例如以芋頭磨泥與麵粉、醋調和後，可用來治療跌打損傷或扭傷、挫傷等，若是神經痛、牙痛及肩膀酸痛等症狀，以芋頭磨泥加薑汁、麵粉調和，貼於患部即可解除疼痛。芋頭特有的黏液含有膠質，這種成分含蛋白質與糖質結合的消

1.芋泥西米露。

2.芋頭糕（芋粿）。

化酵素，在體內可以形成具解毒作用的營養素。這種物質對於胃潰瘍的防治及防止老化的唾液腺荷爾蒙的分泌之促進，具有極大的功效。由於草酸鈣的針狀結晶的刺激，在去除外皮時，會引起皮膚的刺癢等過敏，可在火上烘烤一下，即可止癢，或在處理前事先以醋水洗手即可。

【台灣這樣吃芋頭】

芋頭和番薯是台灣雜糧類的兩大明星，讓人罵一句：「你懂什麼芋頭、番薯？」那真的是丟臉丟到家了！也的確是，不管是什麼樣「橫草不拿，豎草不拈」的富家千金子，不認識芋頭、番薯絕不是什麼值得驕傲的事，而是愚蠢無知之至。芋頭充斥在各種飲食文化中，扮演了不同程度的重要意義，即使不是學者也能明白它和台灣在地文化的息息相關性。

台灣的喜慶社會文化中，芋頭具有重要的意義；在日本，芋頭亦是喜慶場合不可或缺的食物，因為芋頭的生長，總是許多小芋頭環繞著母芋而生，象徵著子孫綿衍、生生不息的意義。台灣稱這種整串環繞著母芋而生的子芋為「抱子芋」；在台灣人的習俗中，訂婚或結婚的場合，會由媒人或喜娘夾菜餵食新娘，每餵食新娘一道菜，就要說一句好話。在喜宴上，餵食新娘吃甜芋的台語好話就是：「吃甜芋，讓妳金銀財寶滿倉庫」、「芋仔甜甜，新娘緊生厚生(兒子)。」、「吃芋圓，歸家大團圓。」。

「吃芋丸，歸家大團圓。」這句話有很特別的時代意義；「歸家」在台語中是全家的意思，老式的台灣人認為家庭中的兒孫輩必須嫁娶、生育，人生才算完整，娶妻、娶媳就是將「缺」的部分補齊了。婚禮上請來好命婦人來「牽」新嫁娘入門，上有公婆健在、下有兒女雙全，夫婿是地方上有「頭面」的紳士，藉著「她」的福氣，讓新家庭能夠開枝散葉，子孫有才情、出人頭地。好命婦人通常也充當媒人或喜娘，當新娘子在娘家吃最後一頓女兒餐時，

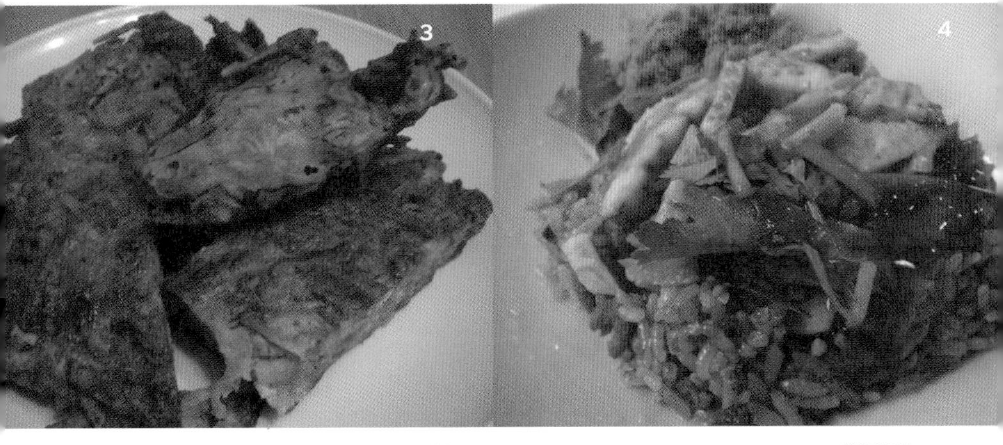

3.炸芋餅。 4.芋頭米糕。

芋 頭

Colocasia esculenta

THE WONDERS OF VEGETABLES IN TAIWAN

好命婦人就會將桌上的每一道菜餵食新娘，並說一句吉祥話。芋頭因為特別的繁衍生態，象徵著瓜瓞綿綿、世代交替，而且幾乎一年四季都能生產，在餐桌上不會缺席，所以有了許許多多以芋頭展開的吉祥語。

芋頭和地瓜皆是塊莖植物，豐富的澱粉質成為飲食的重點，但是兩者的飲食方式卻有很大的差異性。地瓜由於糖質高，因此早年鄉人有將盛產地瓜釀成酒的做法，隔鄰國家日本沖繩的地瓜酒現今仍具有相當的市場性；但是卻不曾聽聞台灣曾經有流行芋頭酒的記載。曾經在夏威夷喝過芋頭酒，稱為Poi，據說是昔日夏威夷王朝的御膳。Poi的釀法是將甜而軟綿的芋頭蒸熟後，用木杵搗成泥，放在瓦甕中靜置發酵，過濾後飲用。Poi具有淡淡的香氣，清

右上圖：炸芋丸。
下圖：香炊芋。

爽甜美而不膩，雖然是酒類飲料，但是十分美味又容易下口，因此常常過量而醉。在夏威夷許多原住民家庭中，仍然有釀製的習慣，有機會到夏威夷應該要嘗試這種具有原始風味、令人難忘的鄉土酒飲料。

芋頭如此普及又容易栽種，長久以來便發展出各種具有濃厚鄉土氣息的風味料理，例如冬季裡煮上一鍋芋頭米粉湯或是芋頭鹹粥，既溫暖了胃腸，也滿足了味蕾。芋頭米粉湯用的是粗米粉；芋頭炸過後撈起，餘油炒一些青蒜爆香，加些蝦米及肉絲再炒過，高湯放寬後加入芋頭及燙熟的粗米粉煮開就行了。同樣的材料，改米粉為白飯就是鹹粥。這種做法從南到北似乎都相同，連配料都不更改，是台灣鄉土料理中很特別的情形。通常台灣人的口味是越往南走口味越嗜甜，嚐過台南偏甜的肉羹及鱔魚麵等應當都會深表同意；芋頭卻不然，這種具有強烈特質的飲食文化，是經濟、社會、人類學家都深感興趣的研究課題。

芋丸係以芋泥與地瓜粉或太白粉摻和勻後，搓成團子油炸而成。台灣人習慣做成棗子狀，稱為「芋棗」，是年節拜神祭祖時最佳的食物，因為經得起貯存，而且不怕回鍋。現代人追求豐富的口感變化，於是做成乒乓球大小的丸子，中間填一小塊鹹蛋黃，這種甜中帶點鹹味的料理，是台灣菜很獨特的做法。宜蘭人吃芋泥又別於他地；將芋泥與蛋汁拌勻後，加入一些如嘉應子之類的蜜餞蒸熟食用，依然是甜中帶鹹的風味，經常出現在筵席、辦桌的後段做為甜菜。

高雄甲仙和苗栗公館、金山都是台灣知名的芋頭產地。做成食品以大甲芋頭酥享譽海內外，是觀光客很喜愛的特產。金山的芋頭則在九份成為觀光盛地後竄起，九份最有名的阿婆芋圓，原料芋頭其實大部分來自金山，九份本地並不產芋頭，但是九份芋圓卻是連外國觀光客都指名品嚐的甜品。

「叭噗」是芋頭冰的代名詞，台灣早期各種行業都有特定的「道具」，例如半夜走街的按摩師吹的是笛子、麵茶的攤子是哨子音，而夏季賣冰淇淋的流動攤子則用「叭噗」來宣傳；那是擠壓氣球後，空氣將簧片震動發出的一種聲音。攤子上有各種口味的冰淇淋，芋頭以貨真價實、口味香綿細緻最受歡迎，50年前一大球芋頭冰不過是2毛錢，如今漲了幾乎200倍，便宜的要30元，大都市裡50～80元不等，很多還都是人工香料製成，教人更加懷念貨真價實的古早芋頭冰。

芋頭糕做法和蘿蔔糕類似，以在來米做為摻合的米漿，台灣話稱為「粿」，至於用糯米做為米漿炊成的稱為「芋粿巧」，具有彈牙的口感，由於通常做成30度的淺弧形，好像翹起來一樣，是得名的由來。

芋頭的香氣就像春藥，能喚起人內心深處的熱情，就連蘇大學士亦不例外；蘇東坡似乎是個樂天知命的美食家，除了在嶺南狂啖荔枝之外，被貶放到瓊州(海南島)時還不忘研究芋頭食譜，如果他當年來到台灣，或許會被這麼豐富的芋頭飲食文化吸引，再也不願回到中原！

根莖菜類13

地 瓜

Ipomoea batatas

THE WONDERS OF VEGETABLES IN TAIWAN

■性味：性平味甘，適合一般體質。

■成分：醣類、澱粉質、蛋白質、粗纖維、脂肪、菸草酸、鉀、鈣、磷、胡蘿蔔素、維生素B2、C。

■功效：補中暖胃、和血益氣、健脾強腎、養心神、發汗解熱。

【地瓜的作用】

1.地瓜含有氨基化合物，能保持動脈血管壁的彈性，防止心血管脂肪的沈澱，減少動脈粥樣硬化的發生，還能防止肝臟中的結締組織萎縮，預防膠原病的發生。

2.地瓜含有豐富膳食纖維，能促進腸胃蠕動，避免宿便的堆積，可預防和治療便秘及腸道病症。

3.地瓜不宜與柿子同時食用，會在胃中產生胃酸，與柿子中的鞣質草酸結合，容易形成胃柿石而沉積在胃中，造成不適。

4.地瓜具有合成酶的作用，能有效抑制膽固醇的生成。

5.地瓜能預防動脈硬化及肝、腎結締組織的萎縮。

【健康料理】地瓜粥

◎材料：地瓜300公克、粳米100公克。

◎作法：地瓜去皮切成小塊或切絲，加粳米與適量水同煮至粥狀。

◎養生功能：補益脾胃、舒緩搔癢症狀。

【地瓜紀事】

Ipomoea batatas，旋花科，多年生蔓性或矮性草本；地下塊根肥大，富含澱粉質，可食；葉互生，心形或葉緣掌狀缺裂、線狀缺刻等，葉色有綠、淺綠、黃綠、紫紅、紫斑紋等；花漏斗狀，花白色或花冠白色花筒紫紅色等；塊根及嫩葉、莖均可食用。四季均可生產，冬季淡產。英文名稱Sweet potato，別稱蕃薯、甘藷。

地瓜原產於墨西哥、瓜地馬拉等地區，紀元前3000年即被栽植成作物利用，4000多年前傳入祕魯等南美洲種植。15世紀，哥倫布

1.有的地瓜的外形很像台灣島。

2.地瓜的葉互生，有心形或葉緣掌狀缺裂、線狀缺刻等。

將地瓜帶至歐洲，16世紀末期經由西班牙人傳入中國。日本琉球的野國總官在慶長10年(西元1605年)，由中國的福建省將地瓜品種帶回栽種，是日本有地瓜的最早紀錄。1735年開始，在30～40年間日本人開始廣泛栽植地瓜，由於當時適逢享保、天明年間，民間災患不斷，地瓜成為救荒食物，由此而備受重視。第二次世界大戰時，食糧短缺，民不聊生，地瓜又再一次立下大功。

17世紀初期，明末年間荷蘭人佔領台灣期間，由福建引入地瓜栽種，是台灣第二大作物，大致分為食用與供做飼料澱粉之用，主要產地在台北縣、苗栗、台中、彰化、雲林、屏東等地，各地亦有零星栽培，農家居民亦常栽植做為輪耕作物。地瓜有著強盛的生命力，或許這正是台灣人自稱是「蕃薯囝仔」的原因吧！美國NASA中心正進行研究在太空中種植地瓜的可能性，正是因為地瓜超強的適應性和生命力。根據農家的經驗傳授，要種出好吃的地瓜，必須經過兩次種植，這樣種出的地瓜不僅個兒大、纖維少，而且又甜又鬆軟。

種植地瓜必須整地做好高壟才能豐產，因為高壟的排水、通氣良好，白天陽光能照射到土壤，使溫度提高，有利根部的生長。夜晚溫度降低，使薯根的呼吸強度減弱，可以積存養分，促使地瓜塊根長得又快又大。

地瓜的家鄉在熱帶地區，地理環境不論冬天夏天，從日出到日沒的時間都比溫帶的夏天短。地瓜生活在這樣環境裡，形成特殊的生活習性；如果一天當中照到太陽的時間比較短，它就開花結果；如果照到太陽的時間太長，它就不開花結果；植物學上，將這樣的植物稱為短日照作物。地瓜在一天之間照到太陽的時間比較短，才是它順利生長、繁殖的重要原因。在中國南方，像海南島、廣東、廣西、福建和台灣一帶，夏天日照比較短，所以栽種的地瓜都順利開花結果；但中國大部分地區像山東、河北、遼寧等

3.地瓜的地下塊根肥大，富含澱粉質，是很好的庶民食物。　4.紅葉地瓜。

地區，夏天的日照比較長，所以在那裡栽種的地瓜，都不太會開花結果。

地瓜的產量高、營養豐富，塊根裡含有大量的澱粉和糖分：新鮮地瓜的熱量只有米飯的四分之一；此外地瓜塊根中含有米飯所沒有的胡蘿蔔素和維生素C，是具有豐富營養元素的優良食物。一身是寶的地瓜也是重要的工業原料；地瓜可以製造澱粉、葡萄糖和酒精，也可以製成塑料用具、人造絲、人造棉和果膠。在造紙、紡織、化學和食品工業上，地瓜都是重要的原料之一，即使尚未長成薯塊的鬚根，也可以製成澱粉或供釀酒使用。地瓜莖葉的營養價值也很高，含有豐富的蛋白質、澱粉、糖分、纖維和礦物質，是很好的飼料來源，牲口吃了容易長膘，用地瓜葉養豬，是豬肉美味無腥羶味的原因。

地瓜舊稱甘藷，根據《閩小紀》記載：明朝時閩人得之外國，瘠土沙礫之地皆可種。初種於漳郡，漸及泉州，漸及莆，近則長樂、福清皆種之。蓋渡閩海而南，有呂宋國，其國有朱薯，被野連山，不待種植，彝人率取而食。其莖、葉蔓生，如瓜蔞、黃精、山藥、山蕷之屬，而潤澤可食，或煮或磨為粉。其根如山藥、山蕷，如蹲鴟者其皮薄而朱，可去皮食，亦可熟食之，亦可生食，亦可釀為酒；生食如食葛，熟食色如密，其味如熟荸薺，貯之有蜜氣，香聞室中。彝人雖蔓生不訾省，然吝而不與中國人，中國人截取蔓咫許，挾小蓋中以來，於是入閩十餘年矣。其蔓雖萎，剪插種之，下地數日即榮。其初入閩時，值閩饑，得是而人足一歲。其種也，不與五穀爭地，凡瘠鹵沙岡皆可以長，糞治之則加大，天雨根益奮滿，即大旱不糞治，亦不失徑寸。圍泉人鶩之，斤不值一錢，二斤而可飽矣

1.糖地瓜可以沾花生粉食用。

2.蜜汁地瓜。

。於是耄耆、童孺、行道鬻乞之人、皆可以食。饑焉得充，多焉而不傷，下至雞犬皆食之。

《齊民要術》記載：「昔人云，蔓菁有六利，又云柿有七絕，余續之以甘藷十三勝：一畝收數十石，一勝也；色白味甘，於諸土種中特為敻絕，二勝也；益人與薯蕷同功，三勝也；遍地傳生，翦莖作種，今歲一莖，次年便可種數百畝，四勝也；枝葉附地，隨節作根，風雨不能侵損，五勝也；可當米穀，凶歲不能災，六勝也；可充籩實，七勝也；可以釀酒，八勝也；乾久收藏，屑之旋作餅餌，勝用餳蜜，九勝也；生熟皆可食，十勝也；用地少而利多，易於灌溉，十一勝也；春夏下種，初冬收入，枝葉極盛，草葳不容其間，但須壅土，勿用耘鋤，無妨農功，十二勝也；根在深土，食苗至盡，尚能復生，蟲蝗無所奈何，十三勝也。

【台灣這樣吃地瓜】

對於地瓜，台灣人在潛意識中，其實有著深深的依戀：日據時代恨死了吃地瓜，現在卻成了餐廳中的珍饈，身為地瓜大概從來沒想過會有這麼一天吧！台灣島真的很像一個地瓜，加上它又是最具「本土性」的植物，與芋頭是台灣兩大主要雜糧作物，因此罵人不識時務時，常被譏為：「你懂什麼芋仔、蕃薯？」。不識「芋仔蕃薯」，的確有點難為情；芋頭是天南星科的植物，蕃薯則是旋花科植物，兩個不同科屬的植物是無法雜交改良的，就像貓與狗不同科屬無法雜交一樣，市面上的「芋仔蕃薯」是改良種的紫色地瓜，並非芋頭和蕃薯的「結晶」。

小時候家中使用的是大灶，因此常利用炭灰燜地瓜做為點心食用。外婆常說地瓜姓「捏（鄭）」，烤地瓜的時候，中途取出捏一捏就能讓中心完全熟軟而香甜。長大後看見路邊有攤販賣烤地瓜，常有一種衝動想要伸手去捏一

3.地瓜粉作成的涼粿。

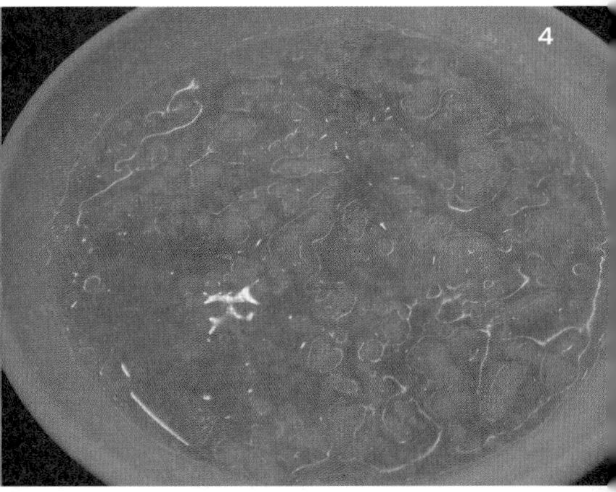

4.地瓜稀飯是台灣人喜愛的主食。

根莖菜類13

地 瓜

Ipomoea batatas

THE WONDERS OF VEGETABLES IN TAIWAN

捏地瓜，好回味一番童年的記憶！鄉下孩子烤地瓜則有另一番野趣，利用休耕後黏性極強的田土做成小土丘，中心掏空，撿來柴火往中間塞滿，點火燃燒至窯土通紅產生高溫，然後在土窯中塞滿地瓜，並將窯土密密夯實，讓熱氣不外洩。此時孩子們一哄而散灌肚白仔(蟋蟀)去了，待得一二小時後回來，耙開窯土，從陣陣傳來的香氣得知地瓜已經熟透，這就是所謂的「控窯」。農忙時期，大人忙著收割，小孩一邊幫忙農事一邊不忘遊戲玩耍，「控窯」成了最重要的樂事！這種「控窯」的樂趣在現代生活裡，也成了體驗農村生活的重要儀式。

地瓜是早年窮人家的主食，家家戶戶都有滿倉的地瓜。當年保存食物的條件不好，因此主婦們常趁著艷陽天，將地瓜搓條曬得極乾，以利保存。再有多餘的地瓜，便取來磨成粉漿，沉澱後去除水分收取地瓜粉。地瓜粉用途極廣，是煎蚵仔煎的上等材料，比太白粉有黏性，更具彈牙的口感。年節的時候，長輩們常會調上濃稠的地瓜粉漿，加入一些各種蔬菜如芹菜梗、胡蘿蔔及海鮮、肉末，甚至

右上圖：紫色地瓜的料理。

下圖：日本的薩摩品種地瓜。

花生米等，煎成類似蚵仔煎的食物，稱為「地瓜粉煎」。這種食物耐飢又美味，長輩們認為這種黏性極強的食物能黏住「金銀財寶」，所以特別的日子裡，都會有這道食物。

炸地瓜則是另一種美味的庶民飲食。地瓜切片後沾裹粉衣油炸，一般人用的是麵粉，我家獨特的配方要加上一些黃豆粉，如此炸出來的地瓜外皮更香脆、香甜。現代人習慣用胡椒粉拌鹽沾食炸地瓜，速食店裡的炸薯條則通常供給番茄醬；事實上老饕們都懂得炸地瓜要以帶甜味的醬油膏和著濃濃的蒜泥才對味。

當年流寓美國時，曾以家鄉小吃招待同學做為聚餐主題。窮學生的食材是最便宜的地瓜；醬油用玉米粉煮稠加一點糖做成醬油膏，再拌入磨得柔細的蒜泥，用來招待同學吃炸地瓜，飲料是台灣風味的濃香青草茶。雖然「炸地瓜」讓他們很疑惑，但是沾醬卻讓他們驚為天人，後來到台灣來旅行時還指定要吃這道小吃。

這樣的庶民飲食是同學們很特殊的聚會方式，由主菜「地瓜」談到各國不同的烹調方式。做為主人，提到了地瓜與老薑、黑糖慢火燉煮的甜湯，是調理身體的補品，在嚴冬裡具有抗寒、預防感冒的效果。此外地瓜也做成「糖地瓜」，傳統市場裡小攤上，用大鍋熬煮糖漿，裡面細火慢燉的是小型的地瓜，糖漿蜜得金黃燦爛，入口香軟綿密，滋味甚美！有些人更習慣沾點花生粉食用，享受那種飽滿的口馥芳香。不待我話說完，來自墨西哥的同學跳起來說他們家鄉也有這種吃法；略略不同的是墨西哥人吃糖地瓜還多加入用肉桂、橘皮等香料煮成。日本同學也說沖繩島也吃這種糖地瓜，稱為「薩摩芋」，他們搭配的是濃稠的泡盛酒食用。南美洲地區吃煮地瓜則是沾糖食用。相同的飲食文化，竟也培育出不同的民族特質，實在是有趣的話題。此後這種主題食物的文化探討，竟成為同學切磋人類學的聚會特色！

1

2

3

4

1.熱呼呼的烤地瓜，人人都愛。 2.炸地瓜籤。
3.炸地瓜可沾梅子粉食用。 4.炒地瓜葉。

根莖菜類14

山 藥

Dioscorea opposita

THE WONDERS OF VEGETABLES IN TAIWAN

■性味：性溫平味甘，入肺、脾、腎經，適合一般體質。

■成分：黏蛋白、澱粉酶、皂甙、膽鹼、精氨酸、多酚氧化酶、鈉、鎂、鉀、鈣、磷、鐵、鋅、維生素B1、B2、C。

■功效：益氣補脾、固腎益精、潤肺化痰。

【山藥的作用】

1. 山藥含多酚氧化酵素、自由氨基酸等元素，具有舒緩血糖升高的作用，還能生津補脾、幫助消化。
2. 新鮮山藥搗汁與等量甘蔗汁燉服，能舒緩慢性支氣管炎、肺虛氣喘等症狀。
3. 山藥含有澱粉消化酵素，能分解蛋白質和醣類，有效消除脂肪在體內的堆積。
4. 精氨酸是精子形成的主要成份，山藥含豐富精氨酸，具有增強精子活力的功能。

【健康料理】山藥涼湯

◎材料：山藥200公克、小黃瓜50公克、蔬菜高湯5杯。

◎作法：1. 山藥磨泥或與高湯一同打成湯汁。
2. 小黃瓜切碎，加入山藥湯中。
3. 可置於冰箱等待涼透，風味更佳。
4. 添加數匙奶油調勻食用，則是西式風味的湯飲。

◎養生功能：可預防糖尿病，具壯陽補氣、健脾胃之功效。

【健康料理】桂花山藥

◎材料：山藥400公克、桂花醬4匙。

◎作法：山藥去皮切小塊，桂花醬用一匙熱水調開，與山藥一同蒸熟。蒸好後，依嗜甜程度，再酌量加入桂花醬。

◎養生功能：止咳平喘、補脾益腎、調中益氣。

1.日本種的山藥。

2.山藥的葉片形狀多變化，三角狀至三角廣卵形，常3淺裂至深裂。

【健康料理】山藥燉草蝦

◎材料：山藥 200 公克、枸杞 50 公克、草蝦 200 公克。

◎作法：山藥切塊與草蝦、枸杞同燉。

◎養生功能：預防糖尿病，具壯陽補氣、健脾胃之功效。

【山藥紀事】

Dioscorea opposita，薯蕷科，多年生纏繞性草本；根莖粗，直生，長可達 1 公尺，含豐富澱粉質，可食；葉互生，中部以上對生，罕見或 3 枚輪生，葉腋間常生珠芽（零餘子），葉片形狀多變化，三角狀至三角廣卵形，常 3 淺裂至深裂；花雌雄異株，綠白色，均呈穗狀，雄花序直立，雌花序下垂；蒴果具 3 翅。花期 7 月，果期 9 月，採收期 10~2 月。英文名稱 Chinese yam, Welsh onion，別稱薯蕷、黃藥子、長薯、山薯、山芋，加工後中藥材稱為「淮山」。

台灣本地有許多野生山藥的品種，傳統市場偶而見及，價格低廉但口感粗糙。種植山藥產地在台北縣雙溪、瑞芳、陽明山、宜蘭縣礁溪，桃園、花蓮、台東等地都有具規模性的栽培，從早期一斤 300 元的高價一路下滑，現今由於山藥栽培穩定，售價跌至 40~80 元左右，即使自日本進口的大山藥，價格亦不昂貴，屬於平價的蔬果。

山藥是中國古老的作物，初名薯蕷，為避唐朝代宗李預之名諱，而改稱「薯藥」，宋朝時再避英宗趙署名諱，而改稱「山藥」迄今。山藥在漢醫上的乾燥藥材稱為「淮山」，是台灣小吃四神湯中，必有的一味食品，漢醫認為山藥具消除疲勞、精力減退及體質虛弱的功效。山藥的黏液具有延展

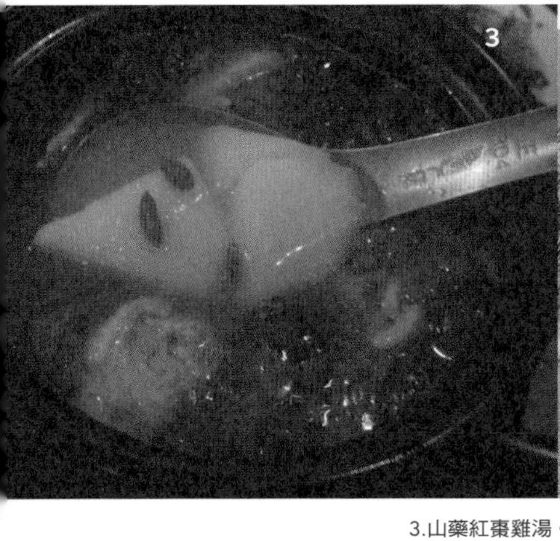

3.山藥紅棗雞湯。

4.山藥是薯蕷科的多年生纏繞性草本植物。

根莖菜類14

山　藥

Dioscorea opposita

THE WONDERS OF VEGETABLES IN TAIWAN

性，這種黏質來自黏蛋白，黏蛋白可以幫助蛋白質在人體完全被吸收；黃秋葵之類的蔬菜所特有的黏滑延展性，也是因為含有黏蛋白的成分。

自人類開始食用山藥，它就被認為具有強精造力的功效，漢醫認為是黏蛋白所發揮的作用，而且山藥中澱粉分解酵素的澱粉酶含量，遠超過蘿蔔之上。但是山藥在經過加熱之後，消化酶消失殆盡，因此以生食為佳。

【台灣這樣吃山藥】

四神湯在台灣已然成為著名小吃，夜市、廟口等集市的流動攤販中，總能找到賣四神湯的小攤，為了能讓顧客「吃巧又吃飽」，有時也在四神湯中加入冬粉等澱粉食物，或是搭配「割包」、粽子等食物販賣。四神湯的食材是淮山、茯苓、蓮子、芡實與豬小腸或豬肚燉煮而成，有時也加上一些薏仁，上桌前加一點當歸藥酒。

淮山即是山藥，山藥蒸熟後壓實成型再切片，乾燥後成為中藥材的淮山。有些淮山由於經過硫磺的燻製而帶點酸味，很多人都以新鮮山藥取代淮山烹調。台灣人吃山藥多半用來燉煮排骨或是雞湯，加點紅棗、枸杞子之類的補藥材，就成為美味又養生的湯食了，非常符合台灣人講求美味及食補的觀念。山藥也常常做成沙拉或涼菜，是取代馬鈴薯的做法，口味更清爽、恬淡；或是取一段山藥與牛奶打成飲料，是忙碌的上班人士很便利的飲食。

一般觀念中四神湯當然是鹹點，用來做為餐與餐之間的小點心，不過新竹地區的客家人有很特別的食用方式，讓喜愛甜食的人非常對味，他們煮甜的四神湯，在晚餐中做為半菜半飯的料理，忙碌的時候，煮上一鍋甜的四神湯當做正餐食用，這種加了排骨燉煮的甜四神，讓人有全新的飲食感受。

山藥糖葫蘆。

【蓮藕的作用】

1.蓮藕煮熟後，顏色由白色變成粉紫色，性質也由寒性轉為溫性，熟藕沒有散瘀祛熱的效果，但卻對脾胃頗有益處，具有養胃滋陰的功效。

2.婦女生產後坐月子期間，忌吃生冷的食物，然而蓮藕具有散消瘀血的功能，是產婦也能食用的食物。

3.蓮藕中間連接部分稱為藕節，具有止血、散瘀的作用，因其含有豐富的單寧酸，有收縮血管的作用，具有止血及收斂的功效。

4.婦女有崩漏現象時，可用5~6個藕節（稍剖開）與紅糖煎煮服用。

5.生藕節搗碎外敷患處，具有止血的功能，若為內傷出血，亦可生飲藕汁。

6.酒醉或因酒而胃不舒服時，以鮮藕絞汁200C.C，與半匙薑汁調勻飲用，或以蘿蔔汁、甘蔗汁等量調勻，亦有解酒效果。

7.藕粉含豐富鐵質及鈣質，經常飲用可預防缺鐵性貧血，亦有養顏美容的功效。

8.風濕痛及足部發炎時，可將生藕磨泥敷於患部，能舒緩疼痛及症狀。

9.誤食不潔或不新鮮的海鮮時，可先飲用一大杯生藕汁解毒，再送醫急救。

10.經常飲用生藕汁，可舒緩因飲酒過量而導致腎臟虛弱的症狀。

11.蓮葉曬乾煮水飲用，可緩和經常性流鼻血症狀，適合鼻過敏患者。

蓮 藕

Nelumbo nucifera

■性味：鹼性，生食性寒味甘澀，無毒。熟食性溫平味甘，入心、胃、肺經，適合熱性體質。

■成分：蛋白質、澱粉、水分、碳水化合物、天門冬素、蜜三糖、卵磷脂、焦性兒茶酚、氧化酶糅質、鐵、鈣、磷、維生素B、C。

■功效：生食可清熱生津、涼血止血、散瘀血、鼻黏膜發炎、眼睛疲倦、慢性咽喉炎；熟食具有健脾養胃、情緒不安定、養氣養血、止瀉、促進腸胃蠕動、食慾不振、腎臟衰弱、熱病煩渴、吐血、喀血、肺胃陰虛乾咳、久痢久瀉等功效。

蓮是多年生宿根水生草本植物。

【健康料理】**桂花糯米糖藕**

◎材料：新鮮蓮藕六節、糯米半斤、桂花醬 2 匙、糖 2 匙、薄荷葉數片。

◎作法：1. 將藕洗淨，藕節切除備用。

2. 乾桂花一匙與 200 公克的冰糖加水煮勻待涼備用。
3. 糯米洗淨浸泡一晚後，瀝淨水分。
4. 將糯米灌入藕孔內，八分滿即可。
5. 將切下的藕節覆蓋於原切斷處，並以牙籤在切口處將藕節固定，可避免蒸煮過程中糯米漏出。
6. 將糯米藕放在盤中，水開後入蒸籠，大火蒸約 1 小時至蓮藕軟熟
7. 淋上桂花糖漿，再蒸 30 分鐘，即可食用，冷食熱食風味俱佳。
8. 加上數片薄荷葉同食，不僅擁有視覺享受，對於胃酸過多患者有暖胃的功效，口感亦佳。

◎養生功能：具有健脾補腎、補血散瘀、溫胃補中的作用，適腎臟虛寒、胃及十二指腸潰瘍、胃下垂，腸胃出血、貧血等症狀患者

【健康料理】**蓮藕養生湯**

◎材料：新鮮大藕兩節、紅棗數個、西洋參數片。

◎作法：1. 藕洗淨切成數片，泡在醋水中防止單寧酸氧化變黑。

2. 取一湯鍋放入蓮藕、紅棗、西洋參，煮開後，小火熬半小時。
3. 葷食者可加入排骨或雞肉同煮，風味更佳。

◎養生功能：補中益氣，舒活血脈、養顏美容，適合全家大小。

【健康料理】**蓮藕雞肉丸**

◎材料：藕泥兩杯、雞絞肉半斤、太白粉兩匙。

1.養生蓮藕湯。

2.桂花糯米糖藕。

◎作法：1. 蓮藕洗淨後剁成泥，加少許醋防止單寧酸氧化變黑。
2. 藕泥與雞絞肉、太白粉拌勻，做成丸子。
3. 油鍋 170℃油炸至熟。

◎養生功能：具豐富纖維質，能健脾胃、補益五臟，適合便秘、缺鐵性貧血患者食用。

【蓮藕紀事】

Nelumbo nucifera，睡蓮科，多年生宿根水生草本；具匍匐狀橫生莖，俗稱「蓮藕」，外皮黃白色，肥厚多節，節間膨大呈橢圓形，中有多數縱形孔道，折斷後會分泌黏質狀的木質纖維素，具彈性，內部白色；節間抽出生長葉，盾狀葉大而圓，全緣或稍呈波浪狀，葉面暗綠色，光滑，有白粉，葉背中央有長葉柄，圓柱狀，中空，綠色，葉柄及花梗皆散生毛刺；葉、花均挺立於水面上；花柄與葉柄等長或略長；頂生大兩性花，單生，萼片 4~5 枚，形小，花瓣多數，長橢圓形或倒卵形，先端鈍尖，花色粉紅、紅色或純白，有香氣；雌雄蕊極多數，花藥黃色；心皮埋藏於花托內，子房 20~30 個；果實為倒圓錐形，生於蜂窩海綿狀的花托中，成熟膨大稱為「蓮蓬」，內生多數堅果，稱「蓮子」。花期 7~8 月，產期在 7 月至翌年 1 月。英文名稱 Lotus root。

藕是蓮的地下橫生莖，具匍匐狀，俗稱蓮藕，外皮黃白色，肥厚多節，節間膨大呈橢圓形，中有多數縱形孔道，折斷後會分泌黏質狀的木質纖維素，具彈性。被當作食物食用的蓮藕原產於中國、印度，廣泛分布於熱帶亞洲各國、南洋、非洲及澳洲等地。日本約於 2000 年前發現這種地下莖可以作為食物，以花作為觀賞植物，最初只被種植於神社、佛堂的池沼中以為觀賞。其後成為文人墨士的吟詠對象之後，即被廣泛地種植。

據說中國人發現蓮藕是在東晉的時候。大書法家王羲之有一個獨生女，因為受到父親的寵愛，所以王小姐的脾氣驕縱蠻橫，不明事理。由於王羲之名氣極大，所以她要出嫁的時候，要求父親給她豐厚的嫁妝。王羲之給了她一只木箱，表示裡面都是極珍貴的寶物，囑咐她要好好收藏。

王小姐高高興興地出嫁了，第二天她打開箱子，想看看父親給了她什麼寶貝做為嫁妝，沒想到打開一看，裡面僅是數十卷的畫軸及字軸，還有父親常用的硯台及毛筆，除此之外，裡面沒有任何值錢的東西。王小姐非常生氣，盛怒之下，她把所有的東西都丟進池塘，她認為父親不愛她，從此拒絕回娘家。王羲之死了之後，他生前的字畫到處為人收藏，連皇帝都下旨要王羲之的兒子王獻之將其父生前最得意的作品《十七帖》交出。王獻之在家中遍尋不著，問了母親才知道原來《十七帖》給了妹妹當嫁妝。

王獻之來到妹妹的夫家，向妹妹說皇上出重賞要收藏父親的各種文帖、字畫真跡，還有平日所使用的筆硯等。王小姐此時才知父親真的給了她珍貴無比的寶物，她有苦難言，只是眼淚直流，不斷地哀聲嘆氣，在王獻之的催問之下，才知道她將所有的物品都丟入池塘中。

王獻之領著僕人來到池塘，預備打撈。來到池塘一看，池裡長滿了青翠亮綠的葉子，葉叢中有管狀的綠梗生出，頂端則有著含苞未放的花蕾，迎風搖曳，清新可人。王獻之看見這片美景，一時忘了前來的目的，問妹妹那是什麼花朵。王小姐搖搖頭，表示不知道，並說明這些花是她將筆墨、畫軸都入水中之後才生長出來的。王獻之命家人下水打撈，在爛泥中，僕人撈出一節節粉嫩光滑，潔白似筆的東西，形狀就像是捲起來的字卷、畫軸。王獻之細想之下，把一切做了串聯：水面的綠葉是硯台幻化而成，含苞的花蕾是倒置的毛筆，水底的潔白卷根是畫軸、字帖，至於烏黑的池水，則是墨汁染成的。王獻之生氣地責罵妹妹，怪她不知珍惜父親的遺物，可是已無法可想，只有據實向皇上報告。皇上在失望之餘，在品嚐這些鮮脆可口的白色根莖後賜名「嘔菜」，表示是由王小姐愛慕財富，與父親嘔氣而來的蔬菜。後人改「嘔」為「藕」，又因藕根節節相連，於是與蓮字並稱而為「蓮藕」。由於蓮藕是「書聖」王羲之的遺物，因此自蓮葉、蓮花、蓮梗、蓮蓬、蓮子、蓮鬚、蓮殼、蓮藕、藕根都可入藥，成為極普遍的藥用植物。

《本草經》說：藕實莖味甘，平。主補中養神，益氣力，除百疾，久服輕身，耐老不飢，延年，一名水芝丹。宋朝蘇頌所著的《本草圖經》中，對於蓮藕的藥用性有詳細的記載：「藕實莖生汝南池澤，今處處有之。生水中，其葉名荷，藕生食，其莖主霍亂後虛渴煩悶，不能食，及解酒食毒，花鎮心，益顏色，入香尤佳。荷葉止渴，殺蕈毒，今婦人藥多有用荷葉者。葉中蒂謂之『荷鼻』或『蓮鼻』，主安胎，去惡血，留好血。實主益氣。惟苦薏不可食，能令霍亂，大抵功用主血多效。乃因宋太官作血衃，庖人削藕皮誤落血中，遂散不凝。自此醫家方用主血也。」

蓮藕以其節中有洞，在日本被視為有好兆頭、吉祥的食物，表示「前途光明」之意，是過年及喜慶節日不可缺少的蔬菜。蓮藕切開後或削過皮之後，其部位會變黑，產生澀澀的口感，會出現這樣的情形是因為單寧酸之故，單寧酸具有消炎、收縮作用的止血效果：可以抑制喉嚨疼痛、流鼻血等，對於抑制內臟傷口的出血、胃潰瘍以及十二指腸潰瘍，都有極佳的療效。

蓮藕在中藥裡屬於具有消除神經疲勞特性的植物，經常食用可以緩衝神經的過度緊張。其所含大量的食物纖維，不但具有整腸作用，亦可消除肥胖、降低血液中的膽固醇量；即使在年節時吃得過量，也能藉由食用蓮藕防止胃中囤積食物、不消化等情形。有飲酒過量的情形時，喝上一杯蓮藕汁就能夠迅速解除不適；非洲的土人在痛飲一番椰子酒之後，經常喝上一大杯蓮藕汁來預防宿醉頭痛。

「藕斷絲連」說的是刺秦勇士荊軻與燕國公主之間，纏綿悱惻、動人心弦的愛情故事。蓮藕折斷後為何總是纏繞著許多具黏性的絲狀物？不僅是藕，連荷梗折斷後也會有這種黏性的絲狀物。取來一段荷梗，折成一段段之後，這種具黏性的絲狀物可以拔得相當長，用放大鏡觀看，就像是一長串連接著的小燈籠，非常迷人、可愛。這種被人們稱為「藕斷絲連」的狀態，是植物因應特殊環境的生態所致。植物要生長，就需要有運輸養料的組織，跟人體結構裡需要腸子一樣，植物的運輸組織，是一些空心的細管子，不過植物這種細管子的組成，並不完全一樣，構成這些細管的細胞，有的是平面垂直排列，有的是一圈一圈地圍著，而藕的細管之細胞排列卻呈螺旋狀，稱為環狀管壁，在放大鏡下觀看，可以發現它的形狀和拉力器上的彈簧一模一樣。拉力器上的彈簧，在靜止的時候，看起來像一條條的圓形鐵管，可是用力一拉，彈簧就鬆了開來，拉得越用力，就伸得越長。藕或荷梗折斷的時候，梗中許許多多的細管子（植物學上稱為篩管或導管）並沒有斷裂，當藕被折斷的時候，篩管就像彈簧那樣被拉長了，成了肉眼見的黏性絲狀物。藕或荷梗如果使用鋒利的刀片迅速斬切，由於細胞間的連鎖被破壞了，就跟彈簧被鉸斷一樣，因此就不容易產生所謂「藕斷絲連」的狀態了！

【台灣這樣吃蓮藕】

水生的蓮藕需要特別的場所種植，因此早期種藕並不普及，多侷限於南部的供應，也因此蓮藕食品變化不多，常見的煮湯是台灣人最愛的飲食方式。蓮藕煮排骨是經典的湯食，即便是如此簡單的菜餚，在早期的台灣家庭中，都是豪華料理。許多辦桌的料理中，也時也將蓮藕放入佛跳牆中同煮，是取代荸薺的簡易做法。

由於喜愛蓮藕的爽脆，因此常將蓮藕炒食。蓮藕切薄片，浸泡淡醋水中，如此蓮藕比較不會氧化，口感亦脆嫩。油鍋熱後先炒香一把芹菜葉末，接著再下蓮藕炒熟，起鍋前加入一些芝麻，隨即熄火，調味料是少許的味醂及淡色醬油。這種炒蓮藕很適合上班族或學生帶便當，由於冷熱均宜，因此登山旅行都很方便。

藕粉是蓮藕經研磨後沉澱的粉狀物，具有黏性，是高級的芡粉材料。淡粉色的藕粉用滾水沖泡或煮開後，呈現透明狀，具有美妙的咀嚼感，很多人喜愛其彈牙的感覺，而用來製成元宵，是屬於價昂的食品。早年時候吃點心或宵夜，除了麵茶之外，多數人喜愛用滾水沖太白粉，並加糖調味，吃一碗暖呼呼的麵糊；有錢人家吃的卻是藕粉，同樣用滾水沖開，加糖調食，是有平喘安神、滋陰益氣功效的養生食品。

市場裡販售的蓮藕。

薤

Allium chinense

■性味：性溫味辛，入脾、胃經，適合偏寒體質。

■成分：蛋白質、脂肪、醣類、纖維、灰分、硫化物、大蒜糖、鈉、鐵、磷、鈣、維生素B1、B2、C。

■功效：溫腎補氣、溫中散結、調中理帶、增進食慾、消炎、發汗。

【薤的作用】

1. 薤具有一種特殊的氣味，因含有蔥類植物特有的硫化丙烯基的物質所致。
2. 薤白搗汁可舒緩鼻炎症狀。
3. 薤白搗碎可外敷蟲咬、刀傷。
4. 食用薤白具袪痰效果。
5. 薤白能緩和狹心症、心臟性氣喘等症狀，適合心臟疾病患者食用
6. 薤白含有豐富的維他命 B1 ，具增強體力、消除疲勞的效果。

【健康料理】薤白蜂蜜汁

◎材料：新鮮薤白 10 個、蜂蜜一匙。

◎作法：薤白洗淨，加一杯水用果汁機打碎，與蜂蜜調食。

◎養生功能：具整腸、驅蟲效果，亦適合中風病患。

【健康料理】薤白漬

◎材料：薤白 1 公斤、甘醋 600C.C 、糖 400~500 公克、鹽一小匙、辣椒 3 條（薤的地下鱗莖稱為薤白）。

◎作法：1. 薤白去外皮、洗淨，瀝乾水氣備用。

2. 糖、醋、鹽煮至均勻後放涼備用。（可酌量添加一小杯水）
3. 薤白、辣椒放入醬汁中，儲放於乾淨的玻璃罐等容器中，上用重物壓住。
4. 約 15 日左右即可食用。

◎養生功能：溫中補氣、強健精力、消除疲勞。

1.薤為百合科的植物，是歷史悠久的作物之一。

2.清明節過後，薤的地下鱗莖逐漸肥大。

【薤紀事】

Allium chinense，百合科，多年生草本；株高 20~50 公分；葉叢生，中空，近似五角形，細長柔軟，被有白粉；繖形花序，小花粉紫色、白色；種子黑色；地下鱗莖長卵形或紡錘形，直徑 1.5~2 公分左右，白色，柔嫩多汁可食用，亦可做為繁殖用。採收期 4~9 月，英文名稱 Rakkyo、Scallion，別稱蕗蕎。

薤性喜冷涼，不耐暑熱高溫，秋季最宜種植，台灣俗諺：「七蔥、八蒜、九蕗蕎。」說的是農家下種蔬菜的口訣，九月份正是種植薤的季節。清明節過後，薤的地下鱗莖逐漸肥大，4 月起即可採收，一直到 7~8 月為盛產期，產地以雲林縣為最大產區，宜蘭、新竹、苗栗等地亦有零星栽培。新鮮的薤很少在超市販賣，即使是傳統市場亦不多見，因為薤的主要用途多做為醃漬物，很少新鮮入菜。

薤原產於中國，別稱火蔥、辣韭、蕎頭、蕗蕎，西元前即有人工栽植的紀錄。時人云：物莫美於芝，故薤為菜芝。薤類其葉類蔥而根如蒜，收種宜火薰，故俗人呼名為「火蔥」。

《圖經》記載：薤生魯山平澤，今處處有之。似韭而葉闊，多白無實。人家種之，有赤、白二種，赤者療瘡生肌；白者冷補，皆春分蒔之，至冬而葉枯。《別錄》記載了薤的藥用功能：「苦，無毒，歸於骨，菜芝也。除寒熱，去水氣，溫中，散結，利病人諸瘡，中風寒水腫以塗之。」作者以薤具多種治療功能，為蔬中靈芝，乃譽為「菜芝」。

醫書《梅師方》提及薤用於外敷的特性：「差者有傷手足而犯惡露，殺人不可治，以薤白爛擣，以帛裹之，冷即易，亦可擣作餅子，如艾灸之，使熱氣入瘡中，水下差。」唐朝韋宙所著的藥書《獨行方》則記錄了薤對於當時流行的霍亂，有極好的療效：「霍亂乾嘔不息，取薤一虎口，以水三升，煮至

3.薤的果實。

4.薤的花朵為繖形花序，小花粉紫色或白色。

蕗

Allium chinense

日本《和漢三才圖會》中，明確記載了蕗的藥用功能：「生食蕗白具有祛除風寒、發汗的效果，並且對於小兒驅蟲、整腸都能獲得不錯的療效。此外對於因心臟病而引發的氣喘及狹心症等，食用蕗白，都能獲得很好的緩和功效。」

【台灣這樣吃蕗】

單提一個「蕗」字，很多人會以為說的是「螃蟹」，因為在台語裡面，並不用這個字，老人家說的是「蕗蕎」，至於罵人「蕗蕎臉」是指厚臉皮、不知廉恥之意；不知是否因為蕗白長的肥嫩討喜，看起來可口美味，實際上卻「臭氣沖天」所致？若果真如此，對於營養滿點的蕗而言，那可真是太委屈了！

現代人對於「蕗」這個字恐怕依然瞠目結舌，除了市場上很少販賣之外，餐館中亦不見蹤跡，只上超級市場的人更難了解這種食物對身體的好處。對於多數容易疲勞、缺乏維生素B群的人而言，最

好的食物就是薤，可惜新鮮的薤難與美味畫上等號：小孩不吃大人就不買，薤幾十年來一直沉淪在「老人食物」中難以翻身！

台灣人吃蕗蕎通常只有醃漬一種吃法。無論是用紫蘇、梅汁，或是糖、醋，也許只用鹽輕醃，隔個幾天就能在早餐桌上看見了。早餐吃稀飯配醬菜是農業社會時期的典型模式，勞力大的人也許吃乾飯擋飢，但是醬菜可沒有多大改變，除了食材來源容易之外，保存不易也是重點。農家採收蔬果都有一定的數量，不販賣一時又吃不完的時候，醃漬的方式能讓食物不易腐壞且能長期食用，是最理想保存的方式；在陽光、空間、人力、食材都具備的情況下，醬菜的產生具有時代背景的文化意義。

由於長輩喜歡吃醃漬的薤，因此家中種有一畦，清炒嫩薤即是我家特別的青菜食物。取薤的嫩苗清炒，單用鹽調味，連味精都不用，那種剛從泥土中喚醒的甘香多汁，恐怕是許多都市人很難想像的甜美滋味；薤苗完全沒有特殊氣味，纖維雖多卻嫩而可口，連小孩子都很喜歡。到園子裡採一把清甜的薤苗，端上桌來猶有陽光的味道！

1

2

3

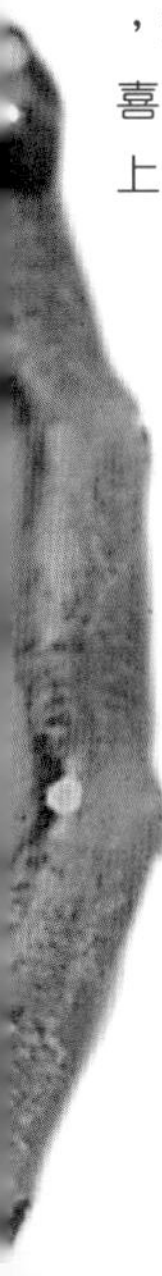

1.台灣人吃蕗蕎通常只有醃漬一種吃法。
2.薤白漬。
3.薤嫩苗清炒，是都市人很難想像的美味。

左頁圖：早餐餐桌上少不了醃漬蕗蕎。

根莖菜類17

慈菇

Sagittaria trifolia

THE WONDERS OF VEGETABLES IN TAIWAN

■性味：酸性，性平味甘，入肝、肺、胃經，適合一般體質。

■成分：澱粉、纖維、蛋白質、醣類、鈉、鐵、鈣、磷、鋅、鎂、鉀、維生素B1、B2、B6、C、E。

■功效：潤肺止咳、行血通氣、促進新陳代謝、強健骨骼。

【慈菇的作用】

1. 慈菇去皮以洗米水煮熟，拌蜂蜜食用，具有舒緩肺虛咳血功效。
2. 慈菇花煎水飲服，具有明目袪濕的功效。
3. 慈菇花與白飯搗碎，外敷腫毒瘡癰。
4. 慈菇全草煮水沐浴，舒緩痱子、溼疹症狀。
5. 慈菇葉搗碎外敷患處，可治療蛇、毒蟲咬傷。

【慈菇紀事】

Sagittaria trifolia，澤瀉科，多年生水生草本；株高50~120公分；葉長三角形，先端尖銳，基部分成二叉，燕尾狀；總狀花序，花小型，花冠白色，花瓣3枚；果實扁球狀；地下球莖先端具彎曲頂芽富含澱粉質，可食。花期4~7月，果期4~8月，球莖採收期1~4月。英文名稱Chinese Arrowhead，別稱茨姑、茨菰、燕尾草、剪刀草。慈菇的地下球莖極易繁殖，一年中可分育10多個子莖，生產期在冬季，有4個月左右的收穫期，台灣各地均有零星栽培，一般農家在第二期稻作間作，每隔3行水稻，種植一行慈菇，3個月即可採收。或種植於低窪濕潤的沼澤間，是冬季春節時期的特別食材，唯近年傳統市場少見，年輕人多半不識。台灣亦有野生慈菇多個品種，常見於濕潤的低漥或沼澤地區；人工栽種的慈菇，無論葉形、花形都碩大豐美，與野生慈菇差異很大。

慈菇原產於中國、歐洲、美洲等地，其屬名*Sagittaria*係由拉丁文「箭矢」而來，以葉形酷似而得名，種名*trifolia*是「三葉的」之意，變種名*edulis*則是「可食用的」。日本在奈良時代已有慈菇的栽培紀錄，稱慈菇為「鍬芋」，形容其是以「鍬挖掘的芋頭」。日本社會最近流行「屋頂綠化運動」，居民用小水箱培育慈菇，種植在

1.市場裡的慈菇是不常見的蔬菜。

2.慈菇的葉片如箭矢般，是很好辨認的特徵。

脊樑上，只要有雨水，慈菇就能生意盎然，甚是美觀。

《本草綱目》記載：「慈姑，一根歲生十二子，如慈姑之乳諸子，故以名之。生淺水中，人亦種之。三月生苗，霜後葉枯，根乃繞結，冬及春初，掘以為果，須灰湯煮熟，去皮食，乃不麻澀戟人咽也。嫩莖亦可煠食。」慈菇含有少量生物鹼，敏感者食用會有口麻的感覺；「灰湯」指的是用鹼性草木灰去除生物鹼的做法。

《本草圖經》記載：「慈姑，生江湖及汴洛近水河溝沙泥中，葉似剪刀形，故名剪刀草、剪搭草或燕尾草。其根黃，似芋子而小，煮之可啖。厚腸胃，止咳嗽。」

【台灣這樣吃慈菇】

慈菇入菜，清香滑潤，相傳清宮皇室有一道慈菇燒肉的御膳。將慈菇切塊加以佐料稍醃漬後，下熱油鍋與豬肉同炒。這道御膳色如琥珀，香氣四溢，是康熙的最愛。台灣的食用方式經常用慈菇紅燒豬肉、煮排骨湯，慈菇和芋頭的滋味十分相似，沒有獨特的味道，又因價格不太平價，所以沒有成為餐桌的常饌。慈菇燒肉成為御膳，或許是因為康熙從北地來沒有吃過精緻的南方美食，才會讚不絕口吧！在香港吃過慈菇餅，用慈菇、蝦米、臘肉、蓮藕和上麵粉，熱油煎得香酥可口，用來搭配濃釅的茶湯，是非常充實的下午茶點心。慈菇也用來煮湯，同樣美味，吃來比芋頭更增加滑潤、綿密的口感。慈菇在冬季上市，一般在農曆年前後最多，不過並非是主力的蔬菜，很多年輕的主婦們不識其物，也不知如何烹調，小販們通常也只有紅燒排骨等的做法告知。用慈菇代替芋頭來做佛跳牆，是我家獨特的作法，慈菇比芋頭綿密而且更具黏性，很能吸附其他菜餚的美味而形成獨特的口感，也令湯汁更濃稠、香醇。很愛用湯匙舀起軟香的慈菇，在口中用舌頭細細品嘗，就像吃冰淇淋一樣，很真實地傳遞著飲食的幸福！

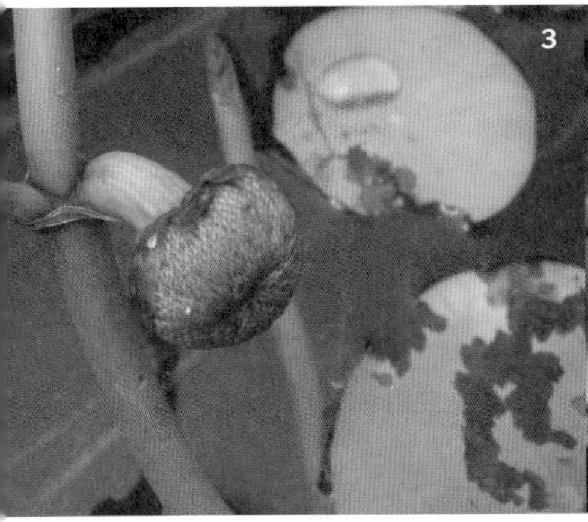

3.慈菇的果實扁球狀。 4.慈菇的花朵小型，花冠白色，花瓣3枚。

根莖菜類 18

荸薺

Eleocharis plantaginea

THE WONDERS OF VEGETABLES IN TAIWAN

■性味：性寒味甘，入肺、胃、大腸經，適合熱性體質。

■成分：澱粉、蛋白質、醣類、灰分、纖維、鈣、磷、鐵、鎂、鉀、鈉、鋅、胡蘆蔔素、維生素B1、B2、C。

■功效：清熱生津、開胃消食、潤燥化痰、清音明目、利尿、降血壓。

【荸薺的作用】

1.荸薺含有抗菌成分荸薺英，具有抑制金黃色葡萄球菌、大腸桿菌及綠膿桿菌的作用。

2.荸薺含有胡蘿蔔素、維生素C，具有抑制色斑沉澱的作用。

3.荸薺為低酸性、低蛋白食物，具有利尿通便、清涼解毒的功效。

4.荸薺絞汁調冰糖飲服，具有清熱化痰、潤肺的功效，適合慢性咽喉炎患者。

【健康料理】荸薺酒釀

◎材料：新鮮荸薺10個、酒釀兩大匙、冰糖少許。

◎作法：1.荸薺洗淨、去皮切薄片。

2.荸薺煮熟後，加入冰糖、酒釀，稍攪拌後即熄火。

◎養生功能：清涼解毒、透發出疹，適合長水痘患者，但應忌食辛辣食物。

【健康料理】荸薺銀花飲

◎材料：新鮮荸薺500公克、金銀花50公克、冰糖少許。

◎作法：1.荸薺洗淨、去皮拍碎後與金銀花小火煮一小時。

2.去渣加冰糖代茶飲用

◎養生功能：清熱解毒、消腫止痛，適合痤瘡患者。

1

2

3

【健康料理】荸薺薏仁湯

◎材料：新鮮荸薺10個、薏苡仁一匙、冰糖。

◎作法：1.薏苡仁先泡水，後煮至熟軟。

2. 荸薺洗淨，去皮切片，加入薏苡仁中續煮熟。

3. 熄火前，加入適量冰糖。

◎養生功能：具有清熱、利濕、止癢的功效，適合濕疹、小兒濕疹（俗稱奶癬）患者。

【荸薺紀事】

Eleocharis plantaginea ，莎草科，燈心草屬，多年生半水生草本；株高50~90公分，地下有分蘗莖和結球莖，分蘗莖呈水平走向，結球莖匍匐地下，呈30~60度俯角，垂直走向，球莖即是荸薺，可食；葉狀莖簇生，中空，由地下分蘗莖長出。盛產期11~4月，其他季節淡產。英文名稱Chinese Water chestnut，別稱馬薯、馬蹄、水栗、地栗。

荸薺原產於東印度、中國大陸長江流域，浙江、福建、廣東、廣西一帶，是中國古老的作物之一。台灣在明末清初時期，隨著移民從大陸引入栽培，民國70年左右，其栽種面積達1000公頃以上，多數製罐外銷世界各國，後來由於生產成本日漸提高，缺乏競爭力而導致沒落。主要產地在台北近郊、嘉義、台南等地。

現代醫學藥理研究指出，荸薺含大量澱粉及磷質，熱量極高，在蔬菜內名列前茅，能調節人體酸鹼值，增進牙齒、骨骼、神經組織的健康，具有抗菌、消炎作用，能治療發炎症疾病。

【台灣這樣吃荸薺】

台灣稱荸薺為「馬薯」，其由來不可考，不過廣東人稱之為「馬蹄」，兩者發音雷同，或許由於文化傳播的因素，因此在飲食方式上竟也非常相似。荸薺具有緩和肉類油膩的作用，因此經常與豬肉一起調合作成食品，除了是獅子頭的必要食材之外，也在什錦燉菜之類的料理中出現。

除了節慶祭典之外，台灣也有「做牙」的習慣，一般人家每逢農曆初一、十五日會特別烹煮豐盛的食物敬神或祖先，商家則在初二、十六日「犒軍」（敬神及犒賞兵馬將）。此時最常見的料理就是油炸的食物，所謂「禮多人不怪、油多菜不壞」，油炸的食物比較具有貯藏性，能夠多餐食用，因此炸丸子之類的食物就常出現在節慶時日中。炸丸子依據豐儉內容各有不同，荸薺則是不變的內容，有時與豬肉拌勻油炸，有時與鹹菜、花生及麵粉調勻，是一種很特別的風味菜。簡易的佛跳牆中也會大量使用荸薺，取的是爽脆的口感，這道料理經常出現在「辦桌」中，一般家常料理並不常使用。

左頁圖：1.荸薺是莎草科的多年生半水生草本，葉狀莖簇生。 2.已削皮的荸薺。 3.酒釀荸薺。

根莖菜類 19

草石蠶

Stachys sieboldii

THE WONDERS OF VEGETABLES IN TAIWAN

■性味：性平味甘，入脾、胃經，適合一般體質。

■成分：纖維、水分、蛋白質、葫蘆巴鹼、膽鹼、醣類、鐵、鈣、維生素B、C。

■功效：和中下氣、散血止痛、除風破血、散瘀活血。

【草石蠶的作用】

1. 草石蠶含水蘇糖及水蘇鹼，具有活血祛風的功效。
2. 草石蠶根莖含葫蘆巴鹼，具有解毒、止痛的功效。

【健康料理】草石蠶排骨湯

◎材料：草石蠶 300 公克、排骨 200 公克。

◎作法：排骨先汆燙去血水、污沫後，與草石蠶一同燉煮。

◎養生功能：缺鐵性貧血、精神不振、容易疲勞者。

【草石蠶紀事】

Stachys sieboldii，唇形花科，多年生宿根草本；株高 12~30 公分，莖方形，全株密生細毛；葉對生，長卵形，先端尖，鋸齒緣；花冠淡紫色；地下塊莖短節環狀紋，長約 1.5~6 公分，白色，形似桑蠶，質脆可食。花期 3~4 月，採收期 12~2 月。英文名稱 Stachys，Chinese artichoke，別稱臥地蠶、地蠶、地瓜兒、假冬蟲夏草。

草石蠶喜歡溫暖乾燥的環境，台灣各地都有零星栽培，一般人家種植僅供自家食用，僅新竹、苗栗一帶有小規模專業栽培，目前市場所見者多為進口物，由於消費者已不再錯認為「冬蟲夏草」，價格回歸一般蔬菜的定位，大約一斤 50~80 元左右。

草石蠶從地下挖掘出來之後，有些品種會因陽光與空氣而產生氧化現象，業者通常在黃昏或是陰天挖採，並於採收後立即放進淡鹽水中浸泡防止褐變。這類品種很少生品上市，多數用來加工醃漬。

1.草石蠶的地下塊莖有短節環狀紋，常被誤以為是珍貴藥材「冬蟲夏草」。 2.草石蠶是唇形花科多年生宿根草本植物。

草石蠶的唇形花冠為淡紫色。

原產於中國的草石蠶，有長久的栽培歷史。草石蠶形如白蠶，臥於地中，故曰「臥地蠶」。《本草會編》記載：「草石蠶徽州甚多，土人呼為地蠶。肥白而促節，大如三眠蠶。生下溼地及沙磧間，秋時耕犁，遍地皆是，收取以醋淹，作菹食，冬月亦掘取之。」《食物本草》說：「地蠶生郊野麥地中，葉如薄何，少狹而尖。又微皺欠光澤，根白色，狀如蠶，四月採根，水瀹，和鹽為菜茹之。」

古書對於草石蠶的記載多以為菜蔬，以之做為菹菜食用。明朝時李時珍收入《本草綱目》中：「草石蠶即今甘露子也，荊湘江淮以南，野中有之，人亦栽蒔。二月生，苗長者徑尺，方莖對節，狹葉有齒，並如雞蘇，但葉皺有毛耳。四月開小花，成穗，一如紫蘇花穗，結子如荊芥子。其根連珠，狀如老蠶，五月掘根蒸煮食之，味如百合。或以蘿蔔滷及鹽菹水收之，則不黑，亦可醬漬、蜜藏，既可為菜，又可充果。」李時珍謂草石蠶有地蠶、土蛹、滴露、討露子、地瓜兒等別稱，蠶蛹皆以根形而名，甘露以根味而名；或言葉上滴露而生，珍常府之，無此說也。《救荒本草》記載：草石蠶又稱寶塔菜、甘露子，味甘平無毒，以其根浸酒具有除風破血之功效。煮食則可治溪毒。另將其根焙乾，主走注風、散血止痛，其節亦可搗末沖酒飲服，利五臟，下氣清神。

根莖菜類 19

草石蠶

Stachys sieboldii

THE WONDERS OF VEGETABLES IN TAIWAN

【台灣這樣吃草石蠶】

大約 10 多年前，市場上開始出現一種特別的根莖類蔬菜，菜農稱之為「冬蟲夏草」，是從中國進口的新鮮貨，要價一斤 300 多元。一時之間主婦們趨之若鶩，紛紛選購烹調，希望嚐一嚐新鮮珍貴中藥的滋味！

草石蠶口感與花生相類似，但油脂較少，所以口感比較脆嫩一些，多數用來煮湯燉排骨，或是油炸後拌胡椒鹽用來下酒，滋味頗佳。某次在南部的「辦桌」中，吃到「拔絲草石蠶」，是比較特別的飲食方式，不過並沒有引起太大的肯定。草石蠶風行一陣後，就淪落為一般蔬菜，不僅連常態蔬菜都稱不上，甚至不管什麼等級的餐館，也幾乎都點不到這道菜，除了滋味平常沒有特色之外，應該還有「假身分」被拆穿的失望吧！

草石蠶在日本頗受重視，日本人已經種植長達 300 年之久，是大分縣的名產，其特色是以梅醋醃漬。草石蠶是日本過新年時的節慶食物，用紅花染色後與黑豆成為正月料理的裝飾物。

草石蠶排骨湯。

THE WONDERS OF VEGETABLES IN TAIWAN

菇類

TAIWAN

菇類 01

香 菇

Lentinus

THE WONDERS OF VEGETABLES IN TAIWAN

■性味：性平味甘，入脾、胃經，適合一般體質。

■成分：蛋白質、碳水化合物、核黃素、多醣類物質、核酸類物質、天門冬鹼、β葡萄糖甙、氨基酸、鉀、鐵、維生素B1、B2、D。

■功效：補氣健身、益脾養胃、和血化痰、降低血糖、提高機體免疫功能、淨化血液。

【香菇的作用】

1. 香菇含有特殊干擾素誘導劑，可誘導體內干擾素的產生，具有預防流行性感冒的作用。
2. 香菇含有核酸類物質，可抑制血清和肝臟中膽固醇的增加，促進血液循環、防止動脈硬化及降血壓。
3. 香菇含多醣類物質、核黃素，具有在體內蛋白質合成中抑制色素沉著，防止皮膚乾燥、粗糙，有滋養皮膚的作用。
4. 香菇含有香菇多醣體，可提取抗癌物質，具有抑制腫瘤的作用，增強體內細胞免疫和體液免疫的功能，發揮抗癌作用。
5. 香菇中含有β葡萄糖甙酶，具有抑制腫瘤的成分，能間接殺滅癌細胞，阻止癌細胞的擴散。
6. 香菇含一般蔬菜所缺少的麥角脂醇，經日光或紫外線照射，可轉變為維生素D原，能幫助鈣質的吸收，具有幫助於骨骼發育，增進記憶的功能。
7. 香菇含多種人體所需氨基酸，營養價值極高，能降低血壓和膽固醇，治療貧血、糖尿病等症狀，還能增強性功能。
8. 將香菇菌褶向上，置於太陽下曝曬，充分吸收紫外線，經人體吸收後，能轉化成維他命D。
9. 香菇具有解毒作用，可以使肝臟機能轉為活潑。
10. 香菇含有香菇嘌呤鹼，能抑制膽固醇的吸收，舒緩腦血管硬化、腦血栓等症狀。
11. 香菇含卵磷脂，可提高免疫力，預防感冒、降低血壓；抑制癌細胞生長。

1.新鮮香菇是鹽酥雞不可或缺的食材之一。　2.香菇在早年時期的台灣，是有錢人家才吃得起的昂貴食材。

12. 香菇含有豐富的矽元素，能提高人體免疫功能，具有防止血管硬化，降膽固醇、血壓的功效。
13. 香菇含真菌多醣，具有抗腫瘤、抗衰老、降血壓的作用。
14. 香菇含亮氨酸、膽鹼、天門冬鹼等元素能降血脂，增強抵抗力。

【健康料理】**麻油香菇**

◎材料：新鮮香菇 200 公克、麻油酌量、薑片少許。

◎做法：麻油爆香薑片後，續炒香菇，調味後即可上桌。

◎養生功能：潤肺除燥、滋補陰虛。

【香菇紀事】

Lentinus，口蘑科（褶菌科），香菇屬，食用菌類孢子植物；從上往下依次分為菌傘、菌環、菌褶、菌柄四個部分，形成菌菇體。漢朝時即有栽培的紀錄，1901 年日本人在埔里栽種，在栗子樹、楓木等做為段木，以菌絲接種法，或是用太空包填入木屑、米糠、碳酸鈣、玉米粉等種植，大約 3 個月即可採收。英文名稱 Shiitake mushroom 。

香菇為中國及日本代表性食物，是一種褐色的腐生真菌，菌蓋扁平，乾燥後有斑駁的裂紋。自古以來始終是人類最佳的保健食品之一。日本在 17 世紀寬永年間開始人工栽培，廢棄炭窯的枯木，經過適當的水氣滋潤後，產生了香菇，此後人類開始了種菌接種法。1955 年，有產業之父稱號的森喜作先生，採用了孢子種植法，將孢子囊群植入木段中，確立了「種駒法」的技術。

中國人食用菌類有久遠的歷史，考古學家在浙江河姆渡新石器時代遺址發掘出菌類的遺物，證實人類在距今 7000 年前即開始採集蘑菇、菌類食用。《說文》：「生樹者曰蕈，生地者曰菌。」蕈類即是菇類，菌類有時亦與蕈菇類

3.以菌絲接種法在栗子樹、楓木等段木栽植香菇。

4.乾燥的香菇已是相當大眾化的食物。

菇類 01

香 菇

Lentinus

THE WONDERS OF VEGETABLES IN TAIWAN

渾淆相通。今人簡易分類法以木耳為菌類，香菇等為蕈類。

中國在漢朝時期就有關於食用蕈類的栽培紀錄，是人工種植蕈菇的濫觴。唐代《四時類要》有了更具體的說明：「三月種菌子，取爛構木及葉，於地埋之，常以泔水澆令濕，三兩日即生。又畦中下爛糞，取構木可長六七吋，截斷捶碎。如種菜法，於畦中勻布，土蓋水澆，長令潤如。初有小菌子，仰杷推之；明旦又出，亦推之；三度後出者甚大，即收食之。本自構木，食之不損人。」

西元 1245 年，宋朝陳仁玉出版了世界上最早的食用菌類專書《菌譜》。陳仁玉是臺州人，臺州以出產生等的菌類而聞名，《菌譜》即是對臺州本鄉特產的記述，書中記述 11 種的菌類，對每一種菌類的生長、形狀、色味、採收時間都做了一定的說明。元朝《王禎農書》紀錄了香菇的栽培技術，「以蕈碎剉，均布坑內」這是用子實體組織塊作為播種的材料，將人工栽培香菇的技術更推進一步。

麻油香菇。

在顯微鏡還沒有發明以前，人們無法見到肉眼看不出的微細的小東西，所以常常發生許多誤解。例如，人們看見食物放久了，上面長出霉來，就以為食物變成了霉；看見腐朽的木頭上長出香蕈，就以為木頭腐爛以後變成了香菇。自從顯微鏡發明以後，許多細小的生物都能看見，過去人們心中的謎也一個個被解開來。

霉或是香蕈實際上都是一種比較低等的植物，它們並不是由食物或木頭變成的，而是由它們自己的繁殖器官所產生的。不過這種植物的繁殖器官非常細小，無法用肉眼觀察。以香菇而言，它是一種真菌，因為它的形狀看起來好像一把傘，所以又叫「傘菌」。香菇的整個身體可以分成菌蓋、菌柄和地下菌絲三個部分，人們平時所吃的是它的菌蓋和菌柄，地下菌絲常常不被人們所注意，因為它並不長出地面上來。如果把菌蓋翻過來，就可以看見它的腹面有一褶一褶「菌褶」，在這菌褶裡藏著幾十億個孢子，這些孢子成熟後，便滿天飛散開來，找到適合生存的地方便再度繁殖。

當孢子飛到腐朽的木頭上後，就萌發成為菌絲，菌絲一直鑽到木頭裡，吸取裡面的養料，慢慢地長出了子實體（就是菌蓋和菌柄部分），子實體起初很小，當天氣一潮濕，吸飽了水分後，就很快地變大了。香菇不含葉綠素，所以自己不會製造營養，它的生活全靠吸取現成的養分。陰暗潮濕而溫暖的泥土、枯樹、朽木、草堆及廄肥等地方，正是有機物最豐富的地方，所以香菇最喜歡在那些地方生長。

【台灣這樣吃香菇】

香菇在早年時期的台灣，是有錢人家才吃得起的昂貴食材。昂貴的乾香菇由日本或韓國進口，一斤香菇的價格是普通人家一星期的菜錢，所以許多人在收到香菇這種禮物之後，就密密收好，預備著有客人來訪或是節慶時才取出料理，也因此而經常忘記或實在捨不得食用，以至於香菇最後變成蘿粉。
如今香菇已是大衆化食物，隨處可見的菇寮生長的香菇品質都有一定的水準，無論新鮮的或是乾燥的土產香菇，質地、口感與香氣比之外來品毫不遜色。由於市面供應量多，香菇也變成日常的食物而經常出現在餐桌上。湯類用的是乾燥品，素炒多用新鮮香菇，加些蔥段同炒是一般的煮法，日本料理店中，則在香菇的傘褶上填上一些肉餡，用油煎過或炸過，是一種下酒菜。
吃昂貴的香菇是一種身分象徵，也因此早年台灣人稱有錢的姑姑為「雞肉絲姑」；真正的雞肉絲菇是一種生長在竹林下蕈類，味道十分鮮美，猶如雞肉絲一般而得名。女子嫁得好夫婿之後，身分也跟著提高，回到娘家來能夠擁有「座位」，與父兄平起平坐，甚至能左右家族的一些決定。雞肉與香菇是早年台灣的珍貴食物，姑與菇無論是台語或漢話都是同音，因此有身分的姑姑就被稱為「雞肉絲姑」，這句話雖然具有調侃的意味，卻也說明了早期女子依附的地位。

菇類 02

黑木耳

Auricularia polytricha

THE WONDERS OF VEGETABLES IN TAIWAN

■性味：性平味甘，入胃、大腸經，適合一般體質。

■成分：蛋白質、粗纖維、碳水化合物、核黃素、尼克酸、鞘磷脂、磷脂多醣體、黑利菌素、腺甙、鉀、鎂、鈉、鐵、鈣、磷、維生素B1、B2。

■功效：潤肺養胃、清熱涼血、活血抗凝、補腦強心、潤燥利腸。

【黑木耳的作用】

1.黑木耳內含抗血小板凝聚作用，可緩和動脈硬化，預防冠心病。
2. 黑木耳含多醣類物質，具有抗腫瘤、增加免疫力的功能。
3.黑木耳具有潤腸作用，容易腹瀉者不宜多食。
4.黑木耳含有腺甙元素，具有淨血、抗凝作用，能預防血栓形成。
5.黑木耳含有豐富的矽元素，能提高人體免疫功能，具有防止血管硬化，降膽固醇、血壓的功效。
6.黑木耳含有腺嘌呤核甙，具有抑制血小板聚集的作用，能預防腦血栓形成。
7.黑木耳所含多醣體為酸性異葡萄糖，具有抗癌細胞生成的作用。
8.黑木耳的纖維素為特殊的植物膠質，能促進腸胃蠕動，抑制脂肪的堆積。

【健康料理】**黑木耳魚丸湯**

◎材料：黑木耳50公克、菠菜魚丸300公克、番茄一個。

◎做法：1.菠菜汁與魚漿做成魚丸，煮熟後備用。
2.高湯煮開後加入切塊的番茄。
3.入黑木耳、魚丸，調味後即可食用。

◎養生功能：潤肺清熱、健胃整腸。

【木耳紀事】

Auricularia polytricha，木耳科，木耳屬，食用菌類，直徑3~6公分，富含膠質，有褐紫色、褐色、黑褐色等，背面密生細絨毛，以形似人耳因而得名。英文名稱 Agaric，Jew's ear，日文名稱

1.野生的木耳相當容易發現。

2.木耳的外形很像人的耳朵。

為 kikurakei 。木耳是一種異擔子菌類的食用菌類，通常寄生於大樹，由於其外型類似人類的耳朵而得名，在夏至秋季採收，現在一般都是人工栽植為多。使用桑樹、榕樹、芒果樹、白匏仔等做為段木，打洞後填入菌種栽培，P.P太空包則填入木屑、米糠、碳酸鈣等，冬天大約130天，夏天大約110天採收。

根據《唐本草注》記載：桑、槐、楮、榆、柳，此為五木耳，軟者並堪啖，楮耳人常食，槐耳療痔。煮漿粥，安諸木上，以草覆之，即生蕈爾。

《本草拾遺》教人如何辨識有毒木耳：木耳惡蛇蟲從下過者有毒，楓木上生者，令人笑不止。采歸色變者有毒，夜視有光者、欲爛不生蟲者並有毒。並生搗冬瓜蔓汁解之。

《齊民要術》中則教人如何烹調木耳：「作木耳菹法：取棗、桑、榆、柳邊生，尤濕軟者，煮五沸去腥汁，出置冷水淨洮。又著酢漿水中洗出，細縷切訖，胡荽(芫荽)、蔥白下豉汁漿清及酢；調和適口，下薑椒末，甚滑美；胡荽、蔥白少著，取香而已。」(還特別交代配料取香而已，宜少放)

【台灣這樣吃黑木耳】

黑木耳雖然算不得是昂貴的食物，但是早期台灣人卻只在特殊日子裡才食用。年節裡，台灣人喜歡煮大鍋菜，特別是人口眾多的大家庭，大鍋菜摻雜各種食材，具有不同的珍味，烹調容易又節省時間，只要分別將食材放入就行了，對於手藝不佳的主婦們而言，是容易勝任的料理方式。這種大鍋菜，食材大致不變，黑木耳是經常用來平衡食物的一種，爽脆的口感，具有調和油膩的作用；由於這種特質，黑木耳經常出現在勾芡類食物中，如肉羹、麵線羹、酸辣湯等等。

3.長在大樹上的木耳。

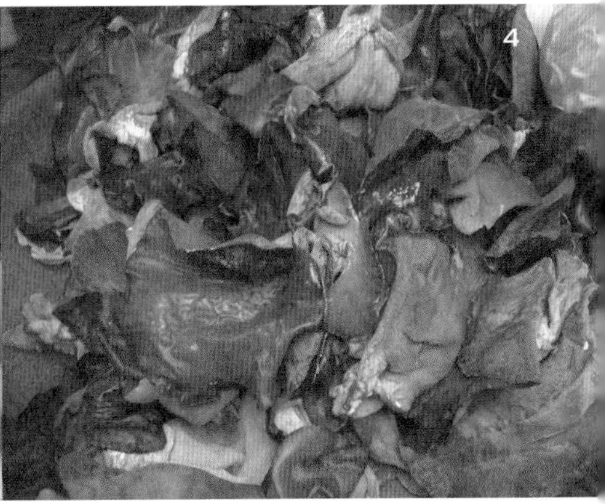

4.市場裡販售的新鮮黑木耳。

菇類 02

黑木耳

Auricularia polytricha

THE WONDERS OF VEGETABLES IN TAIWAN

台灣四面環海，海產十分豐富。一般漁家捕魚回來，雜魚類或是太小、賣相不佳的魚類就是日常食物，這些魚類除了做成魚鬆或魚乾之外，也用來打成魚漿做成魚丸，台灣料理中自家食用的魚丸，通常會加入其他食材，例如黑木耳。乾燥的黑木耳用洗米水泡發，除去沙質，切細了和在魚漿中，做成魚餅或魚丸。魚丸通常煮湯，魚餅則多油炸，稱為「甜不辣」，是日文「天婦羅」的轉音。

黑色的食物被認為具有調和五行的作用，黑色的木耳因此被認為是一種補品，不過由於價格低廉，所以其營養價值不太被重視，這種現象對於重視食物「療效」的台灣人而言，是十分罕見的：其原因或許與木耳由腐木而生有關。掛在屋簷下的曬衣竿經過長期風吹雨打後，竹竿上經常長出肥厚的木耳，這種強盛的生命力反而令人忽略了它的存在。

黑木耳所含的特殊膠質，具有吸附人體消化系統雜質以及排除的功效，並可吞噬細胞變性、壞死，防止淋巴管炎，還有幫助消化纖維的特殊功能，理髮業者及礦業工作者經常食用黑木耳，作為保健食品。

右上圖：竹竿上也會長出木耳。

下圖：黑木耳魚丸湯。

THE WONDERS OF
VEGETABLES IN TAIWAN

香辛菜類

TAIWAN

香辛菜類 01

蔥

Allium fistulosum

THE WONDERS OF VEGETABLES IN TAIWAN

■性味：性溫味辛，入脾、胃經，適合偏寒體質。

■成分：蔥蒜素、碳水化合物、抗壞血酸、蛋白質、菸草酸、鈣、錳、胡蘿蔔素、維生素B2、C。

■功效：發汗解熱、散寒、活血健胃、抗凝作用、促進血液循環、消除濕麻痺、解毒消腫、清肺健脾、止痛鎮咳、鎮靜神經。

【蔥的作用】

1.蔥含有大量的蔥蒜素，具有殺菌作用，並可在腸內與維生素B1結合，使之易於吸收。
2.蔥含菸草酸，具活化神經系統、刺激血液循環、促進發汗作用。
3.蔥含豐富礦物質，可以促進胎兒組織器官的發育，和供給孕婦體內大量熱能，有利於胎兒和母體的健康。
4.蔥能誘導血球產生干擾素，增強人體免疫力，提高抵抗病菌侵襲的能力，經常食用可預防呼吸道及腸道的感染發生。
5.蔥蒜素具有抑制胃癌細胞生長的作用，亦能軟化血管、避免血栓形成。
6.蔥能破壞纖維朊，減少膽固醇在血管壁上的累積。
7.蔥所含的維生素C是洋蔥的兩倍，維生素B2更高達6倍。
8.蔥白在漢醫上被作為發汗劑與利尿劑，使用於治療感冒和浮腫。
9.蔥具有抗血小板凝聚的作用，能有效分解脂肪組織。

【健康料理】**蔥燉豬蹄**

◎材料：生蔥300公克、豬蹄一個。
◎作法：生蔥連根帶鬚洗淨，與豬蹄燉至熟爛，服用湯汁為主。
◎養生功能：腎結石患者食用有極佳的效果。

【健康料理】**蔥白蘿蔔飲**

◎材料：蔥白100公克、蘿蔔一個、生薑數片。
◎作法：1.蘿蔔用600C.C的水煮熟。
2.下蔥白和薑片，煮至200C.C，連湯帶渣食用。

1.蔥的葉片圓筒形，被有臘質，粉綠色，白色葉鞘稱為蔥白，肥厚多汁。　2.蔥的花莖中空，繖形花序。

◎養生功能：具有宣肺解表、化痰止咳的效果，適合慢性氣管炎、支氣管擴張、肺炎所致之咳嗽等症狀患者。

【蔥紀事】

Allium fistulosum，蔥科，多年生草本；株高25~60公分；葉圓筒形，中空，被有臘質，粉綠色，白色葉鞘稱為蔥白，肥厚多汁，直徑1~2公分；花莖中空，繖形花序，小花聚生成大花序，白色或淡綠色；種子黑色。英文名稱Welsh onion， Green bunching onion。

蔥是台灣日常料理中重要的香辛蔬菜之一，北蔥的蔥白短而粗大，綠色蔥葉硬挺，不耐高溫，多產於冬季，主要產地在雲林、西螺、屏東一帶。日蔥的蔥白直徑比較小，但蔥白很長，蔥葉柔軟，俗稱「軟骨蔥」，主要產地在宜蘭的三星鄉和礁溪鄉，是台灣夏季蔥的大本營。

大蔥大約在30多年前，經由農業技術改良，已經能在高冷地區的冬季進行栽培，但蔥白直徑不到3公分，長度至多20~25公分，綠色蔥管則粗糙不堪食用，目前超市販賣的大蔥多是進口貨。至於市面上見到蔥管只有0.5公分左右，蔥頭部分也至多1公分的細蔥，被稱為「珠蔥」，通常是遭淘汰的不良品或農家自家栽培販售而來，正常的珠蔥主要以採收蔥頭為主，是做為「油蔥」的重要來源。

蔥價隨著颱風過境而有極大的波動，常日蔥價在一斤60元左右，但每當颱風過後，欉水的蔥因泡在大雨中而腐爛，此時蔥價常高漲至一斤200~300元，還曾經創下600元的天價。

蔥原產於中國及西伯利亞一帶，已經有3000年以上的栽培歷史。日本在8世紀左右傳入，江戶時代中期已經成為重要的日常食用蔬菜之一，而在全國廣為栽培。歐洲於16世紀時引種栽培，美國則遲至19世紀才有蔥的出現。

3.珠蔥主要以採收紅蔥頭為主，是做為「油蔥」的重要原料。　4.蔥是台灣日常料理中重要的香辛蔬菜之一。

香辛菜類 01

蔥

Allium fistulosum

THE WONDERS OF VEGETABLES IN TAIWAN

綠色的蔥管部分含多量的β胡蘿蔔素及維他命C，在人體內會轉換成對黏膜極重要的維他命A，是預防眼睛疲勞和疾病的重要成分。冬季時的蔥味道甘美，不僅具有安定精神、消除疲勞的作用，尤其對眼角膜乾燥、乾眼症的預防頗具效果。

嬰孩發燒時，以蔥白塞入肛門，可以達到解熱退燒的效果，這個退燒的功效已經得到日本醫學界的證明。為了避免嬰兒的肛門受傷，最好以凡士林塗抹蔥白，增加潤滑效果。此外以剝除蔥白的外膜，以有黏液的部分貼在鼻上，可解除因感冒而發生的鼻塞現象。

蔥除了被證明有醫療上的功效之外，也有一段足可在醫學界留名的典故；6世紀的時候，孫思邈利用蔥管作為導尿器，是世界上最早使用導尿管的醫生。西元1860年，法國拿力敦醫生發明了橡皮的導尿管，整整晚了中國1200年。

根據《神農本草經》的記載：蔥實味辛，溫，主明目，補中不足。其莖可作湯，主傷寒寒熱，出汗中風面目腫。《爾雅》中稱「茖、山蔥也。食之香美於常蔥一名茖蔥。」《本草圖經》將入藥之用的稱為「山蔥、胡蔥。」食品用的稱為「凍蔥、漢蔥」。

蔥初生稱為「蔥針」；粉綠色的葉簇稱「蔥管」、「蔥袍」；白色的葉鞘稱為「蔥白」，短莖稱為「蔥頭」；葉中的黏液稱為「蔥苒」或「蔥汁」。可作為油蔥的蔥頭是另外一種稱為「分蔥」的植物，又稱油蔥、珠蔥、紅蔥頭等，專為收取作為蔥頭之用，英文稱為Shallot。

蔥是飲食中不可缺少的調味食品，在生活上也有著重要的擔當，中國某些地方習俗總是將蔥掛在門口避邪，經過現代科學證實，蔥的確具有避邪的作用，它特有的蔥蒜素的確能避「SARS」這種「邪」。古埃及人將蔥作為永恆神的象徵；常以蔥的名義發誓，在法老王的棺槨中曾發現成捆的蔥。古埃及人將蔥獻給真主，也用蔥來供奉神靈，蔥是他們袪病消災的護身符。

蔥的獨特氣味是因含有硫化丙烯基所致，這種成分能夠刺激腸壁與胃壁，使消化液的分泌更多更好，而達到增進食慾效果。如果與豬肉之類等含維他命B1的食物一起烹調食用的話，既可幫助消化，又能防治肩膀堅硬酸痛及累積的疲勞。由於硫化丙烯基是揮發性的物質，因此在烹調過程中，不宜沖水過久或是長時間烹煮等，避免成份流失。

左頁圖：三星蔥的蔥白直徑比較小，但蔥白很長，蔥葉柔軟，俗稱「軟骨蔥」，
主要產地在宜蘭的三星鄉和礁溪鄉，是台灣夏季蔥的大本營。

蔥

Allium fistulosum

【台灣這樣吃蔥】

儘管是「蔥、蒜」般的小事，但蔥在台灣飲食文化上卻佔有相當重要的地位。蔥在傳統市場上是個潤滑劑，小販與主婦之間的買賣常從一根蔥上開始建立。在傳統市場上，蔥是一種人情，具有感謝與希望繼續支持的意涵，不管買 10 元 20 元的菜，小販一定記得附送一根蔥，買多了還會根據菜色另外奉送辣椒、薑甚至蒜瓣等，即使老闆沒給，買菜的人開口要一根蔥也是理所當然，毫不遲疑！

蔥在很多料理中出現，雖然份量不一定多，卻絕對少不了它，例如蔥油餅；當夏季颱風頻繁，蔥價高漲一斤達 600 元以上時，老闆在麵皮上灑幾粒蔥花就算數，但是不給蔥的話，顧客可是會抗議；沒蔥怎叫蔥油餅！早餐店吃蛋餅，沒有蛋或許可以，沒有蔥花可不行；炒蛋什麼都不加很奇怪吧？但是加了蔥花就是很正式的料理了，就是煎菜脯蛋也要加一把蔥，各扮生與旦。

宜蘭的三星軟骨蔥很出名，因此許多小餐店提供的蔥爆肉絲都很夠味，但是最令人口齒留香的是將蔥在滾水中汆燙幾秒鐘後，加點鹽用雞油一拌，每人一筷子就沒了！礁溪出名的包子也是因為蔥極甜美多汁，老闆買了機器專門絞蔥花，卻依然不傷蔥的原味！台北賣蔥花燒餅的老闆很有原則，不願意降低品質，於是蔥漲價他的炭燒蔥餅也跟著漲價，平日賣 10 元一個，颱風一來就是 14 元。最大方的是涮涮鍋店的老闆，案上擺一桶蔥花任憑顧客自行取用，裝

珠蔥切成薄片後再用豬油炸香，就是油蔥。

上滿滿一大碗蔥花加入熬湯底，保證一整個冬天都不會感冒。

油炸肥腸、九轉肥腸賣的都是豬大腸，可是腸子裡一定要填上青蔥才算是標準的做法。吃北京烤鴨的時候，調和烤鴨油膩的也是沾甜麵醬的蔥白。蔥油雞、蔥燒鯽魚都是靠蔥來提鮮或緩去腥味，特別是蔥燒鯽魚，行家吃的是蔥不是魚，蔥不好，錢就是白花了！至於烤肉串的時候，無論是雞肉還是豬肉，一樣得串上蔥段才對味。「青蔥拌豆腐」一清二白：一青是蔥青，二白是蔥白和豆腐白，雖然是一句歇後語，卻也說明了蔥拌豆腐再加點兒香油和醬油，是多麼地滋味濃厚！

至於所謂的珠蔥，則更令美食愛好者拍案叫讚！珠蔥一般以收成地下鱗莖為主，有人稱為「分蔥」，但是這些名詞常被「分」的莫名其妙，不就是「珠蔥」嘛！曬乾了，除去外膜，去掉頭尾，輪狀切薄片；別以為只有切洋蔥會流淚，切兩斤珠蔥試試看，一樣淚流滿面。珠蔥切成薄片後再用豬油炸香，就是油蔥。油蔥是「調和鼎鼐」的重要角色，沒有它任憑手藝多好，包出來的粽子、油飯就是沒人捧場。講究的人選油蔥還一定得用本地產的，進口貨就是不香。扁食湯、魚丸湯、乾麵，甚至麵線糊都需要油蔥提襯才顯滋味。

蔥在台灣各種料理中都有著起承轉合的關鍵作用，但是用的都是本地產的小蔥，大蔥則多半是進口居多，本地只有少量栽種，因此慈禧太后最愛的栗子燒大蔥就很難在台灣重現了！

蔥在台灣的飲食當中，就像空氣一樣，感覺不到卻無所不在！

蔥爆肉絲。

薑

Zingiber eae

■性味：性微溫味辛，適合偏寒體質。

■成分：醣類、粗纖維、胡蘿蔔素、鈣、磷、天門冬鹼、薑辣素、薑油萜、水茴香甙、樟腦甙、薑油酮、薑酚、桉葉油精、維生素C。

■功效：發汗解表、溫中止嘔、溫肺止咳、逐風濕痺、促進血液循環、增進血行、驅除寒邪、舒緩頭痛、下痢，具有抗凝作用。

【薑的作用】

1. 薑含有揮發性薑油醇和薑油酚，是辛辣及芳香氣味的來源，具有活血、祛寒、除濕發汗、增溫等功能。遭受冰雪、雨淋、寒冷侵害後，飲用濃薑湯能刺激心臟血管及皮膚微血管運行迅速，使全身毛孔舒張而散熱出汗，達到驅除寒邪的效果。
2. 薑能刺激味蕾神經，促使消化液分泌增多，能增強消化吸收功能，具有健胃、止嘔的效果。
3. 日本醫學界研究發現，老薑中所含的薑酚成分具有抑制前列腺分泌過多的作用，並能阻止前列腺素的合成，降低膽汁中黏蛋白的含量，對於膽石症具有舒緩及預防效果。
4. 醫學界研究發現，薑含有薑油酮，經人體（動物體）吸收後，可抑制體內過氧化脂肪質的產生，具有抗老化的作用。
5. 薑汁加熱產生的蒸氣，可減輕感冒症狀及舒緩肺部感染。
6. 按摩液中加入薑油，可減輕肌肉酸痛。
7. 飲用薑茶可治療消化不良、腸胃脹氣（尤其是多食豆類產生的脹氣）和發燒症狀。
8. 薑對消化道有輕度的刺激作用，可促進腸蠕動，使張力和節律增加，可緩和腸絞痛症狀。
9. 薑具有解毒的功效，特別是誤食不潔的魚蝦蟹，及天南星科的有毒植物等之食物中毒或藥物中毒。
10. 薑含有薑酚質，能抑制前列腺素的合成，減少膽結石的形成，並具有利膽的作用。

1.幼嫩黃白色的根莖稱為「嫩薑」。

2.半成熟，莖皮淡褐色，飽滿光滑肥大的根莖稱為「粉薑」。

【健康料理】**黑麻油薑糖**

◎材料：黑麻油150公克、老薑1斤、黑糖2斤。

◎作法：1.老薑洗淨完全去水分後切薄片備用。

2.鍋中倒入黑麻油，加入薑片炒至酥脆狀。

3.薑片炒至酥脆後，加入黑糖同炒成糊狀。

4.將薑糖糊倒入平底盤中，待稍涼後切小塊裝瓶。

註：可另炒數匙太白粉，與切塊後的薑糖拌勻可避免結塊。

◎養生功能：適合脾胃虛寒、四肢發冷、膀胱無力等患者。

【舒緩疼痛】

薑所含的薑辣素具有擴張血管的作用，老薑磨成泥，與少許米飯或麵粉、芋頭泥同搗和勻，敷於患部可減輕肌肉酸痛，對肩膀疼痛者立見其效，熱度減退即可拆去。（與芋頭泥一同外敷功效最佳，但對芋頭過敏者宜改用米飯同搗或以麵糊調理。）

【健康飲料】

生薑80公克、飴糖或冰糖40公克、水600C.C煎至100C.C，溫熱時飲用，對於冷咳患者頗有功效。感冒頭痛、腹寒疼痛患者可增加蔥白兩根同煮飲用，功效更強。

【健康飲料】

老薑搗汁一匙、麥芽糖一匙，以滾沸的開水 200C.C 調勻後飲用，適合老人慢性咳嗽。

3.老熟之後結實硬化，纖維變粗，稱為「老薑」。

4.薑原產於熱帶亞洲，是中國菜料理中重要的三大調味菜之一。

【治療頭皮屑】

老薑150公克磨成泥，加入150C.C的冷開水調勻，放入冰箱五天後即可使用，每次洗髮後臨睡之前，使用薑水塗抹頭皮即可消除頭皮屑的煩惱。頭皮屑的增生是因為皮脂腺分泌銳減，導致頭皮乾燥而產生頭皮屑；而薑汁獨特的辛辣味具有殺菌及保溫的效果，殺菌效果能夠保持頭皮的清潔，保溫效果則能夠使血行轉為良好，令皮脂腺的作用趨於穩定，進而減少頭皮屑的產生。

【薑紀事】

Zingiber eae，薑科，多年生草本：株高30~80公分，莖自根部頂芽抽生；葉互生，長披針形，全緣；花頂生，鱗苞狀，橙紅色；地下根莖肥厚多肉，扁平狀，每片有短莖節，節上被有淡紅色鱗片狀葉，根莖具辛辣素，可作為辛香調味料食用。英文名稱Ginger，別稱薑仔、生薑。

台灣的薑全年生產，春季嫩薑上市，依次為粉薑、老薑。薑的花色有黃、紅或白等，但開花不易，更難結果，因此通常採無性生殖，利用地下莖長出的芽來繁殖新的植株，由於薑具有「殺嬰現象」，因此種植過薑的土壤，種植別的作物更形貧瘠，通常要長達3~5年的時間才能改種它物。

薑隨著採收期的不同，而有不一樣的稱呼：幼嫩黃白色的根莖稱為「嫩薑」；半成熟，莖皮淡褐色，飽滿光滑肥大的根莖稱為「粉薑」；老熟之後結實硬化，纖維變粗，辛辣味增強的根莖稱為「老薑」；可做為種薑繁殖之用的稱為「薑母」；陰乾後稱為「乾薑」。薑埋在土裡的時間越久，薑辣素的含量就越高，民間依其特性而有「薑是老的辣」的說法。

1.薑為薑科多年生草本，葉互生，長披針形。

2.豆瓣醬漬薑。

薑原產於熱帶亞洲，分布於中國、印度、希臘、羅馬等地，範圍極為遼闊，是中國菜料理中重要的三大調味菜之一。紀元前左右開始人工栽培，以食用、藥用等方式出現在人類的生活中，台灣早期由原住民從南洋引入栽培。

根據《魏志倭人傳》記載：三世紀時，日本由中國南方將薑引入栽種，由於薑具有溫熱、祛寒的作用，因此以藥用植物而成為大衆化的作物。13世紀後葉，義大利旅行家馬可波羅把薑攜回，從此薑開始出現在歐洲人的生活中，當時的薑極為稀有罕見，一磅生薑可換得一頭羊。15世紀哥倫布又把薑帶入拉丁美洲，從此，薑呈輻射狀從中國輸出至世界各地。

東漢文學大家許慎在《說文解字》中提到：「薑做疆，御濕之榮也。」北宋王安石亦說：「薑做疆，御百邪，故謂之薑。」薑之取名，皆因其功效而來。古語說：「三年老薑賽人參。」又說：「冬有生薑，不怕風霜。」及「冬吃蘿蔔夏吃薑，無病消災壽命長。」或是「上床蘿蔔下床薑。」等等，說明了薑優良的保健與療效。西漢司馬遷在《史記•貨殖列傳》中提到：「千畦薑韭，其人與千戶侯等。」種植薑的人家，獲利甚豐，其富與千戶侯相等。

《論語》曰：「不撤薑食。」然薑雖可常啾，但勿過多爾。宋玉曰：「薑桂因地而生，不因地而辛；女因媒而嫁，不因媒而親。古者諸侯燕食，所加三十一物，有牛、鹿、田豕、爵、鷃、蜩、范、菱、椇、棗、栗之屬，而終於薑、桂，孔子言齋雖禁葷物，但薑辛而不臭故不撤去之。非特齋也，喪有疾，飲酒食肉，必有草木之滋潤焉，以為薑、桂之謂也。」

《本草圖經》記載：「乾薑味辛，溫。主胸滿，欬逆，上氣，溫中，止血，出汗，逐風濕脾，腸澼，下痢，生者尤良。久服去臭氣，通神明。」《類證本草》記載薑能解半夏毒：「唐朝崔魏公鉉夜暴亡，有梁新聞之，乃診之曰：『食毒。』僕曰：『常好食竹雞。』竹雞多食半夏苗，必是半夏毒；命生薑榨汁，折齒而灌之，活。」蘇東坡詩曰「芽薑紫醋炙銀魚，雪碗擎來二尺余；尚有

3.糖漬嫩薑。

4.麻油雞也少不了薑片的調和。

香辛菜類 02

薑

Zingiber eae

THE WONDERS OF VEGETABLES IN TAIWAN

桃花春氣在，此中風味勝鱸魚。」古書的記載，說明薑在生活中的百般妙用與重要。

薑獨特的辛香味，是因為含有揮發性的薑辣素及薑油酮、薑烯酚等物質的緣故，具有活血、祛寒除濕發汗、增溫等功效，能刺激味覺神經，促進消化液的分泌、增強消化吸收功能，有健胃止嘔的效果，是食物中不可或缺的調味料。它特有的殺菌作用與除臭效果，還可以軟化肉類、消除生腥氣味。

右上圖：製作薑糖的材料。
下圖：黑麻油薑糖。

台灣人說「食物三辣」，認為辣椒會辣屁股，這是由於辣椒素不溶於水的緣故；薑會辣心，雖然感冒喝薑湯能舒緩症狀，但是喝多了心臟不舒服；蒜頭辣胃，蒜頭吃多了容易犯胃氣，令腸胃不舒服。又有一種說法，認為薑有刺激性對眼睛不好，吃多了容易造成傷害。薑在各種生長期雖然都能使用，但是一般而言，若是做為食物入菜，當取其嫩為佳餚，若取其藥性則以老薑且不去皮為佳。薑的用途雖廣，對於失眠、高血壓、容易緊張、經常性疲勞、情緒不安定的患者，宜少食為佳。

【台灣這樣吃薑】

薑在台灣的庶民料理中，不僅是一項重要的調味料，也是重要的食材。薑不僅用來煮湯提味，也用來炒青菜袪寒性，或是用來去除海鮮的腥氣，用途極為廣泛。總以為薑不過就是這樣吃，還能有什麼變化？然而有次到南澳採訪泰雅族，受到族人熱情的招待，他們用美妙的歌聲與啤酒招呼客人，下酒菜赫然是嫩薑絲拌鹽，真是令人大為驚奇，從來沒吃過這樣的食物，沒想到這道小菜與啤酒極端相合，為了貪吃這道小菜，不飲酒的我也因此喝了好幾杯，這真是一次美妙的經驗，據說嫩薑絲也可以拌沙茶醬，風味更有不同。

以薑為主食的料理，最常見於漬物，醃漬的手法有糖醋醃、梅醋醃、豆醬醃等各種作物。醃漬薑食，長輩們具有時間的選擇性，總是說過了中秋節就不能進行醃漬，因為這個時候土地公會尿尿，土裡的薑因此更「辛辣」缺少甜味，所以長輩們醃薑絕不過中秋。這類醃漬食品早期被視為是老年人的食物，通常是老人家用來佐粥的菜餚，年輕人難得喜歡。

近年來隨著工業的發達，人們的飲食習慣也跟著做了重大的改變。外食增多是造成速食的另一個因素，除了漢堡之類的西方速食之外，壽司這種米食因貼近國人飲食習慣而變成普遍的食物；拜媒體之賜，國人也體會出醋薑在日本食物中的重要角色，一如砂冰會出現在主菜上桌之前一樣，醋薑亦是用來清除上一道料理的味道，以便能再次敏銳體驗下一道美食的味覺高峰。或許因為如此，在菜市場購買嫩薑自行醃漬的顧客，竟然以年輕時髦的主婦居多，顯示了飲食文化傳播的強烈功能性。

薑在冬季裡最受到矚目。滿街的薑母鴨招牌，強烈地述說飲食主題，而老掉牙的笑話會一再重複出現於對中文似懂非懂的外國人身上，必須煞費唇舌的解釋道：「薑母鴨」賣的是薑和公鴨，不是薑和母鴨，然而這種繞口令似的解釋，總也無法讓這些人釋疑，最後常是一知半解或是裝懂了事。他們很難理解，為什麼這道菜裡，薑要用「母」的，而鴨子要用「公」的；難道…？唉，真的很難說明白呢！更怕有些人接著問：「是不是煮麻油雞的時候，用『公』的薑煮小母雞？」

香辛菜類 03

辣 椒

Capsicam annuum
var. *longum*

THE WONDERS OF VEGETABLES IN TAIWAN

■性味：性熱味辛，入肺、脾經，適合寒性體質。

■成分：蛋白質、脂肪、葉綠素、辣椒鹼、檸檬酸、隱黃素、鈣、磷、鐵、胡蘿蔔素、維生素C、D。

■功效：溫中散寒、開胃消食、發汗驅風、促進胃液分泌、禦寒、促進新陳代謝；外用促進局部血液循環，並可消腫、殺菌、止痛。

【辣椒的作用】

1. 辣椒含有辣椒鹼，能刺激唾液及胃液分泌，具有促進食慾作用。
2. 辣椒素具有溫中散寒的作用，還能有效降低人體內的膽固醇，胃寒症患者可少量食用。
3. 辣椒外用能使皮膚局部血管擴張、促進血管循環，對風濕痛、凍傷有治療作用，但必須留意過度、過量使用。
4. 辣椒鹼能祛風散寒行血，能刺激心臟跳動、加快血液循環而使人體發熱出汗。
5. 辣椒鹼能產生熱能，消耗多餘的脂肪、降低體內的膽固醇。
6. 辣椒含豐富胡蘿蔔素，在人體內經過胡蘿蔔素酶的轉化，成為維生素A，能有效抑制細胞病變和腫瘤細胞的生長。
7. 辣椒素不溶於水，因此痔瘡患者不宜多食。

【健康料理】 **辣椒葉蛋花湯**

◎材料：辣椒嫩葉100公克、蛋2個、濾過油的雞湯3杯。

◎作法：1. 將辣椒嫩葉洗淨，去水分備用。
2. 蛋打散，以細網杓過濾去除蛋帶。
3. 高湯煮開，加上辣椒葉、蛋汁，加少許鹽即可。
（做為藥膳食用，不可再加入任何食用油，以高湯本身的油脂即可。這道菜美味可口，平時可做為菜餚食用。）

◎養生功能：適合眼屎多、眼睛疲勞患者；辣椒的葉綠素能夠妨礙腸對膽固醇的吸收，達到預防成人病的效果。

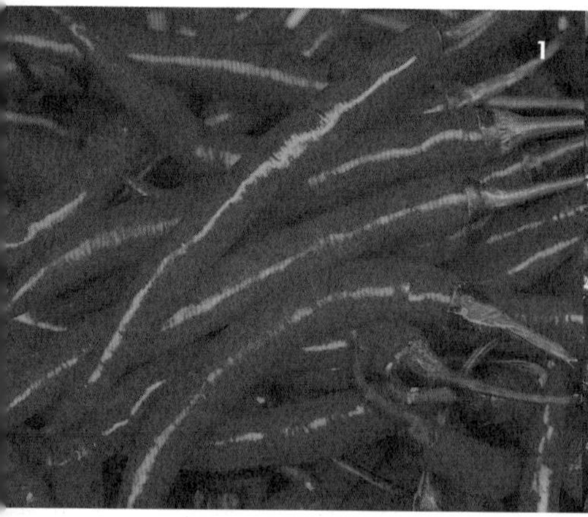

1.市場裡販售的新鮮辣椒。

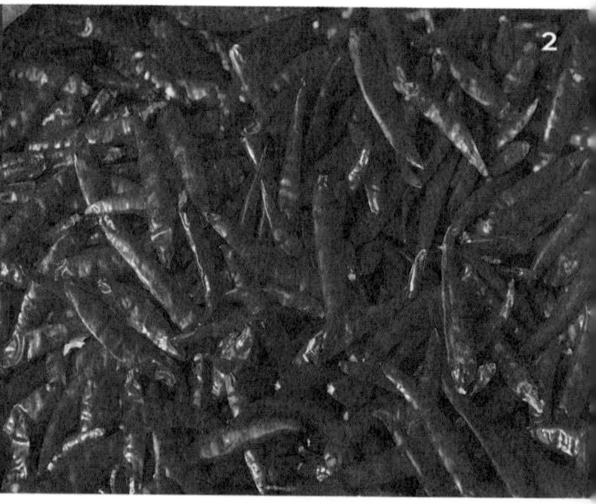

2.辣椒乾。

【健康料理】 **辣椒燒魚**

◎材料：乾辣椒適量、鮮魚、筍片、香菇、蒜頭。

◎作法： 1. 乾辣椒用油炸過後撈起備用。

2. 鮮魚用餘下的油炸熟。

3. 高湯煮開，鮮魚、筍片、香菇、蒜頭煮開。

4. 起鍋前加入炸過的乾辣椒，熄火後燜 10 分鐘。

◎養生功能：祛風散寒、促進血液循環。

【辣椒紀事】

Capsicam annuum var. *longum*，茄科，多年生草本；株高30~150公分；葉互生，卵形至長卵形，先端尖，全緣；腋生花白色，單生或叢生；果實依品種長約3~12公分，有紅色、綠色、綠白色、綠黃色、深紫色等；種子扁平，白色，著生於胎座。全年生產。英文名稱Red pepper、Chili，別稱番椒、番薑。

辣椒原產於南美祕魯及中美洲墨西哥等熱帶地區。1492年哥倫布發現新大陸之後，由卡里布海的島上將辣椒傳入西班牙和歐洲，再由歐洲傳入印度。明朝末年由印度及歐洲等處傳入中國，成為中國人日常飲食中重要的辛香調味料。台灣在光復初期由大陸來台人士引入栽培，各地均有零星栽培，主要產地在南投、雲林、嘉義、台南、高雄、屏東等地，民家亦常見栽培，都市人家也常種植於花盆中，兼具觀賞用途。

韓國人最早食用的辣椒品種，是在16世紀時由日本傳入。其特殊的辛辣風味，受到朝鮮人的喜愛，而栽培出各種各樣的辣椒品種，並發展出各類以辣椒為主的食品；例如知名的韓國泡菜。日本則在天文年間，由葡萄牙人引入。至於目前最為普遍食用的辛辣品種，則是在「天祿戰役」之後，由加藤清正

3.辣椒品種眾多，此為「唐獅子辣椒」。

4.辣椒果實成熟轉紅。

香辛菜類 03

辣 椒

Capsicam annuum var. *longum*

THE WONDERS OF VEGETABLES IN TAIWAN

從朝鮮攜回。

辣椒的種子扁平，著生在胎座，辣味以胎座最強。它獨特的辣味是由於成分中含有俗稱辣椒素的成分，可促進血液循環、抑止細菌的生長。這種成分屬於油性，不能夠溶解於水中，即使用大量的水稀釋，仍會殘存辣味。因此台灣人說「食物三辣」，認為辣椒會辣屁股，就是由此而來，吃多了辛辣食物容易便秘，有痔瘡的患者應避免食用辣椒。薑會辣心，薑吃多了心臟不舒服，蒜頭辣胃，吃多了胃腸不舒服。

由於辣椒素會促進血液循環，因此早年寒帶國家的貧窮百姓們，將曬乾的辣椒搓碎後放入長靴中，具有保護雙腳溫暖的效果。

【台灣這樣吃辣椒】

在台灣有人稱辣椒為「番薑仔」，也有人直接音譯稱「番椒仔」。辣椒各地均有栽培，盛產期在春至夏季，秋天起逐漸減產，辣椒是傳統市場小販隨貨贈送的香辛調味料之一，除非大量否則一般人不太需要購買；每當颱風過後，菜價蔥價上揚，小販多會改以贈送辣椒代替蔥，或是菜量買得多時，小販除了蔥之外也會額外送

右上圖：青紅辣椒醬。

下圖：辣椒葉蛋花湯。

幾根辣椒。纖纖紅的辣椒是賣家的心意，雖然難得以它做主菜使用，但做菜時卻是少它不得的配料，因此花錢買覺得心疼，不買卻又少了些什麼，此時菜販貼心的贈送，就讓主婦們覺得很滿意，下次再度光顧了。

辣椒是重要的調味香辛料之一，幾乎各國料理中都需要靠它來調和鼎鼐，辣椒具有左右味蕾的能耐，用料不多卻能充分發揮功力。辣椒味道辛辣，具有發汗的功能，因此寒冷地帶的國家食用辣椒的比例甚高，但是處於熱帶氣候的泰國、馬來西亞、印尼、菲律賓等國家也是極度吃辣的民族；原來在漢醫上，辣椒既有發汗的作用，也具有祛濕的功能，熱帶地區的人也必須經常食用辣椒達到調和體質的作用。

到台灣東部旅遊，常會帶著伴手禮「剝皮辣椒」回來，這是近十幾年來業者開發的產品，剝皮辣椒用的是不太辣的青辣椒，是味道獨特的醃漬物，不僅國人喜愛，日本觀光客更是喜愛，是常常指名購買的名產。

辣椒能夠種在陽台做為觀賞植物，精打細算的主婦們，將辣椒的種子灑在花盆上，沒多久辣椒長出幼苗，再過幾個月開花結果，賢能的主婦就有最新鮮的香料可以使用了！一般辣椒以食用果實為主，但是南部的人們多知道辣椒葉另有特別的功能，當早晨起床發現眼角長了眼屎的時候，晚上回家就會有一碗辣椒葉煮蛋花湯喝，這種食物功效神速，通常是隔天就痊癒了。小時候常為這種神奇的藥效所著迷，後來修習漢醫學課程時才知道，大地造物必合節令與人類體質，一種植物常有其正負的功效，用對了就是寶，用錯了就是禍害。

辣椒燒魚

香 菜

Coriandrum sativum

■性味：性溫味辛，入肺、胃經，適合偏寒體質。

■成分：蛋白質、脂肪、醣類、纖維、灰分、甘露醇、芳樟醇、蘋果酸、鈉、鐵、鉀、鋅、鎂、磷、鈣、胡蘿蔔素、維生素B1、B2、B6、C。

■功效：發汗滲透、健胃消氣、增進食慾、祛風散毒。

【香菜的作用】

1. 香菜含雌二醇、雌三醇等有效成分，能調整女性體內性激素，促進排卵，療效超過化學藥物氯酚。
2. 香菜煎水薰洗患處，能舒緩痔瘡腫痛症狀。
3. 香菜與生薑、紅糖煎汁飲用，具有舒緩傷風、感冒症狀的功能。
4. 香菜和荸薺煎湯飲服，具有清熱解毒作用，發疹期患者亦可飲用
5. 帶根的香菜煎湯後，可用來洗臉具有化瘀，消除黑斑、肝斑的作用。

【健康料理】**香根肉絲**

◎材料：香菜梗 100 公克、豬肉 300 公克、豆腐乾酌量。

◎作法：取香菜靠近根部的葉梗切小段，以少許麻油與豬肉、豆乾同炒。

◎養生功能：促進食慾，舒緩食積腹脹之不適。

【健康料理】**香根豬膚**

◎材料：香菜梗 50 公克、豬皮 100 公克，橄欖油、醬油、芝麻、糖、鹽各酌量。

◎作法：豬皮燙熟後切絲，與調味料拌勻後，食用前加入香菜梗。

◎養生功能：活血養血、滋潤肌膚、延緩老化。

【香菜紀事】

Coriandrum sativum ，繖形花科，一年生草本；株高 12 公分 ~20 公分；複葉簇生，幼株小葉圓形或卵圓形，具刻缺或深裂，成株抽苔開花時轉為細裂針狀；繖形花序，青梗種花色雪白，赤梗種花色

1.市場裡多成把販售香菜。 2.香菜是繖形花科一年生草本，複葉簇生，成株抽苔開花時轉為細裂針狀。

淡紅。英文名稱 Coriander ， Chinese parsley ，別稱芫荽、胡荽。

香菜是彰化縣北斗鎮的特產，年產量最豐，其他各地都有零星栽培，農家也常栽種自用。由於香菜性喜冷涼，台灣冬季才是香菜的盛產期，其他季節只有零星產量。香菜在台灣是很重要的辛香調味料之一，很多料理都依賴它提襯。和蔥、薑、辣椒一樣，它也是市場小販用來感謝顧客的「人情菜」，通常贈送的順序是蔥、辣椒、薑或香菜，只要買菜上百元，蔥、薑、辣椒都沒問題，再多買一些就能獲得香菜。香菜算是比較「高級」的贈送品，真的是買的越多，送的越好。如果真要買，一把250公克10元是正常價格，當然量會跟著經濟指數增減，遇上缺貨的時候，一把20元，買三把算50元，也是主婦們能接受的價格。

香菜是中國古老的香辛作物，原產於南歐地中海沿岸，相傳是張騫通西域時引入中國栽培，台灣在清朝初期由華南地區引入栽種。香菜古稱胡荽，根據《嘉祐本草》記載：胡荽味辛，溫，一云微寒，微毒。消穀，治五臟，補不足，利大小腸，通小腹氣，拔四肢熱，止頭痛。療痧疹、豌豆瘡不出，作酒噴之，立出。通心竅，久食令人多忘，發腋臭，腳氣，根發痼疾，子主小兒禿瘡，油煎敷之，亦主蠱五痔及食肉中毒，下血。煮冷取汁服。石勒諱「胡」，并汾呼為「香荽」。

香菜全株具特殊香氣，西元前16世紀的埃及就有使用香菜的記載，是世界上最古老的藥用及香辛調味作物。考古學家在義大利的龐貝古城中，發現了香菜種子化石，距今2100年。

根據現代醫學分析，香菜含豐富的維他命C、胡蘿蔔素、精油等，具有開胃、增進食慾的作用。臉色不佳、易生黑斑、視力衰減的人，飲用香菜汁有不錯的療效。不過香菜精油成分過高，辛味強烈，容易造成神經器官不協調的現象，最好與蘋果、鳳梨或高麗菜等果汁、菜汁調和飲用。

3.香菜的花是繖形花序，青梗種花色雪白。

4.香菜的果實。

香辛菜類 04

香 菜

Coriandrum sativum

THE WONDERS OF VEGETABLES IN TAIWAN

中國醫學認為香菜具疏風散寒、發表、祛痰、透疹、開胃之功效，種子亦有治療牙痛、腹瀉、胃寒痛的作用。因香菜性屬溫熱，火氣陽盛或脾胃陰虛者不宜多食，患有腳氣病、狐臭、胃潰瘍、淋病、腎臟炎等患者，不可食用香菜。

【台灣這樣吃香菜】

台灣人稱香菜為芫荽，它是鄉下人家菜園裡的常客，隨意一角即能種植。小時候最愛踐踏它或是用手搓揉，讓香菜散發出強烈的香氣，歡喜的心情因香味而更愉悅。我家吃香菜與衆不同，將鹹蛋和香菜切碎後拌勻，有時候加一點胡椒，配著溫熱的地瓜稀飯，真是絕妙的享受，香菜的香氣在齒縫間綻放，間或摻雜著鹹蛋的甘美，胡椒的辛辣更在舌尖刺激著味蕾，晨間美味的食物喚醒了生命能量，一整天都精神抖擻！

吃香菜通常是兩極的反應，喜歡的人愛死了，無論吃什麼菜都可以來一碟香菜相配，例如吃麵線羹沒有香菜就好像失戀了一樣悵然若失；不愛的人打死也不吃，一葉葉用牙籤挑出來，有人更厭惡到加了香菜的料理就不吃，人間美味的標準真是極端！

香菜鹹蛋滋味獨特，是佐稀飯的小菜。

或許，香菜配花生的美妙滋味就像金聖嘆說的一樣有異曲同工之妙；據說清朝金聖嘆臨死之前對兒子說，花生與豆乾同嚼，有火腿的美味。有個同學一周有三天，便當菜是香菜梗拌油皮花生、摻點麻油醬油，他家不是窮，而是愛死了這道菜，他說只要吃這道菜，就有無限精力產生。看來開啓腦啡令人快樂的元素，每個人都不相同！

香菜在料理中當家作主的只有兩種，一種是香根肉絲，當家的時間差不多在這近20年之間。香根肉絲使用香菜的莖梗，豆乾、豬肉或牛肉絲抓點太白粉，起油鍋爆香，先將肉絲過油，保持鮮嫩的肉汁，撈起後炒豆乾最後將肉絲、香菜梗一起下鍋翻炒幾下即可，這是香菜唯一掛頭牌的演出。

至於另一種重要的用途並非料理，而是做為輔助藥物使用，民間療法中香菜具有疏風散寒，令麻疹發透的功效。香菜能加快周邊血液循環，使病毒大量流至真皮的毛細血管，引起毛細血管的內皮細胞增生，血清滲出，形成疹子。每次以10公克的香菜煎水服用，一日三次，用於小兒發疹初期。

香菜雖然無法擔當大綱，但是在台灣料理中，卻有舉足輕重的功能，舉凡各類的小吃湯點，像肉羹、魚丸湯、麵線羹、蘿蔔湯、花枝羹，都需要香菜提襯；烤香腸、白斬雞、紅燒魚、螃蟹油飯、春捲、割包等等，凡是可以想到的料理幾乎都可以安排香菜出場熱鬧一番。比較特殊的是，十幾年前開始，從宜蘭地區流行一種用潤餅皮包花生糖、香菜、冰淇淋的吃法，花生糖、冰淇淋和香菜的組合實在有點匪夷所思，不過卻很受歡迎，一般鄉下的夜市趕集的時候都能買到，這種飲食非常本土性，在時髦的都市能吃到算運氣好。40多年前，倒是流行過用麥芽糖拉成薄糖片捲香菜吃，但是現在幾乎已經看不到了，不知花生冰淇淋是否從麥芽香菜轉胎而來？

1

2

1.香菜花生糖。　2.香根豬膚。

香辛菜類 05

九層塔

Ocimum basilicum

THE WONDERS OF VEGETABLES IN TAIWAN

■性味：性溫味辛，入脾、胃經，適合偏熱體質。

■成分：蛋白質、脂肪、纖維、灰分、醣類、丁香酚、芳樟酚、磷、鐵、鋅、鈉、鎂、胡蘿蔔素、維生素C。

■功效：祛風行氣、除濕活血、消炎解毒。

【九層塔的作用】

1.九層塔葉搗爛外敷患部，具有消炎止痛的功效，適合毒瘡癰疔、跌打損傷。

2.九層塔具有行血益氣的作用，可舒緩胃痙攣現象。

3.生嚼數片新鮮的九層塔葉，具有鎮靜安眠的功效。

【健康料理】**九層塔根燉湯**

◎材料：九層塔老株的根頭、雞肉或排骨。

◎作法：九層塔老根洗淨，熬出湯汁後去渣，與雞肉或排骨同燉。

◎養生功能：調中益氣、適合青春期少年食用，具養生效果。

【健康料理】**九層塔煎蛋**

◎材料：九層塔嫩葉、雞蛋、黑麻油。

◎作法：1.麻油加熱後倒入蛋汁。

2.蛋快熟時加入九層塔葉，熄火。

◎養生功能：具行血、補中益氣、止經痛之效果，是適合婦女補養的食品。九層塔中所含的丁香酚、芳樟酚等成分容易揮發，熄火前加入為宜，可避免葉片氧化及營養流失。

【九層塔紀事】

Ocimum basilicum，唇形花科，一年~多年生亞灌木：株高25~90公分，莖鈍四角形，綠色或紫色；葉對生，卵形或長橢圓形，先端尖，全緣或疏鋸齒狀；總狀花序，層層疊起如塔狀，唇形花冠白色、紫紅色；種子黑色。全年生產，英文名稱Basil，別稱羅勒。

1.紫莖的九層塔開滿紫紅色的花。

2.紫莖的九層塔香氣較為濃郁。

九層塔為辛香調味料的蔬菜之一，生性強健，栽培容易，一般農家均有栽種，用大型花盆亦能栽種繁殖，播種後兩個月左右即能採摘嫩葉食用。九層塔全年均能供應，以夏、秋兩季為盛產期，各地蔬菜產地均有專業栽培，也是一般民家常見栽種的辛香蔬菜。

九層塔用料不多，很少做為主菜；在傳統市場，它是被用來搭配主菜贈送的調味料，例如買蜆的時候，小販通常不待吩咐，就會自動送上一把，不勞煮婦、煮夫們費心。真要買也不貴，一把連莖帶葉約 100 公克左右，10~20 元就能買齊。

九層塔原產於中國大陸、印度及熱帶地區，台灣在早期由荷蘭人引入栽培。多為農家空地隨意栽種，由於精油含量豐富，人畜走過拂過葉叢，即會散發香味，因此有所謂的「九層塔、十里香」的說法。九層塔古稱「羅勒」，根據《齊民要術》記載：羅勒者生崑崙之邱，出西蠻之俗。羅勒味辛，溫，微毒。調中消食，去惡氣，消水氣。宜生食，又療齒根爛瘡。北人呼為「蘭香」，為石勒諱也。

《救荒本草》詳細地描述了九層塔的作用，稱為「香菜」：香菜生伊洛間，人家園圃種之。苗高一尺許，莖方窳，面四稜，莖葉紫稔，葉似薄荷微小，邊有細鋸齒，亦有細毛，梢頭開花作穗。花淡藕褐色，味辛香，性溫，無毒。採苗、葉煠熟，油鹽調食。

唐朝晚期的皇帝武宗李炎，他篤信道教，認為信仰佛教是導致老百姓貧窮的原因，因此下令滅佛，是歷史上有名的「三武一宗」滅佛行動。有一個官員，奉命秘密行動，下鄉逮捕佛教徒並察訪議論。他走遍全國上下，發現使百姓貧窮的原因，並非是僧尼太多，不事生產之故，而是整個國家的經濟狀況發生問題。他越深入鄉下，就越發現滅佛並不是正確的舉動。這個官員在查訪途中生病了，於是指定這個村落的百姓們，必須找大夫來替他看病。由

3.紫莖的九層塔。

4.綠莖的九層塔。

香辛菜類 05
九層塔
Ocimum basillicum

THE WONDERS OF VEGETABLES IN TAIWAN

於他的身體太虛弱以致久病不癒，所以鄉人們決定每一戶輪流派人照顧他。這天輪到一個家裡非常貧窮的年輕人來照顧官員。可是他實在太窮了，籌不出錢來抓藥，他也十分氣憤這種滅佛觀念及到處捕殺佛教徒的行為。於是他就在院子附近，採了一些芳香的藥草，加上家裡帶來的雞蛋，隨便煮一煮就給官員吃了。

沒想到因旅途勞累而病倒的官員，居然恢復了精神，身體舒暢了許多。第二天，他就指定要吃這種食物，幾天之後身體就完全復原了。於是找來這個年輕人，問他到底是什麼食物，居然這麼有療效能夠治好他的病。

年輕人不知該如何說明那只是到處生長的野草，他想起野草開花時如同寶塔一般層層疊起，於是就說那是在供奉菩薩的寶塔下採的野菜，叫做「九層塔」；並佯稱是佛祖在夢中指示他的做法。從此這個村落被免去拜佛的罪名，九層塔也因此被列為藥用植物而廣為栽培。

【台灣這樣吃九層塔】

九層塔是民間極常見的香辛料蔬菜，鄉下地方幾乎都能在菜園中發現那麼一、兩棵植株，農家栽植做為日常食用。九層塔不做為主蔬菜食用，但很多料理都會用「它」來提振一下。1970年代之

九層塔是許多海鮮料理不可或缺的香辛料。

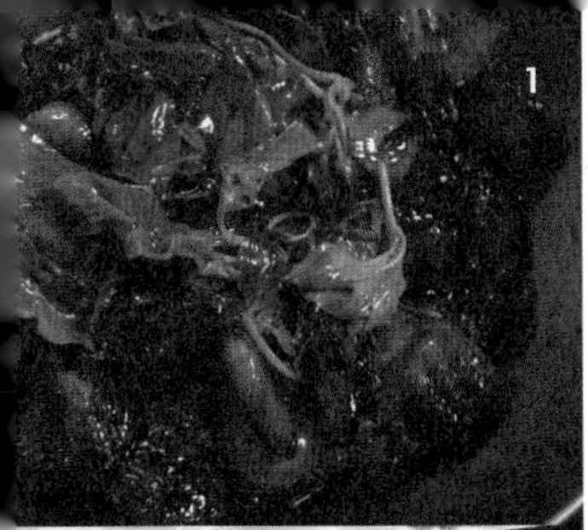

前，九層塔多半是婦女們用來調理身體的食材；代代相傳的偏方是九層塔用黑麻油煎蛋，這道菜具有治療月經不順、經痛的功效，也用來治療偏頭痛。至於老叢的莖葉凋萎了之後，人們更用來與排骨同燉，給青春期的孩子們進補，40歲以上的朋友們大概都是吃這道補藥「變成」大人的。南部吃九層塔比較講究，取中藥八珍與九層塔老根一起燉雞或排骨，是促進孩童的發育的補品，特別是氣血較虛的孩子，功效顯著。

近10多年來，九層塔成了「啤酒屋」供應的下酒菜中重要的一員，諸如九層塔炒蜆、三杯雞（透抽、田雞），油亮亮的料理端上桌來，映襯得九層塔更是香嫩可口。酒，當然越喝越多了！除了餐廳，路邊攤賣的魷魚羹，不知是誰發明的，近幾年來與九層塔成了最佳搭檔，肉羹則留給香菜配對，各自都有了「歸屬」，一點也不會錯亂。夜市裡炸得香酥脆的鹽酥雞，更是讓老闆不惜工本，搭上一把九層塔過一下熱油，正好中和了鹽酥雞的油膩。問老闆九層塔是如何和鹽酥雞湊在一起，他可是給你一個「營養專家」的答案，說是九層塔纖維質高，可以幫助肉類消化。

九層塔也是義大利人常用的香料食物，英文名稱Basil，可千萬別翻譯成巴西利，那是用來稱呼西洋香菜的。Basil被做成乾燥的香料葉，放在超市中供應喜歡吃披薩的人DIY用，超市裡可買到披薩餅皮，加上喜愛的材料、起士，最後灑上各種香料碎葉即可。

在民間藥用上，一般認為紫莖品種比綠莖品種的藥效更為卓越。由於紫莖九層塔香氣特重，因此被認為功效更高。民間療法中，九層塔葉可外敷治瘡毒、跌打損傷，具消腫止痛之功效。

1.三杯雞用九層塔調香。 2.九層塔鹽酥雞。
3.炸九層塔是最新的吃法。 4.麻油九層塔。

香辛菜類 06

大　蒜

Allium sativum

THE WONDERS OF VEGETABLES IN TAIWAN

■性味：鹼性，性溫味辛，入脾、胃經，適合偏寒體質。

■成分：蛋白質、脂肪、醣類、鈣、磷、鐵、鋅、鍺、硒、銅、鎂、蒜氨素、煙草酸、亞鉛、芳檸醇、胡蘿蔔素、維生素B1、B2、C。

■功效：具有淨血、行氣溫胃等功效，可驅除腸寄生蟲，消炎殺菌、止瀉、利尿降壓、止血、鎮咳祛痰、預防感冒等效果。

【大蒜的作用】

1.大蒜以生食為佳，加熱後所含之大蒜辣素及抗血小板凝結的有效成分甲烯丙三硫醇都會揮發而消失效用。

2.大蒜含配醣體類物質及大蒜甙，具有使血壓下降的效果，但對正常血壓則不產生降壓作用，適合高血壓患者食用。

3.大蒜含有大量的鍺和硒，是人體抗癌成分不可缺少的物質，特別是罹患消化道癌的患者，經常生食蒜瓣，具有良好的防癌作用。

4.大蒜能顯著降低胃內的亞硝酸鹽含量，減少胃癌的發病率。

5.大蒜含有揮發性硫化物丙烯硫醚，生食大蒜口中會殘留異味，可咀嚼一些茶葉或以濃茶漱口可沖淡異味，亦可吃水果、口香糖之類消除氣味。

6.大蒜可促進胃酸分泌，胃酸減少和胃酸缺乏的患者宜常食大蒜。

7.大蒜所含的大蒜素，具有潔淨血液的作用。這種植物性殺菌素對於黃金葡萄球菌及大腸菌等，具有強烈的殺菌作用，將大蒜含在口中咀嚼，幾分鐘後口腔中的細菌能全部被消滅，國產的紫皮蒜殺菌效果強於白皮蒜。將蒜泥置於小碟中放在屋角，強烈的殺菌效果能預防SARS的感染。

8.大蒜會刺激胃黏膜，使胃酸增多，因此胃潰瘍、十二指腸潰瘍及慢性胃炎的患者，不宜食用大蒜。

9.大蒜所含的蒜氨素，具有增其身體同化維生素B1的功能，能迅速消除疲勞，恢復體力。

10.大蒜含有麥角粘蛋白，可以促進肝臟機能的活化、具有新陳代謝、強壯身體的作用。

1.本地又香又濃的蒜頭在2~5月採收上市。

2.青蒜在11月~2月上市，是台灣常用的辛香蔬菜。

11.大蒜含有阿里辛物質，能有效防止血塊凝結，預防血栓形成。

12.大蒜辛辣素具有刺激作用，能改善皮脂血液循環、擴張毛囊，促進毛髮的生長。

【健康料理】**小蒜蛋包湯**

◎材料：小蒜300公克、蛋數個、五花肉100公克。

◎作法：1.煎荷包蛋數個，另置於盤中備用。

2.起油鍋，爆香五花肉，熟後盛起。

3.以餘油續爆香蒜苗。

4.加入炒熟的五花肉及高湯一大碗。

5.起鍋時放入荷包蛋。

◎養生功能：夏季心神疲勞，補充礦物質、增強體力。

【健康料理】**蒜頭炒蛋**

◎材料：蒜頭40公克、蛋2個。

◎作法：1.蒜頭去外膜切薄片；蛋打散成蛋汁。

2.起油鍋，爆香蒜片後，加入蛋汁煎熟。

◎養生功能：皮膚鬆垮、過度疲勞者，具有美容功效，可使皮膚恢復彈性。

【健康飲料】**大蒜荷蘭芹汁**

◎材料：大蒜100公克、荷蘭芹50公克、蘋果一個。

◎作法：大蒜與荷蘭芹、蘋果打成果汁飲用。

◎養生功能：適合高血壓、甲狀腺腫大、寄生蟲等病症。

3.大蒜是蔥科1~2年生草本，葉互生，線狀劍形。

4.大蒜炒海鮮最對味。

香辛菜類 06

大 蒜

Allium sativum

THE WONDERS OF VEGETABLES IN TAIWAN

【大蒜紀事】

Allium sativum，蔥科，1～2年生草本；株高40～65公分；葉互生，線狀劍形，基部凹槽狀，先端漸尖；地下鱗莖扁球形，由多數小蒜瓣聚合而成，外被薄膜，薄膜有白色、淡紫色，老化後會開花，花瓣白色，花梗綠色。青蒜在11月～2月上市，蒜頭在2～5月採收。英文名稱Garlic，別稱蒜仔、蒜頭。

蒜與蔥、薑、辣椒同為台灣料理中重要的香辛料植物，它的地下鱗莖蒜頭更是用途廣泛，在多數料理中作為調香的作用。大蒜喜歡冷涼的環境，主要產地台南縣各鄉鎮，宜蘭除了知名的三星蔥之外，軟骨蒜也是口碑很好的作物。青蒜在秋冬之初上市，蒜頭略晚2～3個月左右。為了保護本地產業，政府於每年10月才開放進口蒜頭，以供調節市場，因此喜歡吃本地又香又濃的蒜頭的人可依季節做選擇。

台灣在清朝中葉時由先民引入栽培大蒜。日本則經由中國及朝鮮傳入，在《古事記》、《日本書紀》中都記載了大蒜具有幫助消化、鎮痛、解熱、強壯等強大的藥效，第二次世界大戰之後，已成為極普遍的日常食品。

大蒜原產於中央亞細亞，之後傳至西亞和地中海沿岸諸國，是世界上古老的栽培作物，已有3500年以上的栽培歷史。古埃及王在建築金字塔時，以蒜頭做為工人、奴隸的日常食品，除了可增強體力、消除疲勞之外，還兼具殺菌、防止感冒的功效。古羅馬人相信大蒜有一種神奇的力量，他們給士兵吃大蒜，以增加其作戰的勇氣與體力。義大利和西班牙種植大蒜也有2000年以上的歷史，西班牙的傳教士將大蒜引入印度之後，大蒜成為印度人最喜愛的歐洲食物之一。西班牙人以食用蒜瓣湯來迎接新年，是吉祥的象徵。土耳其人則忌諱大蒜與洋蔥同時食用，他們認為這是導致腸胃劇痛的原因。

中國在張騫出使西域時將大蒜引入栽種，古稱「葫」，《爾雅翼》記載：「葫蒜有大小，大者為葫，小者為蒜，又稱胡蒜，以自胡中來，故名胡蒜。」古方以小蒜煮汁飲用，可治療霍亂。嵇叔夜在《養生論》中提及：「胡蒜性薰心害目，久食傷人損目明，謂之葷菜也，此為甚爾。初食不利目，多食卻明，久食令人血清；似

右頁圖：蒜苔即大蒜的花梗及未開的花苞，炒起來鮮嫩可口。

香辛菜類 06

大　蒜

Allium sativum

THE WONDERS OF VEGETABLES IN TAIWAN

皆好食者之辭。今北人以大蒜塗體，愛其芳氣；又以護寒，且生啖之。南人所不習，效之者，無不目腫。」

根據《爾雅》及《說文》的解釋：「雲夢之葷菜，生山中者稱為「蒿」，苗似細韭葉，開淡粉紫花，根四蒜而小，山蒜也。大蒜稱為「葫」，亦稱為「爾」。《別錄》記載：蒜味辛，溫，有小毒，歸脾腎。主霍亂，腹中不安，消穀，理胃，溫中，除邪痹毒氣，五月五日採之。根實謂之亂子。」

大蒜剛萌芽，葉片柔嫩時稱為「蒜苗」、「蒜黃」；莖葉呈綠色時稱「青蒜」；花梗稱為「蒜苔」；鱗瓣聚合的蒜球稱為「蒜頭」；蒜頭除去內、外膜稱「蒜仁」。蒜為五辛之一，不同宗教對五辛的定義不同：煉丹者的五辛是大蒜、小蒜、韭菜、芸苔、胡荽，道家的五辛是韭菜、薤、蒜、蔥、芸苔，佛家的五辛是大蒜、胡荽、韭菜、蔥、慈蔥。蒜為三教五派共同的葷菜。

小蒜蛋包湯。

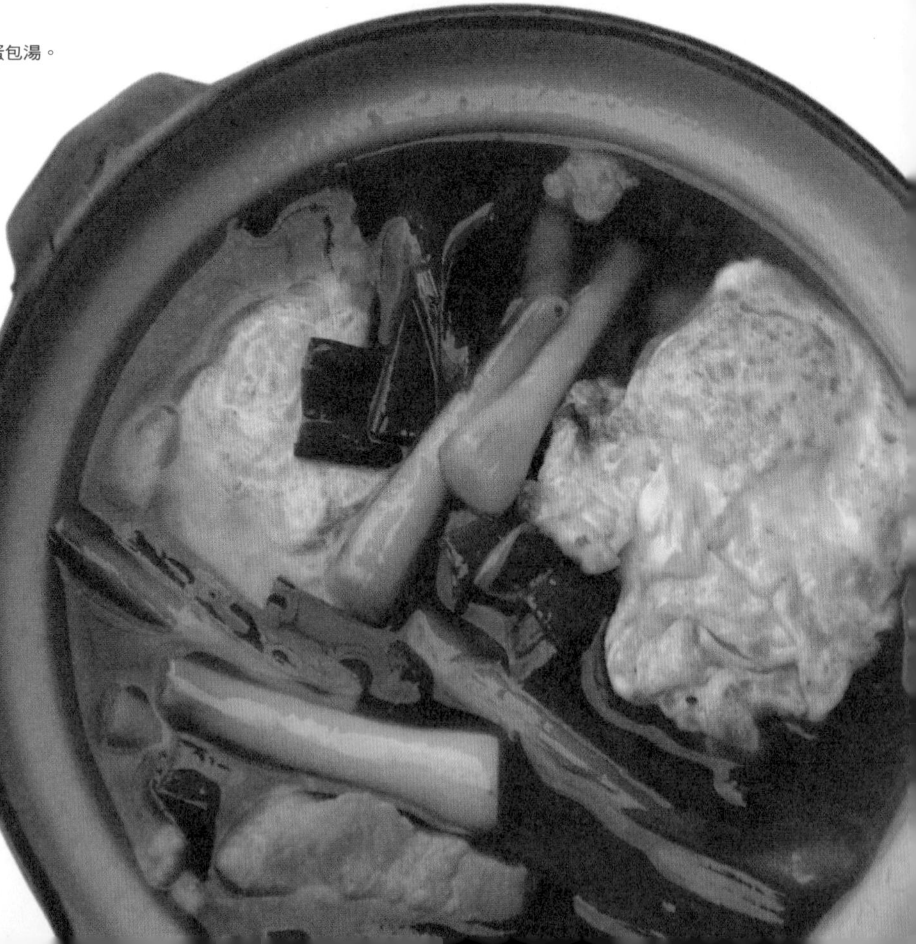

【台灣這樣吃大蒜】

台灣話中「蒜仔」指的是新鮮的青蒜，蒜頭指的是蒜的地下鱗莖，辨識十分容易。青蒜用來炒菜的機會比較少，反倒是在許多湯食中經常出現，例如魷魚螺肉蒜湯，不僅用蒜頭，也用新鮮的青蒜來燉煮螺肉，湯汁清爽不油膩，雖然具有質樸的味道，但卻是早年台灣料理中昂貴的料理，一般出現在「辦桌」中，或是年節時期及有錢人家招呼客人才會端出的食物。青蒜與動物油脂十分相合，用來煮湯或炒菜時都很美味，蒜苗臘肉即是一道很下飯的館子菜。蒜炒魚鰾也是標準的台式料理，最常出現在海鮮餐廳中；冬季裡，烏魚正肥，公烏的魚鰾肥嫩豐腴，取來與青蒜同炒，並加點米酒壓腥，調味料最好是淡醬油，簡單的食材，卻能烹調出最鮮美的滋味，「山珍海味」在口中交織出一種口味繁複的溫潤，令人身心舒適，很有「回家」的感覺！

除了青蒜，蒜頭也是大量使用於日常飲食中的一味。蒜泥白肉是館子菜的說法，台灣稱為「三層肉」，這種三層肉以滾水燙熟後切薄片，用蒜泥與醬油膏調勻做為沾料，香甜的肉汁從齒縫間蹦出，口中混合著蒜泥的辛辣與醬油膏的鹹香味，層次變化的美味一再挑動著味蕾，令人充分享受美食的愉快！至於紅燒蒜魚、大蒜田雞湯，乃至台式日本料理店中提供的蒜頭蜆湯，都是十足發揮蒜頭美味與能量的料理方式。土雞城這類休閒農場提供的飲食中，也有一道將優質蒜頭填入雞腹內的料理稱為「蒜頭雞」，蒜頭雞炊蒸或煮湯均宜，蒜頭健康的能量充分與食物結合，店家對於男女食用這道食物各有不同的功能性說法。蒜頭在「三杯雞」這道菜中亦是舉足輕重；所謂三杯，其實指的是醬油、麻油和蒜頭各一杯，利用高溫燜熟的雞肉與蒜頭都非常酥軟可口，此時蒜頭的甜味盡釋，老饕們是絕不會放過鍋中的任何一顆蒜頭的！

魷魚螺肉蒜湯。

香辛菜類 07

紫　蘇

Perilla frutescens

THE WONDERS OF VEGETABLES IN TAIWAN

■性味：性溫味辛，入脾、胃、腎經，適合偏熱體質。

■成分：紫蘇醛、薄荷腦、芳樟醇、脂肪、亞油酸、鈣、鐵、鎂、鉀、胡蘿蔔素、維生素B、C、D、E。

■功效：健胃、發汗、鎮咳、利尿、行氣寬中、解魚蟹毒。

【紫蘇的作用】

1.紫蘇的種子在中醫裡稱為「蘇子」，其所含的亞油酸，具有排除膽固醇累積、防止動脈硬化的功效。

2.紫蘇含有紫蘇醛能促進消化酵素的分泌，增進食慾，亦有抑制細菌生長的效果。

3.紫蘇葉漢醫稱為「蘇葉」，亦能入藥，是「香蘇散」的配方之一，用來治療鬱氣，能舒緩神經衰弱症狀。

4.紫蘇葉浸泡水中，用來沐浴能舒緩腰痛、神經痛及生理痛等症狀

【健康料理】**蘇葉生薑湯**

◎材料：新鮮紫蘇100公克、生薑5片。

◎作法：兩者以500C.C的水煎服。

◎養生功能：舒緩感冒症狀。

【健康料理】**紫蘇酸梅茶**

◎材料：新鮮紫蘇10枚、酸梅2顆、冰糖20公克、白醋一匙。

◎作法：紫蘇洗淨，酸梅用筷子搗碎，與冰糖、白醋用熱水沖泡。

◎養生功能：消除疲勞、宿醉，增進食慾，舒緩胃部不適。

【健康料理】**紫蘇露**

◎材料：新鮮紫蘇200公克、蜂蜜1杯、檸檬汁2～3個。

◎作法：1.紫蘇洗淨，用4杯水煮2分鐘後撈起紫蘇葉。

2.煮過的紫蘇水中加入檸檬汁、蜂蜜拌勻。

3.裝入乾淨的玻璃瓶中，置放於冰箱可存放一年。

4.飲用時，調入冰塊、汽水等均可。

1.紫蘇的花頂生，穗狀花序。　2.紫蘇的莖方形，葉對生，莖、葉俱含特殊香氣。　3.紫蘇是有名的香辛作物。

◎養生功能：清熱開胃，促進食慾。

【紫蘇紀事】

Perilla frutescens，唇形花科，一年生草本；株高25~90公分，莖方形，植株有連莖帶葉呈綠色、紫紅色等；葉對生，廣卵形或心形，鋸齒緣，莖、葉俱含特殊香氣；花頂生，穗狀花序，花冠唇形，白色或紫紅色。英文名稱Perilla。

紫蘇原產於東南亞、中國大陸中南部、印度喜馬拉雅山區等溫帶地區，是有名的香辛作物。日本考古學家在新瀉縣的遺跡中發掘了距今2500年前的紫蘇種子，推想人類使用香辛料植物有久遠的歷史。台灣在300多年前由華南引入栽培。紫蘇自古即被栽培做為藥用植物，漢藥上紫蘇的種子可做為健胃之用，稱為「蘇子」；葉片稱為「蘇葉」，除了健胃之外，也可作成止咳劑。漢藥裡的香蘇散、喘四君子湯，及治療胃潰瘍的當歸養血湯，對咽頭神經症有效的半夏厚朴湯等都利用到紫蘇的功效。

《爾雅》注明：蘇，桂荏。以其味辛而形類荏，故名之。《圖經本草》記載：蘇，紫蘇也，舊不著所出州土，今處處有之。葉下紫色，而氣甚香，夏採莖葉，秋採實。其莖並葉通心經，益脾胃，煮飲尤勝，與橘皮相宜，氣方中多用之。實主上氣欬逆，研汁煮粥尤佳，長食令人肥健。若欲宣通風毒則單用莖，去節大良。紫蘇的莖葉含有特殊的光澤與香氣，是烹調與醃漬物最佳的調味料。其特殊的味道來自於紫蘇乙醛素，具有極強的防腐力與防黴力。日本人食用生魚片時，常以紫蘇葉片或花穗搭配食用，不僅可以消除魚肉的腥味，更有防止食物中毒的效果。

【台灣這樣吃紫蘇】

紫蘇是農家常見的作物，市面上並不常見，通常只見栽培成半觀賞植物，作為點綴庭園之用。紫蘇是一年生植物，種子成熟後落入地面來年再生。因此即使不見刻意栽培，也常能在庭院中見它兀自成長；有時也在花盆中見及，多半是鳥類啣種而來。

近些年來，由於農業單位的推廣，民眾開始自製醃製酸梅、紫蘇梅等手工食品，也促使市面上開始有新鮮的紫蘇葉供市，一斤售價大約在50~80元之間，每年約在3月份開始直到梅子下市，此時紫蘇葉也因為陽光的作用而逐漸老化變綠；大自然巧妙的運作植物生態，實在令人讚嘆。漢醫裡紫蘇屬於「發」的作用，梅子屬於「收」的作用，因此紫蘇梅正好具備了平衡的功能，利用食物的天然屬性達到調理身體的作用，是前人的生活智慧。

另一種綠色的紫蘇葉則是日本料理中的常客，通常用來與生魚片搭配食用，具有芳香的氣味，令人口中產生咀嚼的快意。我家食用綠色紫蘇常用於海鮮飯：取數個酸梅去籽，果肉與白飯、少許味醂、昆布高湯拌勻，加入章魚丁，上桌前與幾枚綠紫蘇切絲趁熱食用。這道飯料理極其開胃，紫蘇的香氣總在口中縈繞，更妙的是冷食也極美味，出外旅遊或上班攜帶，都不擔心蒸食的困擾。

香辛菜類 08

破布子

Cordia dichotoma

THE WONDERS OF VEGETABLES IN TAIWAN

■性味：性涼味甘澀，入胃、肺、大腸經，適合偏熱體質。

■成分：蛋白質、脂肪、醣類、纖維、灰分、磷、鐵、鉀、鋅、鎂、鈉、鈣、胡蘿蔔素、維生素B1、B2、B6、C。

■功效：疏風行氣、化濕消食，活血解毒、鎮咳祛痰、舒緩胃氣疼痛。

【破布子的作用】

1.破布子含特殊黏質及澀味，無法生食，需經醃漬方可食用。

2.破布子果實具有鎮咳、緩下之功效。

3.破布子的樹皮曬乾煮水喝(可加冰糖)，具有治療口苦口臭、肺部積熱、虛火上升的功效。

4.民間療法中，破布子莖枝煮水代茶飲用，用來治療舒緩尿酸偏高

【健康料理】**破布子燉肉**

◎材料：醃漬破布子1塊或200公克，豬絞肉600公克。

◎作法：將醃漬破布子果實與豬絞肉一同燉煮至熟。

◎養生功能：可解芒果毒，治療食慾不振。

【破布子紀事】

Cordia dichotoma，紫草科，落葉中喬木，株高2~8公尺；葉互生，卵形或廣卵形，全緣，表面粗糙；雙叉狀聚繖花序，盛開於小枝頂端或腋生，花萼淺鐘形，花冠黃白色，雄蕊5枚，子房4室，每室有1胚珠；核果圓球形，青果成熟後轉黃褐色，轉黑後不可食用，直徑0.7~1公分，中果皮具澀味及黏質；種子1粒。春季開花，夏季採收。英文名稱Sebastan plum cordia，別稱為樹仔、破破子。

破布子原生於台灣低海拔山麓或平野郊區，生性強健，栽種容易，但是由於環境日漸遭受破壞，破布子經常遭受蟲癭的侵害。生性喜愛高溫的破布子北部亦有零星栽培，因日照不足，果實通常不大

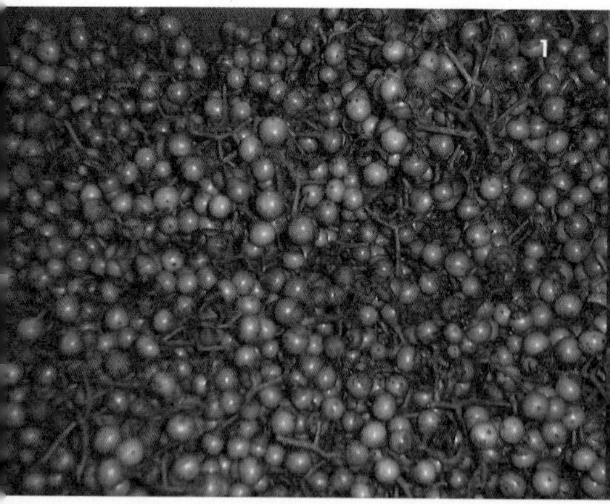

1.新鮮的破布子有強烈的澀味，完全無法入口，需經醃漬方可食用。　2.破布子生性強健，栽種容易。

。嘉義、台南等地區是破布子最大生產區，5~9月為盛產期，以前只為自家栽培，因風味特殊受到喜愛，逐漸成為商品而有專業栽培。醃漬物全年皆有，超市亦可購得罐裝品。

【台灣這樣吃破布子】

新鮮的破布子有強烈的澀味，完全無法入口，對於前人能夠將之變成美食，高明的生活智慧實在令人佩服。以前的婦女對於家務、烹飪多具有從長輩傳承下來的豐富手藝，在飲食的調理上，也有獨到的手法。外婆秉持著這樣的信念，因此在醃漬醬菜類食品時，總要我們跟著學習。

依漢醫學的概念，夏季是醃漬果類食物的季節，而此時正是破布子成熟的時候。將成熟的破布子採收後，先用水煮至柔軟後，用杓子將破布子揉破，讓黏液釋放出來，加入適量的鹽與之凝結，最後在碗中放一些鹽水，並將破布子舀入碗中，緊壓成型。碗碟狀的破布子塊是古老的製作方式，口感也最好，用來燉絞肉配白飯食用，是夏季最開胃的食品。粒狀的破布子則是將苦澀味煮出來之後，用甘草、鹽、醬汁、糖等醃泡而成。

台灣南部夏季天氣非常炎熱，此時芒果正上市，芒果為漆樹科植物，具有小毒，吃多了芒果容易得「芒果痧」，是一種胃部痙攣的症狀，而芒果的多纖維囤積太多在體內時，就容易發病，吃破布子正可以治療「芒果病」。台南是生產芒果最多的地方，而台南人卻從來不曾生過「芒果痧」，原因或許正是代代相傳的破布子美食療法。

食物是區分社會階級的方法之一。烹調耗時費工的食物，可用來彰顯貴族階級的閒逸，而處理食物的精緻與口味，則突顯製作人手藝的精巧與智慧，這種飲食風格從上位到下階，都摻合著自我轉化的信仰與虔誠，表達出獨特而明確的意涵。

3.破布子的雙叉狀聚繖花序，盛開於小枝頂端或腋生，花萼淺鐘形，花冠黃白色。

4.破布子的花蕾。

香辛菜類 08

破布子

Cordia dichotoma

THE WONDERS OF VEGETABLES IN TAIWAN

人類食用自己生活層次的食物，特別是經濟所能負擔的範圍，因此上層階級人的食物遂成為一種崇拜、信仰，似乎若是藉由同樣的飲食，就能提升至相同的境界，這是飲食在階級分化中扮演的角色。但是破布子等食物卻呈現出「下滲文化素材」的反作用：台灣這幾年來，有許多以前是窮家小戶的飲食在突然之間轉化為筵席上的佳餚，諸如醃漬的破布子、地瓜粥、番薯葉、豆腐乳、空心菜等等。

破布子必須經過大量鹽的醃漬，除去澀味和苦味才能食用，有些人家甚至捨不得放幾片甘草以增加風味和甘美，但正由於夠鹹，因此能下飯，也才節省菜食。如今的精英份子上大餐館飲食，食用這些傳統的菜色，餐館為了配合飲食對象的不同，因此烹調上配合都市人的特質而做了變動。破布子蒸肉是下飯的菜餚；但白領階級少用勞力故食量不大，因此破布子蒸魚就成了可以輕巧飲食的料理，既讓味蕾回味記憶中的滋味，也彰顯了飲食者的閒逸。就像《紅樓夢》中賈母、寶玉他們吃粥一樣，是一種吃膩了魚肉的奢華；用清淡的粥壓胃，是一種遲疑與停頓，促使誘發下一次的飲食喜悅！

粒狀的破布子是將苦澀味煮出來之後，用甘草、鹽、醬汁、糖等醃泡而成。

碗碟狀的破布子塊是古老的製作方式，口感也最好，
用來燉絞肉配白飯食用，是夏季最開胃的食品。

破布子燉肉。

香辛菜類 09

山 葵

Wasabia japonica

THE WONDERS OF VEGETABLES IN TAIWAN

■性味：性熱味辛，入脾、胃經，適合寒性體質。

■成分：蛋白質、脂肪、碳水化合物、纖維、灰分、磷、鐵、鈣、鋅、錳、銅、硫、鎂、鉀、維生素C。

■功效：促進食慾、幫助消化、發汗鎮痛、防腐殺菌、利尿清血。

【山葵的作用】

1. 山葵莖根磨成芥末內含大量蛋白質，是高熱量佐料。
2. 山葵具強烈刺激性，神經性皮膚炎患者不宜食用。
3. 山葵獨特的辣味與香味，具有輕微殺菌效果，但作用不強，不宜過度依賴，搭配生魚片食用，仍須注意新鮮及衛生。
4. 山葵的辛辣味能刺激唾液的分泌，具有增進食慾的效果。
5. 山葵具有發汗、利尿、促進食慾、幫助消化的功能。
6. 山葵的嫩葉含豐富維他命 C 及葉綠素，具有獨特的風味，適合炒食或炸食。

【健康料理】**酥炸山葵葉**

◎材料：山葵葉 20 枚，麵粉 1 杯。

◎作法：山葵葉裹上麵糊，以 170℃油溫酥炸至熟，即可食用。

◎養生功能：含豐富鈣質，適合食慾不振、胃寒症患者。

【山葵紀事】

Wasabia japonica ，十字花科，多年生宿根性草本；株高 20~60 公分；葉心臟形，濃綠色，叢生於根莖先端，葉緣圓形；總狀花序，花冠白色，十字形；地下根莖圓柱形，成熟的根莖長約 8~22 公分，具有獨特辛辣香氣，是重要的香辛調味料。生長於清澈的溪畔。花期 3~5 月，採收期 12~5 月；1~2 年即能採收。英文名稱 Wasabi ， Japanese Horse radish ，別稱山萮菜、澤山葵、溪山葵、日本辣根。

1.山葵的地下根莖具有獨特辛辣香氣。 2.台灣在1914年由東京大學的佐藤昌氏自日本宮城縣引入山葵，在阿里山栽種成功

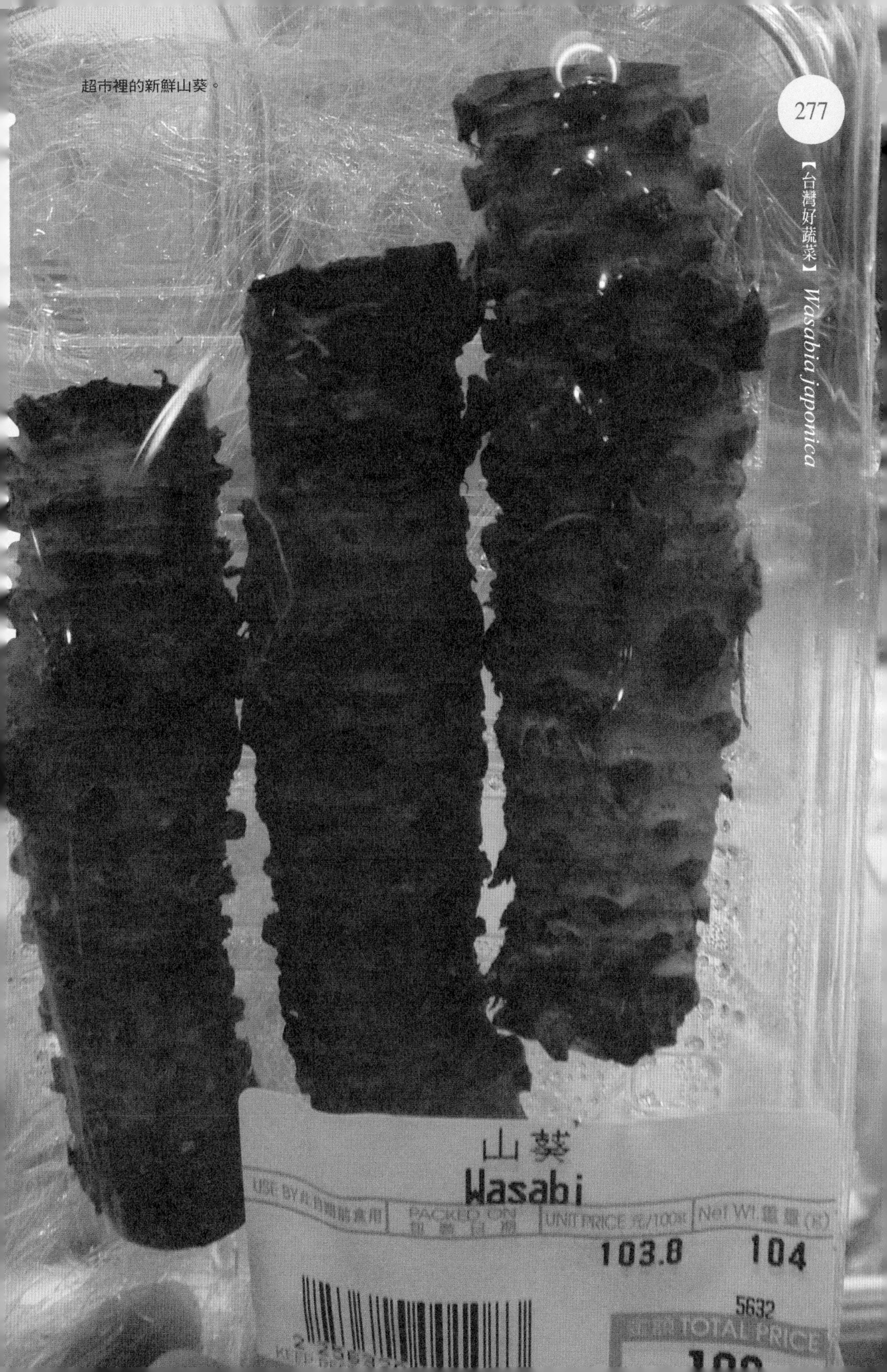
山葵
Wasabi
PACKED ON
103.8
104
5632
TOTAL PRICE

超市裡的新鮮山葵。

香辛菜類 09

山葵

Wasabia japonica

THE WONDERS OF VEGETABLES IN TAIWAN

山葵原產於中國大陸及日本，日本民族視為美味的山珍，是國民生活的必需品。日本人自古即懂得山葵的妙用，不過一直到江戶時代，才由德川家康命人在靜岡縣取得野生品種進行人工栽植。

山葵植株在2年左右為最佳的品賞期，過了2年的植株根莖過於肥大，質地粗糙，品質滑落，通常只用來做為加工品之用。山葵含特殊的辛辣口感，是由於其中含有配醣體的成分；加上油細胞被研磨之後，充分發揮的結果。山葵末的取得宜以細質鯊魚皮製成的擦泥板，加上一點點糖，慢慢由根部外圍向內轉磨，使酵素活潑化，讓芳基與酵素充分作用。這種特殊的辛辣香氣，很容易氧化，因此磨好山葵泥不宜放置過久。山葵不但能夠抑制生魚片上的寄生蟲及傳染病的病原菌，而且具有增進食慾、幫助消化的效果。

右頁圖：山葵末的取得宜以細質鯊魚皮製成的擦泥板，加上一點點糖，慢慢由根部外圍向內轉磨，但磨好山葵泥不宜放置過久，以免氧化。

下圖：吃生魚片搭配山葵醬在中國有久遠的歷史，並不是日本人獨創的吃法。

【台灣這樣吃山葵】

吃生魚片搭配山葵醬在中國有久遠的歷史，並不是日本人獨創的吃法。吃生魚片最早的歷史起於《吳越春秋》的記載：「吳人作鱠，自闔閭之造也。」當時伍子胥滅楚歸來，闔閭用魚鱠犒賞三軍。吃生魚片沾山葵醬的記載則出於《禮記 • 內則》：「凡鱠，春用蔥，秋用芥。」此處的芥可能是芥菜，也可能是山葵，但是芥菜使用種子研磨成芥粉調味，不如山葵取得容易與便利。

食用生魚片的沒落，使得火鍋取代興起。根據古生物學家研究，漢代時期食用生魚片者衆，但常有因腹中煩懣、胃中生蟲而亡，

主人宴客時常因應需要在送上生魚片的時候，附帶送上一鍋沸湯供食，有客畏懼生冷，而將生魚放入沸湯中汆涮，引帶食用的風潮。

台灣雖然與日本一樣是海島國家，但是魚產豐富的台灣並沒有發展與日本相同的食用生魚片文化，這其中的差異，人類學家至今尚無定論，只能以歷史因素推定：現今台灣人吃生魚片的飲食習慣，則是受到日本文化傳播的影響。日本人吃生魚片有一定的儀式：首先必須是手工橫切的蘿蔔絲，就像削蘋果皮一樣的輪切方式再細切，嚴禁縱切成絲，那是偷工減料的做法。將生魚片放一點現磨的山葵，三折生魚片將山葵包在裡面，用魚肉的部分沾醬油食用。蘿蔔絲是用來清口用的，就像西餐裡的砂冰一樣，用來除去口中的味道，以便敏銳的感覺下一道菜的味道。

至於山葵的處理，更有標準配備，使用鯊魚皮製成的擦泥板，削去一段山葵的外皮，通常是用多少削多少，免得氧化變質。將削去外皮的山葵放在擦泥板上，由外向內輕輕擦磨，有時還加一點點砂糖提味。

在生魚片文化中，辛辣帶嗆的山葵一向被認為具有殺菌作用，不過醫學界證明，事實並非如此，但是食用生魚片搭配山葵醬仍然成為制式的行為模式；彷彿不這麼做，即被視為不懂食用生魚片的精髓！

台灣人呼喚山葵一向以日文稱之，山葵這個正式名稱反而少有人知，但卻都知道阿里山的「哇沙米」堪稱世界第一。清澈乾淨的水質、海拔高度的適宜，加上氣候的溼度與冷度，孕育出品質絕佳的山葵，使得日本人為之瘋狂，以阿里山的山葵為世界珍品。但是由於山葵植株具有殺嬰現象，種植過山葵的土地，會有一段很長的時間無法生長其他作物，這種狀況使得生態學家及環保人士憂心忡忡，憂慮阿里山是否會成為阿里山平原！

THE WONDERS OF
VEGETABLES IN TAIWAN
台灣好蔬菜

大樹自然生活系列
Bigtree 02

2012.04.29 $385.-

◎出版者／天下遠見出版股份有限公司
◎創辦人／高希均、王力行
◎遠見·天下文化·事業群　董事長／高希均
◎事業群發行人／CEO／王力行
◎版權部經理／張紫蘭
◎法律顧問／理律法律事務所陳長文律師
◎著作權顧問／魏啟翔律師
◎社址／台北市104松江路93巷1號2樓
◎讀者服務專線／（02）2662-0012
◎傳真／（02）2662-0007；2662-0009
◎電子信箱／cwpc@cwgv.com.tw
◎直接郵撥帳號／1326703-6號 天下遠見出版股份有限公司

國家圖書館出版品預行編目資料

臺灣好蔬菜 = The wonders of vegetables in Taiwan / 簡錦玲著. -- 第一版. -- 臺北市 : 天下遠見, 2007.10
面； 公分. -- (大樹自然生活系列 ; 2)

ISBN 978-986-216-017-6(精裝)

1. 食用植物 2. 蔬菜食譜

374.6　　96019401

◎作　　者／簡錦玲
◎編輯製作／大樹文化事業股份有限公司
◎網　　址／http://www.bigtrees.com.tw
◎總 編 輯／張蕙芬
◎美術設計／黃一峰

◎製版廠／佑發彩色印刷有限公司
◎印刷廠／立龍彩色印刷股份有限公司　◎裝訂廠／精益裝訂股份有限公司
◎登記證／局版台業字第2517號
◎總經銷／大和書報圖書股份有限公司 電話／（02）8990-2588
◎出版日期／2007年10月26日第一版
2011年 4 月10日第一版第6次印行
◎ ISBN：978-986-216-017-6
◎書號：BT2002　◎定價／560元

BOOKZONE 天下文化書坊　http://www.bookzone.com.tw

大樹